여행자를
위한

에세이 北

여행자를 위한 에세이北

2019년 9월 20일 초판 1쇄 펴냄
2020년 10월 30일 초판 2쇄 펴냄

지은이 이지상

펴낸이 신길순
펴낸곳 (주)도서출판 삼인
(03716) 서울시 서대문구 성산로 312 북산빌딩 1층
전화 02-322-1845
팩스 02-322-1846
이메일 saminbooks@naver.com

등록 1996. 9. 16. 제25100·2012·000046호

표지 본문 디자인 끄레 어소시에이츠

ⓒ이지상. 2019
ISBN 978-89-6436-168-9 03810

값 14,000원

여행자를
위한

에세이 北

이지상 지음

삼인

제2여정 북한에선 뭘 배울지 생각해 봤어?

평화는 방향을
가두지 않는 것이다

북한 안내자를 자처하며

"인사해. 이 친구는 가수야, 이지상이라고."

이런 소개를 할 때가 무척 민망하다. 친구는 나름 애정의 표시로 나의 직업을 소개하는 것인데 소개를 받는 사람들의 대부분은 난감해한다는 것을 내가 아는 것이다. 가수라면 응당 어디서라도 봤어야 하는데 무척 생소하다는 표정들을 숨기지 못한다.

그냥 "아 네 반갑습니다." 정도로 마무리되는 인사라면 양호하다.

"어? 가수? 난 모르는데. 무슨 노래 부르셨어요?" 이 정도 반응이면 서로 간에 참사다. 어차피 제목을 대도 모를 노래를 꼭 물어보는 심사에 내 속이 편할 리 없지만 뒤에 이어질 언사에는 참을성 모자라는 질문자가 불편해할 것이기 때문이다.

"몰라? 이지상을? 그렇지 뭐. 이 친구는 아무나 아는 가수가 아니니까."

졸지에 '아무나'가 되어버린 친구의 친구는 머쓱해하고 나는 의문의 1승에 쾌재를 부른다. 당연히 속으로다. 나도 졸지에 '아무나 아는'이 아닌 '아무나 모르는' 가수가 된 것이다.

나는 음악 하는 사람이다. 노래의 생명력은 대중들의 입을 타면서 유지된다. 그 귀한 자양분을 확보하는 통로를 모르는 가수는 없다. 그러나 나는 내 머릿속을 가득 채웠던 시대적 사고를 노래로 풀어내는 데 급급했다. 대중이라는 막연한 존재에 내 노래의 생존을 맡길 생각은 하지 못했다. 대중의 기호를 고려할 용량이 부족했던 것이다.

연주하고 작곡하고 노래를 했다. 30년 전 『TOEFL』이나 『VOCABULARY』 책 싸들고 도서관에 파묻혀야 할 복학생 시기에 나는 동아리방을 전전했다.

과 노래패를 만들고 단과대 노래패를 조직했다. 그러곤 전대협 노래단과 서총련 노래단의 창단 작업에도 품을 보탰다. 순전히 내가 믿는 신에 대한 시답지 않은 맹세 덕분이었다. 나를 필요로 하는 곳이라면 어디든 가겠다는 서원誓願을 군대 시절 읊조린 적이 있다. 나를 필요로 하는 곳은 의외로 많지 않았다. 기타나 좀 칠 줄 알고 노래나 끼적이고 부를 줄 아는 게 그나마 재능이라면 재능이었다. 졸업 후에는 '노래마을'이라는 전문 노래패에 들어가 활동을 했다. <통일은 됐어>, <내가 그대를 처음 만난 날> 그리고 그 시절 학생회나 대학가 집회 주변을 기웃거렸던 사람들이라면 한 번쯤은 들어봤을 법한 노래 몇 곡이 내 손을 탔다.

만주벌에서 풍찬노숙하던 조선 독립군으로 난곡 철거민 촌에서 쓸쓸히 숨을 거둔 이우석 선생도—<살아남은 자의 슬픔>, 민병일 시, 이지상 곡— 그때 만났고 전설 같은 위안부 할머니들이 사이판에 남긴 애끓는 아리랑—<사이판에 가면>, 민병일 시, 이지상 곡—도 그때 만났다. 노래는 언제나 나의 발걸음 앞을 앞장서서 걸었다. 문제의식을 가지고 노래를 만든 이후에야 역사적 실체를 확인할 수 있었다. 노래가 완성되고 나서 만주 벌판으로 달려가 조선 독립군의 치열한 목숨을 보았고 남태평양으로 날아가 일본군 위안부의 고단한 여정을 살폈다. 슬픈 디아스포라 재일 조선인들의 삶이 가슴에 들어왔다. <아이들아 이것이 우리 학교다>(허남기 시, 이지상 곡)를 만들고 부르면서 이역만리 낯선 땅에서 모국어를 지키는 아이들의 눈망울이 서러웠던 적도 있다. 일본에 있는 조선학교 아이들과 선생님들 그리고 학부모님들이 이 노래를 많이 좋아해주셨다. 그 이유로 2000년대 6.15의 시대에는 일본을 많이 들락거렸다. 그러고는 재일 조선학교의 안내자가 되었다.

2007년엔 '에다가와 조선학교 지원모금'이란 단체를 만들었다. 일본 극우의 선봉 이시하라 신타로가 도쿄 도지사가 되고 나서 쓰레기장을 매립해가며 우리 동포들이 세운 도쿄 조선 제2초급학교—에다가와 조선학교—를 빼앗으려고 한 것이다. 3년간의 긴 소송이 이어졌고 도쿄 지방법원의 합리적인 판결로 학교는 지킬 수 있었다. 그때 소송 기금과 학교 재건을 위한 모금 운동을 남한에서는 처음으로 진행했다. 약 1년에 걸친 모금 운동으로 우리는 8억여 원을 모아 학교에 전달했다. 총련계 조선학교에 남한의 자금이 합법적으로 지원된 최초의 사례였다. 나는 그 단체의 집행위원장을 맡았었다.

2010년 여름 처음으로 시베리아 땅을 밟았다. 연해주의 또 다른 디아스포라 고려인들의 삶이 궁금했고 대자연에 사는 대륙인들의 생활 방식도 익혀두어야 했다. 나는 해양 세력의 변방에서 서성거리던 사람이었다. 나의 사고의 중심은 태평양 저편의 극과 극 미국에 있었으며 생활 습관은 아직 일본의 행태를 벗어나지 못했다. 대륙의 일원이 되어야 했다. 내 두 발로 걸어 만주와 바이칼을 지나 모스크바, 베를린을 꿈꾸는 여행자가, 그리고 그곳으로부터 내게로 오는 고단한 여행자를 위한 포근한 휴식처가 되어야 했다.

　(사)희망래*일을 만났다. '남북 철도 대륙을 품다'라는 기치로 철도 연결을 통해 분단을 극복하고 진정한 대륙인의 삶을 살고자 하는 사람들이 만든 단체다. 매년 여름과 겨울로 이어지는 시베리아 인문 기행을 통

해 나는 비로소 대륙인으로서의 초보적인 삶을 시작했다.

시베리아는 바다였다. 모든 것을 다 받아주는 바다. 거기에서 나는 여기 땅 한 평이 얼마인가를 궁금해하는 속 좁은 나를 보았고, 저 넓은 땅을 놔두고 왜 이 사람들은 게으르게 사는가를 힐난하는 치사한 나를 보았다. 그리고 시베리아가 나에게 전해주는 점잖은 타이름도 들었다.

"시베리아는 모든 사람들의 필요를 충족시킬 수는 있으나 너 같은 자들의 욕망은 채워주지 않는다"고.

『스파시바, 시베리아』라는 러시아 기행문을 책으로 만들었다. 세 번째 시베리아 기행 후에야 책의 서문을 시작해서 두 번 더 다녀온 후 책을 완성했다. 그리고 일곱 번을 더해 지금까지 연해주를 포함하면 열두 번 대륙 땅을 밟았다. 재일 조선학교의 안내자가 시베리아의 안내자가 된 것이다.

평화는 밥을 공평히 나누는 일이라는 사실은 누구나 안다. 대륙에 밥이 있다고 믿었다. 당연히 대륙에 평화가 있다. 지금은 우리 눈에 보이지 않는 평화를 찾아가는 일이야말로 새로운 미래에 대한 도전이다. 그것이 내가 시베리아 안내자가 된 이유였다.

"대륙의 꿈은 북한을 넘어서지 않으면 한 걸음도 더 나아갈 수 없다"는 정세현 전 통일부 장관의 말을 신뢰한다. 전쟁에 대한 공포, 양 체제의 반목으로 인한 대립, 즉 분단에서 기인한 각종 불완전 요소가 상재하는 상태에서 대륙과의 소통은 궁극적 평화의 길에 이를 수 없다.

그러나 나는 북한 땅을 밟지 못했다. 시베리아 횡단열차 9,288킬로미터에 몸을 싣기 위해 언제나 비행기를 이용했다.

북한은 금단의 땅. 비밀의 전진 기지였다. 70년을 미국과 전쟁했으니 사회 기간 시설은 물론이고 지나가는 자동차 한 대, 고기 잡는 어선 한 척의 숫자까지 군사력이고 곧 군사 비밀이었다. 그들이 공식 매체를 통해 발표하는 사항이 아니면 도대체 알 수 없는 제국이었고 더 궁금한 사항들은 행간을 통해 짐작할 뿐이었다. 알 수 없는 존재의 비밀은 평가에 있어서 양극화되기 마련이다. 지극히 신비화되거나 철저하게 악마화된다. 마치 천국과 지옥처럼. 1980년대 중후반, 일부 학생 운동권 세력에 의해 북한이 신비화된 적은 있으나 그 세력들은 거의 감옥에 갔고 철저한 악마화는 남한 사회에서도 일반적인 일이었다. 4.27 판문점 선언을 통해 남과 북 정상이 실질적인 한반도 종전 선언을 했지만 그 말을 곧이곧대로 듣는 국민들은 많지 않다. 정권이 바뀌면 어떻게 변할지 아무도 모르는 것이 우리가 사는 민주주의의 골간이기 때문이다.

두만강 철교가 훤히 보이는 언덕에 올라갔다. 북한 땅 나진 선봉이 강 건너편에 있는 러시아 국경 하산Хасан에서였다. 딱히 국경이라고 느끼기에는 너무도 허술한 경계선에 놀랐다.

  각진 삶을 사는 이들에게 경계란 생명과도 같은 것이어서 경계를 조금이라도 허락하는 순간 목숨이 달아나는 듯한 공포에 젖어든다. 그 공포로부터 벗어나기 위해 남과 북은 밤하늘의 별보다 더 많은 지뢰를 묻어놓고도, 빛나는 청춘들에게 살인 무기를 들려놓고도 당연하게 살았다. 그러나 두만강 국경엔 설치한 지 40년은 족히 되어 보이는 철조망이 녹이 슬었고 초소가 있었으나 총을 든 병사는 없었다. 바람을 거슬러 날갯짓하는 한 무리의 새 떼들은 대륙으로 향하고 바람에 흔들리는 칡꽃 몽우리는 향내 없이도 강 건너 아이들의 놀이터로 달려갔다. 하산역으로 굉음을 울리며 들어오는 화물 열차를 보았다. 기관차의 방향이 북쪽이니 북한의 나진 선봉을 지나 두만강 철교를 건너온 것이 틀림없다. 속도는 약 시속 20킬로미터를 넘지 않는 듯 보였다. 기차의 칸 수를 일흔셋까지 세다가 숫자를 잃어버렸다. 그 뒤로 얼마간의 시간이 흘렀는지 모르게 기차가 지나가는 모습만 바라보았다. 기차의 꽁무니에 걸터앉아 나도 평화가 되어 대륙의 어디든 따라가고 싶었다.

좋든 싫든 친해져야만 한다는 게 실감 났다. 무기를 더 쌓고 쌓아야 평화가 온다는 이 땅의 신념들은 모두 거짓이었다. 너무 간단했다. 서로 바라보고 얘기하고 웃고 손잡아야 평화였다. 내가 본 그 국경의 평화는 조, 러 양국이 눈 붉히고 싸울 일이 없기 때문에 생긴 것이다. 평화의 시대, 대륙의 시대를 맞이하는 지금은 서로 친해지기 위해 무엇을 해야 하는 것이 상례. 2018년 9월 19일 문재인 대통령은 10만의 평양 시민들에게 호소했다. 평화로 새 시대를 열어가자고. 뜨거운 박수로 그들은 화답했다. 서로 덕담을 했고 칭찬을 마다하지 않았다. 그것이 평화다.

그동안 반북의식으로 의심과 험담을 마다하지 않았던 나를 반성하는 게 필요한 시점이라 여기고 글을 써나갔다. 그러기에 욕은 좀 줄이고 가능한 북한의 좋은 모습을 보기 위해 노력한 것을 숨길 필요는 없다. 지금까지 북한을 방문했던 남한의 모든 지도자들도 다 그렇게 칭찬했고 나 또한 상대에게 좋은 사람이고 싶으니까. 굶어 죽는 사람이 넘쳐 망한다, 체제에 반대하는 이들 때문에 망한다 했지만 우리가 현재 보고 있는 북한의 모습은 활기차다. 평양의 거리는 높은 건물에 휘황찬란한 조명이 번뜩이고 각 도시엔 북녘 동포의 웃음이 넉넉하다. 거기도 당연히 사람이 사는 곳이니 여타의 다른 나라, 다른 도시에 비길 만한 발전의 모습이 없을 리 없고 그것으로 신기해할 필요는 없다. 다만 내가 관심을 가졌던 것은 분단 70여 년, 더욱이 사회주의가 무너지고 30여 년, 마땅한 우방에 기대지 않고도 그 세월을 견뎌온 북한 사람들의 힘은 무엇이었을까, 였다. 북한의 모습을 들여다보면서는 남한을 비롯한 타국과의 비교는 경계했다. 불교의 가르침대로 비교는 삼독(三毒—貪, 瞋, 痴)의 원흉이므로.

노래와 함께 슬픈 디아스포라 재일 조선인의 안내자로, 또 다른 디아스포라 연해주 고려인과 시베리아의 안내자로 살며 나는 그들의 아픈 역사와 고단한 생활에만 집중하지는 않았다. 오히려 그 역사를 딛고 끈질

긴 삶을 이어온 그들의 긍지와 그것만으로도 충분히 인정받아야 할 미래를 더 기대했다.

이 책은 내가 북한의 안내자가 된다면, 이라는 가상의 설정을 기준으로 시베리아 횡단열차처럼 나와 기차로 동행하는 도반들께 들려드리고 싶은 주제를 중심으로 골랐고 공부했다.

그러니 굳이 책의 성격을 자평하자면 '시베리아 안내자가 쓴 북한 기행 예행연습'쯤 될 터이다. 모두들 '북한이 변해야 한다'고 소리를 높인다. 설마 북한만 자신이 원하는 대로 변하고 자신은 하나도 변하지 않겠다는 궂은 심보는 아니리라고 믿는다. 교류와 소통은 당사자 간의 호흡을 주고받는 일이다. 더 좋은 향기를, 더 많은 웃음을 나누기 위해 쌍방간에 노력해야 함은 당연한 일이다. 하여 또 하나의 겨레를 맞이하기 위해 나는 어떤 모습으로 변화해야 하는가에 대한 고민은 '북한으로부터의 배움'이란 형태로 정리했다. 어떤 이에겐 그동안 감춰졌던 북한의 속내를 살피는 기회일 수도 있겠고, 어떤 이에겐 그저 30여 년 통일이란 글자의 언저리에서 서성거렸던 이의 넋두리일 수도 있겠다. 둘 다 괜찮다.

성공회대 도서관에 있는 북한 관련 책들은 대부분 뒤적였고 그중에 수십 권은 머리맡에 두고 1년여를 넘게 살았다. 통일부에서 제공하는 각종 자료들과 북한 자료 센터, 또는 유튜브의 영상들은 북한에 대한 생각들을 정리하는 데 큰 지원군이 되었다. 북한을 먼저 방문했던 재미 동포 홍정자 선생, 최재영 목사, 신은미 선생의 생생한 기록과 최근 설립된 통일TV 진천규 대표의 영상에는 내가 글로 써야 할 세세한 문장들이 박혀 있었다. KBS의 '남북의 창', MBC의 '통일전망대'를 포함, JTBC 등의 방송 프로그램과 《조선일보》와 미국의 소리(VOA), 자유아시아방송(RFA), 《한겨레》, 《통일뉴스》, 《민중의소리》, 《현장언론 민플러스》, 《NK투데이》, 북한의 관영 홍보 매체 《우리민족끼리》와 《조선의 오늘》, 《노동신문》, 조선중앙 TV 등에 실린 기사들이 새로운 주제들에 대한 욕심을 부추졌고, 탈북민 김련희, 홍강철 씨의 증언과 문화기획가 이철주 형의 연재는 내가 공부했던 사실들에 대한 신뢰를 부여해주었다.

(사)희망래來일 대륙학교는 내가 가진 대륙에 관한 사고思考의 고향이다. 정세현 교장 선생님과 이철 이사장님은 그 존재만으로도 든든한 버팀목이었다. 모두가 고마운 분들이다. 글을 쓰면서는 외유를 자주 했다. 광덕산 자락의 혜덕암慧德庵은 다시 찾기 두려운 글 쓰는 고통의 현장이었지만 늘 고요한 달빛으로 다독여주었다. 병상에 계신 혜덕 선생께 고마움을 전하고 쾌유를 기원한다.

나무가 잘려 나가는 지구의 고통을 생각하면서 글을 썼다. 그만큼의 값있는 책이 될 수 있을지를 걱정만 했다. 이 얄팍한 술수를 실제의 부담으로 안으며 출판해주신 삼인이라는 맑은 이름과 편집진에게 더없는 고마움을 드린다. 나의 세 번째 책마저 출판해주셨으니 세 번의 큰 빚을 지는 셈이다.

"고맙습니다. 그래도 작은 나무 반 그루어치의 노력은 했으니 너그럽게 이해해주세요."

내가 무슨 일을 저질러도 지지해주시는 내 활동의 원천 '사람이 사는 마을' 식구들과 천국의 시민이 되어 나의 어린 모습을 지켜보시는 그리운 나의 하느님 어머니, 그리고 가족들의 이름을 떠올리지 않을 수 없다.

2018년 4월 27일 판문점 선언과 9.19 평양 선언은 전쟁의 공포와 분단의 상흔으로 점철된 한반도의 역사에 평화라는 화인火印을 찍는 역사적인 선언이다. 사고思考의 역사는 인류를 이성화했지만 그것을 현실화시킨 것은 보행步行의 역사이다. "머리에서 가슴으로의 여행보다는 가슴에서 발로의 여행이 더 먼"(신영복 선생의 말씀 중) 이유다. 하여 2018년 남북 정상의 선언은 단지 평화를 향한 의지의 표현이라고 읽어야 한다. 그러니 평화가 떠나지 않도록 우리 곁에 묶어두는 일, 평화의 선언을 지키는 행동이 필요하다. 평화는 방향을 가두지 않는 것이다. 자유롭게 열리는 방향을 향해 묵묵히 걷는 것이다.

그리움에
설레는
가슴을 안고

서울역에서 백두산은 직선거리 500킬로미터
남쪽에서는 경부선 북쪽에서는 평부선
남쪽에서는 경의선 북쪽에서는 평의선
평양에 머물다가 만포선 강계 만포에 가고
혜산 만포 청년선 혜산에 가고
백두산 청년선 타면
그제서야 삼지연으로 닿는 길
일백예순한 개의 역에 나의 발은 두 개
삼백스물두 개의 발자국을 남기면
기차로 900킬로미터
멀어봐야 사나흘
그 길을 간다

제1여정

1 바람(Wind)을 이정표 삼고
바람(Hope)을 양식 삼아

서삼독書三讀을 여삼행旅三行으로,
서울역에서 바라보는 북한 철도

서역西域이라고 했지요. 리히트호펜(Ferdinand von Richthofen, 1833-1905, 독일 지리학자)이 실크로드Silk Road라고 이름 붙이기 한참 전부터 우리는 그렇게 불렀습니다. 히말라야와 알타이 산맥을 아래위로 두고 천산을 넘고 타클라마칸 사막을 지나 안식국 페르시아를 건너면 지중해에 닿습니다. 새의 깃털을 단 모자에 환두대도를 옆구리에 찬 고구려의 사신들은 사마르칸트의 벽화(우즈베키스탄 아프랍시아 궁중 벽화)에 모습을 드러내고, 한눈에 보기에도 코가 큰(高鼻) 서역인들은 고구려의 각종 벽화에서 곡예를 즐기기도 했지요. 고구려인들은 말을 끌고 대상단을 꾸려 서역으로 달렸고, 백제 신라인들은 배를 타고 먼바다를 달려온 서역인들을 맞이했습니다. 그들은 다투기도 했고 다독이기도 하며 서로에게 물들었습니다. 굳이 고구려, 백제, 신라, 나라를 구분할 필요도 없이 다 우리의 조상 한반도에 살았던 대륙인들이었지요. 육상 실크로드가 철의 실크로드로 변한 시점은 시베리아 횡단철도(TSR)가 건설된 이후입니다. 1891년 모스크바에서 첫 삽을 뜬 TSR은 러시아의 황제 2대에 걸쳐 건설되어 1916년에 블라디보스토크 구간까지 완공됩니다. 총 연장 길이가 9,288킬로미터입니다. 1914년 갓 스물둘의 춘원春園이 오산중학교 선생을 걷어치우고 마음 둘 곳을 찾아

바이칼로 떠난 길이 이 길이고, 1936년 베를린행 기차표를 손에 쥐고 가슴 떨려 하던 손기정이 한 달 보름을 달려간 길이 이 길입니다. 오직 조선의 독립을 위해 볼셰비키가 된 김 알렉산드라가 노보시비리스크의 벌목 현장에서 노동자들과 새 삶을 논하던 길도 이 길이고, 만주벌의 독립운동가들이 일제의 심장에 비수를 꽂기 위해 목숨을 버리며 드나들었던 길도 이 길입니다. 지금으로부터 2,000여 년 전, 까마득한 옛날부터 불과 얼마 전까지의 역사입니다.

냉전과 분단으로 대륙과의 교류가 끊겼던 70년은 2,000년의 긴 시간에 비추면 '고작'이라고 표현해도 될 터입니다.

그러나 분단, '고작'이라고 표현하기에 너무 무거운 세월이 70년이나 흘렀습니다. 지난 2,000년의 시간보다 70년이 더 무거운 이유는 우리가 현재 고작이라 부르는 이 시간 속에 살고 있기 때문입니다.

많은 사람들이 북한을 농업국가로 생각하고 있다. 북한이 나름 안정적인 시기에 황금평이니 협동벌이니 식량 생산과 관련된 홍보를 주로 한 탓도 있지만, 서방세계가 본 지금까지 북한의 모습은 허름한 농촌의 집, 보잘것없는 협동농장이나 메마른 들판 정도였기 때문일 수도 있다. 그러나 북한은 중공업 우선 국가다. 풍부한 자원을 토대로 중공업 산업을 우선 시해왔다. 자원을 실어 나르는 철도의 규모를 보면 짐작할 수 있다. 북한의 철도는 총 연장 5,304킬로미터로 남한의 4,077킬로미터보다—코레일, 북한철도현황(2018년 12월) 및 북한 통계자료(통계청 2017)— 길다. 물론 한반도 전체의 55.1퍼센트를 차지하고 있으니 당연한 일이기도 하겠으나 그걸 감안하더라도 남한의 경부선 철도 하나가 북한에 더 깔려 있는 것이다. 총 140개 노선에 940개의 역이 있고, 100킬로미터 이상의 구간은 14개다. 전체 노선의 약 50퍼센트를 단거리 선으로 운영한다. 전철화 비율도 높아서 약 80퍼센트는 직류 3,000볼트의 전기로 움직인다. 참고로 남한은 전철화 비율이 71.9퍼센트이고 기차는 대부분 교류 25,000볼

트의 고압 전류를 사용한다. 광복 직후인 1946년에는 일제 때 깔아놓은 3,797킬로미터가 있었고 그 후 혜산 만포선, 금강산 청년선 등을 건설해서 1983년 4,886킬로미터로, 2015년 5,304킬로미터의 총 연장 길이를 완성했다. 분단 이후 약 1,507킬로미터가 더 깔린 셈이다. 일단 여기까지가 북한 철도의 장점이라면 장점이다. 만성적인 전력 부족 현상은 잘 가던 열차도 멈추게 했고 3퍼센트밖에 되지 않는 복선화 비율은 느릿느릿한 열차마저 통과를 기다린 후에야 달릴 수 있다. 2018년 7월 남북 철도의 복원을 위해 개성부터 신의주까지 400킬로미터 점검에 나섰던 남측의 한 관계자는 전력 공급의 불안정으로 가끔 열차가 멈추기도 했고 어떤 구간은 전기 기관차를 디젤 기관차로 바꾸기도 했다고 전했다. 더 큰문제는 철도 노후화이다. 목재 침목은 인장 강도가 낮아 콘크리트 침목으로 교체하는 것이 세계적인 추세인데 그나마 목재 침목조차도 빠진곳이 많고 침목을 지탱하는 자갈의 양도 현저히 부족하다. 산악 지역이많은 북한의 지형을 고려하면 자갈을 비롯한 골재의 확보는 철도 안정성과도 긴밀히 연관되는 부분이다.

철도는 하부구조 그러니까 레일과 기관차에 대한 부분도 중요하지만전차선 설비나 신호 설비 같은 상부구조도 철도 건설의 50퍼센트를 차지할 만큼 중요하다. 북한 철도의 상부구조는 자동화 시설의 미비로 아직 사람이 기계를 대신하는 노선이 많다. 총 140개의 노선이라지만 운영을 하지 못하는 노선도 있다. 태풍과 홍수 피해로 유실된 철도를 복원하지 못한 것이다. 역시 2018년 동해선 제진부터 나진까지의 연결을위해 점검에 나섰던 남측의 인사들은 원산 인근 안변역까지 버스를 타고 이동했다. 금강산 청년선 구간 감호역에서 안변역까지 119킬로미터는 열차 운행이 불가했던 탓이다. 철도가 끊기면 공장에 물자 공급이 안되고 생산 라인이 멈춰서면 노동자들의 배급량도 줄어든다. 화력발전소를 돌리기 위해서는 석탄이 필요한데 석탄을 실어 나를 기차를 움직이지 못해 전력 생산을 못 하는 악순환이 되풀이된 것이다. 그런데도 북한은 모든 수송의 통로가 철도라고 해도 과언이 아닐 만큼 철도의 나라이 기도 하다. 여객 수송량의 75퍼센트, 화물 수송량의 90퍼센트를 철도가 해낸다. 객차는 남한에 비해 1,290여 대가 많은 2,213대로, 화차는 무려 13,000여 대가 많은 24,113대로 추정하고 있으나 정작 화차와 객차를 끌고 갈 기관차는 남한보다 2,200여 대가 적은 1,190여 대로 파악됐다. 북한 철도의 속도는 구간마다 다르지만 시속 20~60킬로미터를 넘지 못 한다. 북한의 답답한 경제 현실을 철도의 운영 실태가 보여주는 것이다.

한반도 평화의 시대라는 게 남과 북의 화해와 협력을 통해 이루어진다 는 데 이견을 다는 이는 별로 없다. '소통'이 주요한 도구일 것이고 '길' 은 소통을 쓰임새 있게 만드는 '틀'일 테다. 가장 빠른 소통을 원한다면 하늘길로 가면 되고 진득하니 속내까지 섞을 요량이면 함께 걸으면 된 다. 애초 목적지를 정한 바람(wind)의 길은 멈춘 적이 없고 바라볼 곳이 높았던 새들의 행렬 또한 끊긴 적이 없던 길이었다. 다만 레일rail이 끊겨 질주할 수 없었던 사람의 길이었다. 당연히 기차는 레일이 있어 힘차게 달린다.

"통일비용이요? 그게 다 새빨간 …"

돈 얘기를 꺼내는 이들이 많다. 북한 철도 현대화 사업은 개보수보다는 신설이란 말이 더 타당하다며 열을 올린다. 북한에 드는 비용은 남한 정 부의 몫이 되고 결국 혈세를 지불해야 한다는 말인데 추정 액수도 상당 하다. 총 43조가 든다는 이도 있고 56조가 들 거라는 이도 있고 그것을 국민 1인당 얼마 식으로 계산해서 거금을 강탈해 간다는 식의 장황설을 늘어놓는다. 그들의 셈법이 맞는지는 모른다.

우리나라 최초의 철도인 경인선이 첫 삽을 뜬 건 1897년 3월 22일이다.

미국의 장사꾼 제임스 모스James R. Morse에 의해서다. 1년 전인 1896년 3월 29일에 그가 조선 정부로부터 넘겨받은 문서는 경인철도 부설권敷設權이었다. 조선 정부는 그에게서 시혜를 받은 것이 아니라 특별한 권리를 부여한 것이다. 그는 결국 공사 진행 1년 뒤 자금 부족을 이유로 조선 정부의 허락 없이 일본의 경인철도 합자회사에 당시 돈 100만 달러를 받고 팔아넘겼고 1899년 9월 일본에 의해 개통된다. 또 일본은 시부사와 에이이치(渋沢栄一)가 사장인 경부철도 주식회사를 앞세워 1904년 12월 27일에 경부선을, 경의선은 1905년에 개통했다. 일본의 철도 부설 목적은 좋게 말해서 국방공위 경제공통國防共委 經濟共通이었지만 나라를 빼앗고 수탈하겠다는 선포였다.

1898년 체결된 경부철도합동조약京釜鐵道合同條約에서의 일본 측 요구를 보면 침략적 근성의 중심을 더 명확히 확인할 수 있다. 철도 부지의 무상 제공과 영업 이익에 대해 비과세를 요구했고 완공 후 15년 동안 영업권을 일본이 전유하며 이후 대한제국이 매수할 수 없을 시에는 위 사항을 10년씩 연장한다는 것이다. 대한제국의 정부가 요구했던 사항은 고작 철도 부설 노동자의 90퍼센트를 조선인으로 할 것과 조선인도 경부철도(주)의 주주가 될 수 있다는 조항 정도였다. 그들이 깔아놓은 이 길로 서구 열강의 신식 총과 권력이 들어왔고 일본 군대가 진출했다. 그 길로 수많은 조선의 목숨과 전쟁 공출을 비롯한 숱한 자원이 빠져나갔다.

"조선 침탈의 주역이 자본주의의 아버지로 찬사를 받다"

훗날 경부철도 주식회사의 주역 시부사와 에이이치는 일본 자본주의의 아버지로 변신해 남한에서도 꽤 큰 찬사를 받은 적이 있다. "올바르게 번 돈을 올바르게 쓰는 것, 그것이 국가와 사회를 위해 공헌하는 길이다"라나 뭐라나. 벌써 돈 걱정하시는 분들께는 권하고 싶다. 북한을 대상으로 제2의 시부사와 에이이치가 되어보시라고. 그의 말은 침탈자의 수사에 불과

했지만 당신들은 실제로 올바르게 벌어서 올바르게 써보시고 그렇게 된다면 군이 국가와 사회에 공헌할 생각까지는 안 하셔도 된다고. 다만 북한이 구한말의 조선처럼 속절없이 내어주기만 할 것인지는 장담하지 못한다.

느리게 가도 좋다. 갈 수만 있다면 한 이틀 서너 날 걸려 더디 가도 무슨 상관일까. 기차는 투박한 농사꾼을 태우고 희멀건 서생書生도 태우고 장사꾼도 왈짜패들도 태우고 같은 방향으로 달린다. 침 튀기며 다투기도 했다가 아름다운 일몰을 만나면 다 같이 침묵하기도 한다. 군데군데 내리기도 하고 타기도 한다. 한적한 마을을 지나고 너른 평야를 지나고 복잡한 대도시에 섰다가 다시 험한 고갯길을 향해 달린다. 그러다가 국경을 만난다.

거기에는 총 철도 연장 127,000킬로미터를 아우르는 일대일로一對一路가 있다. 신의주에서 북경, 서안과 우루무치를 지나 중앙아시아를 거쳐 지중해로 그 옛날 바람에 방향을 물으며 걸었던 선조들의 길을 세계 최장 25,000킬로미터의 고속철도로 달리는 것이다. 일대일로 위에는 시베리아 횡단철도가 있다. 산 하나 무게의 짐을 화물칸에 싣고도 일주일이면 모스크바에 닿는 9,288킬로미터 동서 횡단열차의 원조다. 종착역 모스크바에 이르면 거기서부터 유럽 기행은 새롭게 시작된다. 2019년 2월 27일 제2차 북미 정상회담의 주역 김정은 위원장은 기차를 타고 4,500킬로미터 66여 시간을 달려 평양에서 하노이로 갔다. 기차로 닿아야 할 곳이 유럽뿐만이 아니라는 것을 한순간에 보여주었다. 한반도 최대의 시장은 중국과 인도를 포함하는 아시아라는 것도 환기시켜주는 듯했다. 단순히 미국과 북한의 회담이 아니라 미국 대 중국과 러시아를 포함한 유라시아 대륙 간의 회담이라는 큰 의미로 격상시킨 것이다. 비록 합의에 이른 사안이 없어 평화의 시계는 느려졌지만 이 회담의 과정은 시간이 지날수록 더 큰 가치를 부여받을 것이다. 비행기로 날아갔다면 모두 사라져버렸을 함의含意들이다.

분단을 이고 온 사람들이 있습니다. 그들의 머리 위에 있는 분단이란 바위는 밧줄이 되어 목을 조이기도 했고 총탄이 되어 심장을 뚫기도 했으며 때론 사상思想이 되었으나 감옥으로 가는 열쇠이기도 했습니다.

　우리는 이제 분단을 뒤로하고 여기 서울역에서 기행을 시작합니다. 서삼독書三讀이라고 했지요. 책을 읽을 땐 텍스트text를 먼저 읽고 필자를 읽고 마지막으로 독자 자신을 읽어야 독서의 완성이라는 겁니다. 기행紀行이란 말도 행자의 발걸음에 실마리를 잡는다는 뜻이니까 독서와 크게 다르지 않습니다. 먼저 도착하는 곳에서 바람의 향기를 맡고 풍경을 담는 게 우선이지만 그 안에 사는 사람들의 역사와 삶의 방식, 그들의 꿈은 어떻게 이어져왔는가를 보아야 하고 마지막으로 내가 살았던 한 생의 발걸음을 되짚어보는 것입니다. 이 먼 여행에서 돌아와 책상 앞에 앉았을 때 나의 삶은 어떤 것이었을까 반성해보는 것입니다. 그러니까 이 기행은 서삼독書三讀을 여삼행旅三行으로 여기면 좋을 듯합니다. 2018년 세 차례의 남북 정상 회담이 이루어지고 통일에 대한 기대감에 들뜬 분들이 많았습니다. 북한의 막대한 자원과 풍부한 노동력, 남한의 자본과 기술이 뭉치면 세계사에서 보기 드문 한반도 발전을 이룰 수 있다는 것이지요. 맞는 말이긴 하지만 아까 말씀드린 일본의 한반도 침탈의 예를 들어보면 경우에 따라 끔찍한 얘기일 수도 있습니다. 따라서 자본의 논리가 아닌 인간의 논리가 우선되어야 한다고 생각합니다. 사업가의 눈이 아니라 시인의 눈으로, 경계의 마음이 아니라 같은 겨레의 심성으로 찾아가는 북한 기행이 먼저입니다. 힘이 닿는 대로 우리는 평부선, 평의선, 강원선, 금강산 청년선, 혜산 만포선에 북한에서 가장 긴 평라선을 달리며 지난 70년간 우리가 모르고 살았던 북한의 환희와 아픔, 긍지와 고통의 속내를 살펴보겠습니다. 그리고 막연한 상상력으로 새로운 평화의 시대를 꿈꾸어보기도 하겠습니다. 더 중요하긴 하지만 지난 70년 우리가 발 딛고 살았던 남한 사회에 대한 성찰은 각자의 몫으로 남기겠습니다. 바람(Wind)을 이정표 삼고 바람(Hope)을 양식 삼아 사람의 마을로 여장을 꾸리고 다시 떠나겠습니다. 우리의 바람을 막을 수 있는 존재는 오직 신뿐이라는 믿음으로 걷겠습니다. 발이 기억하고 그 일을 말로 풀어내는 것이 순서인 건 당연합니다. 그러나 이 기행은 먼저 말을 해야 하는 한계가 있음을 깊이 양해해주시기 바랍니다.

2　물고기는 체제라는
　　그물을 모르는데

임진강을 건너면 북방 한계선(NLL)
그리고 저도 어장과 장산곶

저물녘 노을에 물든 바다의 속살을 향해 그물을 던지며, 별의 방향을 따라 만선의 배를 몰고 귀항하는 고깃배가 이 해역에서는 분단 이후 단 한 척도 없었다는 사실을 기억해야 합니다. 고기를 못 잡아 걱정스러운 밤이면 북으로 혹은 남으로 다른 어장으로 가서 더 많은 고기를 잡을 거라고 가족을 다독이는 가난한 어부의 내일도 그 해역에선 한 명도 없었음을 기억해야 하구요. 반면 평생을 살아온 푸른 바다의 황금어장을 지척에 두고도 정작 본인은 얼씬거리지도 못하고, 되놈(중국 어부)들의 저인망 그물에 속속들이 붙들려 가는 어린 새끼 고기를 안타까워했던 서해 연안의 수많은 어부들이 있음도 다시 기억해야 합니다. 그것이 소박한 어부의 마음입니다.

　서해 5도가 선명하게 찍힌 한반도기를 펄럭이며 남과 북 가릴 것 없이 장산곶의 떠오르는 일출을 향해 출어를 서두르는 어선의 기쁨이 평화입니다. <바다 만풍가>의 마지막 구절은 "사회주의 대가정에 바다 향기 더해가세"지요. 사회주의니 자본주의니 반공이니 친미 괴뢰니 하는 말들은 서해 바다 공해상의 가장 깊숙한 곳에 유폐시키고 "통일 조국 새 나라에"를 서해 5도에 만들어 함께 목청껏 부르는 날이 진정한 평화입니다.

　기차가 임진강을 지나면서부터 도대체 이 선이 무엇이었길래 오도 가도 못 했는지 생각해보게 됩니다. 육로도 그렇지만 바다도 그렇습니다. 우리 북한 노래 <바다 만풍가> 한번 부르면서 오해 많았던 동해 바다, 서해 바다의 금단선을 떠올려봅시다. 그리고 이 구간에 녹여난 몇 가지 이야기를 나누어봅시다. 기타는 제가 치겠습니다.

바다 만풍가
차호근 작사 김해성 작곡

포구엔 만선의 뱃고동 소리
선창엔 물고기 가득 웃음도 절로 나네
늠실늠실 만경창파 춤추는 줄 알엇더니
물고기 떼 지어 출렁이는 보배로운 바다로다
마중 가며 잡구요 (어기여차)
따라가며 잡구요 (어기여차 어그야 하디야)
우리 기쁨 우리 정성 풍어기로 나붓겨라
통일 조국 새 나라에 바다 향기 더해가세

만선의 꿈은 선을 넘지 못하고

동해의 일출은 언제나 찬란하다. 새벽 다섯 시 대진항을 느리게 빠져나와 바다 밑에서 스멀거리는 한 줄기 붉은 띠의 수평선 쪽으로 배를 몬다. 담배나 한 대 피웠을까. 수평선 위의 구름이 더욱 짙어지고 동 트는 새벽의 붉은빛이 시야를 물들일 즈음엔 배의 조타 핸들을 왼편으로 힘차게 돌린다. 북쪽이다. 해안선을 왼쪽으로 두고 오른쪽은 망망대해. 바람은 해안에서 불어와 바다로 가는지 배의 왼편에서 흔들고 파도는 바다로부터 밀려와 항구 쪽으로 가는지 배의 오른편을 넘실댄다. 어로 한계선은 북위 38도 33분. 먼저 와 있는 500톤 급의 해양 경비함정 주위로 배들이 몰려들고 잠시 숨을 고르며 자신의 배 이름이 호명되기를 기다린다. 지금부터가 황홀한 순간이다. 출항하면서 옅은 한 줄기였던 붉은빛은 벌써 구름과 하늘을 물들였다. 곧 태양이 수평선을 가르며 솟아오르면 어느새 바다는 붉게 길을 내어 흔들리고 어선들은 동해의 일출이 내어주는 길을 따라 북쪽으로 힘차게 엔진의 속도를 높인다. 그때 해경의 입어 신호가 길게 울린다. 그렇게 금단의 영역에 빗장이 열리면 문어연승, 자망어선, 잠수기, 나잠(해녀들을 실은 배) 등 약 120여 척의 배들은 최적의 조업지를 선점하기 위해 하루 중 가장 빠른 속도로 질주하기 시작한다. 그러나 일출이 내어준 쾌속의 황홀한 시간은 10여 분을 넘지 못한다. 분단 이후 단 한 번도 그 시간을 넘어본 적은 없다. 북방 한계선(Northern Limit Line)은 북위 38도 37분. 그 위로도 바다는 끝없이 펼쳐져 있으나 사실상은 절벽이다. 다가설 수는 있으나 다가서서는 안 되는 곳이다.

　동해안 저도 어장은 한때 명태나 고등어, 청어, 오징어 등으로 이름을 날렸다. '살기 좋다는 원산 구경이나 한 후 미이라가 되었을 때 어떤 가난한 시인이 밤늦게 시를 쓰다가 쐬주를 마실 때 쫙쫙 찢어지는 술안주'(양병문의 시 「명태」)도 그 물에서 나왔고, "칠흑의 바다 어둠을 밝히는 집어등빛"이 사랑인 줄 알아 "차가운 물속까지 들뜨게 하는 그 빛에 눈멀어 사랑의 미로를 찾"다가 "도시의 빈 빨랫줄에 걸렸을 때 비로소 떠나온 바다가 사랑인 줄 알았"(윤향미의 시 「오징어」)다는 눈먼 사랑의 아픔도 그 바다에서 나왔다. 이제는 옛말이 됐다. 지구 온난화로 인한 수온의 변화와 수자원 고갈, 정세 불안으로 인한 조업 일수 부족 등의 이유로 대관령 황태덕장은 러시아 어부가 잡은 명태가 말려진 지 오래다. 폭이 3킬로미터에서 5킬로미터씩이나 되는 대가족이 와글와글 몰려와 인민들의 생활에 크게 도움이 되는 것을 기뻐했던 생전 김일성 주석의 어록이 불편했을까. '명태 그물을 다려내고 조려내고 또 다려내자'던 청진항 어부의 노래가 무서웠을까. 정착성 어종인 명태는 그리운 동해 바다를 떠나 프리모르스키 산맥을 바라보며 북상하여 오호츠크해 어디쯤에서 마을을 이루었을 것이다.

그물 당기는 소리 (함경도 민요)

다려내자 조리를 내고 보자 다려내자
이 망자를 다려주소 다려내자
명태나 그물에는 다려내자
아홉 코에 열한 개씩 다려내자
걸렸구나 걸렸구나 다려내자
허리띠를 졸라매고 다려내자
다려 소리 받아주소 다려내자
—『조선 민요전집 2』에서

2017년 명태 인공 부화와 양식 기술에 성공한 북한은 함경북도 련진 수산사업소를 중심으로 명태 양식 사업을 빠르게 진행하고 있다. "련진 앞바다 양식장에 서식하는 부착규조와 조개유생을 확대 배양하고 백수십만 마리의 새끼 명태를 키울 수 있는 수백㎡의 인공 기르기 장들과 배양장도 새롭게 완비하였다." 거기서 만들어진 어린 명태를 수십만 마리씩 바다로 방류하는 한편 련산과 인근 독연대봉 수산사업소를 중심으로 종자 명태 잡이에 큰 성과를 올리고 있다고 신문(《노동신문》 2018년 6월 25일자)은 보도한다.

북한의 동해안 거의 전 지역에서 즐겨 먹었다는 명태 대가리 순대나 명태 매운탕, 명태전은 물론이고 함흥냉면에 고명으로 얹는 명태회까지도 이젠 바다 양식으로 채워질 모양이다.

명태가 떠난 자리는 방어가 채웠다. 해가 대관령을 넘기 전 저도 어장엔 방어 떼가 거대한 띠로 마치 용천수 보글거리듯 수면 위로 파닥인다. 1킬로미터도 넘는 광대한 면적에 그물에라도 걸린 것처럼 서로 살 부비며 튀어 오르는 방어의 푸른 등과 흰 뱃살은 태백산맥이 드리우는 음영과 바다 표면의 포말에 뒤섞여 한눈에 담을 수 없는 수족관이 되고 아침 햇살의 빛 내림이 더해지면 방어 떼로 채워진 바다의 색깔은 오직 선명한 흑과 백뿐이다. 인근 대진항과 초도항, 바로 밑의 거진항에서 올라온 어부들은 그 풍경이 익숙한 듯 무심히 낚시를 던지고 미끼를 문 방어는 몸서리를 치며 올라온다. 그렇게 해가 산을 넘으면 선장들은 방어 떼를 따라 배를 서서히 북상시켜 몇 마리만 더 잡자 몇 마리만 더 잡자 하며 부지런히 손을 놀리는데 조금만 더 가면 북방 한계선이다. 그 바다에서 오직 사람과 어선만 지나갈 수 없는 그 선을 방어 떼가 지나가고 어부는 멀어지는 방어 떼를 바라보며 낚시를 거둔다.

남의 바다에서 북의 바다로 저녁을 맞으러 넘어온 고기들은 같은 바다 같은 땅에서 사는 다른 체제의 어부들에게 잡힌다. 금강산 아래 장전항과 통천항에 수산기지를 둔 북한의 어부들은 집어투쟁과 어로전에 나서 연일 큰 성과를 올리는 일꾼들이다. 특히 통천 수산기지는 김책시 수산사업소, 원산 수산사업소와 더불어 동해안 수산기지의 중추를 담당한다. 대규모 하륙장과 물받이장을 건설하고 부두 확장 공사를 진행하여 하루 1,000톤의 물고기를 가공 처리할 수 있는 시설도 갖추었다. (《노동신문》 2017년 11월 25일자 참조) 대경 지도국 아래 수산기지들은 어로전투 지휘부를 조직하고 사회주의 경쟁의 불길을 세차게 당기는데 특히 김책시와 통천군 수산사업소에서는 2017년 11월 15일 하루에만 1,000톤의 어획량을 올렸다고 같은 신문은 보도했다.

여기가 바로 인당수라……

필리핀 동쪽 해상 수심 3,000미터 지점에서 기세 좋게 출발하는 쿠로시오 해류는 동중국해를 거쳐 오키나와와 제주 사이에서 태평양과 동해로 갈라지게 되는데 그중 동해로 거슬러 올라오는 난류 중 일부가 서해로 스며들어 황해 난류가 된다. 서해의 중심부로 북상하던 해류는 중국

산둥반도를 기점으로 좌우로 나뉘거나 최북단 발해만으로 흘러 중국의 동부 연안을 배회하는데 한반도의 서부 연안을 수만 년 침식시키며 남향하던 해류는 산둥반도에서 미리 동쪽으로 방향을 잡은 해류와 황해도 용연반도에서 직각으로 합수하며 한바탕 회오리를 일으킨다. 그곳에 심청이 비단을 뒤집어쓰고 만경창파 갈매기격으로 뛰어내린 인당수가 있다. 북으로는 새벽에 단 한 번의 날갯짓으로 마을을 괴롭히는 잡새들을 물리치고 황혼 녘에 돌아와서는 당솔나무 아래서 동네 아이들과 사귀며 쉬었다는 장산곶 매의 고장 장산곶이고 남으로는 따오기가 두무진 기암절벽에서 깨어나 흰 날갯짓으로 섬 전체를 감싼다는 백령도白翎島다.

> 장산곶은 너비 300~500m, 길이 2~3km의 운적지가 길게 늘어서 있고 남쪽 바다와의 사이에 넓은 용연 벌, 북쪽 바다와의 사이에 몽금포 벌을 품으며 월내도, 육도를 비롯하여 16개의 작은 섬들과 대동만, 몽금포, 구미포, 덕동포, 고암포를 비롯한 포, 진, 곶 등이 있다.
> ―과학백과사전출판사 1982년 간행

> 한 곳을 다다라 돛을 지우고 닻 내리니 여기가 바로 인당수라. 거센 바람 크게 일어 바다가 뒤 누우며 어룡이 싸우는 듯, 벽력이 일어난 듯, 너른 바다 한가운데 일천 석 실은 배, 노도 잃고 닻도 끊어지고 용총도 부러지며 키도 빠지고, 바람 불고 물결쳐 안개 비 뒤섞어 잦아진데 갈 길은 천리만리 남아 있고, 사면은 어둑하고 천지가 적막하여 간신히 떠오르는데 뱃전은 탕탕, 돛대도 와지끈, 순식간에 위태하니.
> ―『심청전』 직지 완판본 중에서

고려시대 예성강 하구의 벽란도로부터 송나라 남경을 오가며 수십 년 장사를 해오던 남경 상인들조차 열다섯 살 처녀아이를 제물로 바치지 않으면 쉬이 건너지 못했던 곳이 인당수다. 그만큼 험한 뱃길이기도 했지만 그곳을 사이에 두고 수만 년의 풍랑으로 인해 기이하게 다듬어진 장산곶과 백령도 절벽의 아름다움 또한 서해의 으뜸이다. 백령도 북서쪽 사항포구에서 동진호 선장 이 씨가 깃대에 깃발을 매고 있다. 독도와 울릉도 그리고 서해 5도가 그려져 있는 한반도기다. 당연히 그 지도에 분단선은 없다. 쇠가마우지와 형제봉, 심청이 연꽃을 타고 올라와 바위가 되었다는 연봉바위를 뒤로하고 배가 출항하면 얼마 지나지 않아 속도를 늦춰야 한다. 배의 방향계가 37도 59분 600초를 가리키면 거기가 백령도 어로 한계선이다. 발해만에서 여름을 나기 위해 800여 킬로미터를 헤엄쳐 온 서해 최대의 포식자 물범이 버티고 있는 곳이다. 어부가 부표를 찾아 미리 내려놓은 낭장망 그물을 거둬 올리면 투명한 은빛의 까나리가 한가득이다. 까나리 철은 대개 6월 말이면 끝난다. 까나리는 항구로 옮기자마자 소금에 절여 액젓을 담는다. 백령도 북쪽 어장은 까나리뿐만 아니라 꽃게, 노래미, 볼락과 홍어 등 다양한 수자원의 서식지이자 산란장이다. 이곳에서 약 1킬로미터쯤만 더 북으로 갈 수 있다면 훨씬 더 많은 고기를 잡아들일 수 있는데 어로 한계선을 넘을 수 없다는 것이 백령도 어부는 아쉽다. 서해 5도 조업 구역은 백령도 좌측과 대청·소청도 남측 2,394㎢, 연평도 남측 815㎢ 등 정해진 어장에서만 조업이 가능한데 조업 일수도 월 15일로 조업 시간은 오전 여섯 시부터 오후 여섯 시로 한정되어 있다. 지난 2013년 9월 해양수산부는 서해 5도 세 개의 어장 총 91㎢를 확장했고 이후 어민들은 연간 250톤의 물고기를 더 잡아왔다. 어로 한계선 위로는 현재의 어장에 비교할 수 없는 크기의 황금어장이 있으나 그 분단선을 넘지 못하고 만선의 환호 대신 아쉬움을 싣고 귀항하는 어선이 250척이 있다.

"장산곶 마루에 북소리 나드니 오늘도 고기 배 님 싣고 오누나." 맑은 소리로 부르는 서도 민요의 대명사 <몽금포타령>의 배경인 몽금포는 구월산이 안악과 은률을 품고 서남쪽으로 뿌리를 내려 박석산과 태자봉 아래, 서해로 길게 뻗은 불타산 끄트머리의 장산곶과는 지척인 포구이다. 북측의 자연보호연맹에 의해 지정된 천연기념물 142호 몽금포 사구와 143호인 몽금포 코끼리 바위도 유명하지만 노래와 더불어 깊게 각인되어 있는 건 빼어난 풍광과 부드러운 모래, 유난히 맑은 물을 자랑하는 용연반도 최고의 휴양지 몽금포 해수욕장이다. 몽금포에 관한 아릿한 향수는 식민지 시대를 불꽃처럼 살다 간 소설가 강경애의 한 문장만으로도 충분히 그려볼 수 있다.

> 눈 같이 희고도 부드러운 모래 위에 떨기떨기 엎드려 있는 해당화, 그 붉은 꽃송이는 필경 바다를 향한 사장 아가씨의 일편단심이리로다. 바다가 아니면 따르지 않는 그대, 같은 마음 언제나 한 가지리니. 올해도 불이 붓는 듯 피어 있으리. 피를 뿌린 듯이 피어 있사오리. 쏵 내밀치는 파도소리 내 붓끝에 적시울 듯, 문득 나는 붓을 입에 물고 망연히 저 하늘을 바라보노니.
> ─「기억에 남은 몽금포」, 《여성》 1937년 8월

강경애의 묘소는 불타산과 남대천이 짝을 이룬 그의 고향 장연에 있으며 한국전쟁의 총탄 자국이 선명한 그의 묘비에는 서른여덟 살 짧은 생을 마감하기 전의 유고 시 「산딸기」가 새겨져 있다.

서해 북방 한계선과 가장 가까운 북측의 용연반도는 산세가 험하고 농토가 협소해 예나 지금이나 어선을 띄우지 않고서는 한 철을 버티기 어려운 곳이다. 서해 어장의 최남단에 속한 어부들은 초도-몽금포 수역의 어장을 중심으로 당의 수산정책 관철을 위한 비상한 각오와 불굴의 의지를 불태운다고 《노동신문》은 보도한다.(2017년 10월 18일자) 또 2018년 5월부터 5월까지는 같은 어장에서 약 130여 척의 배로 집단 어로전을 수행해 2만 수천 톤의 어획고를 올렸다고 기록한다.(조선중앙통신 2018년 5월 18일) 조선 후기 실학자 성호 이익 선생이 "4월이면 청어가 많이 어획되어 수백 리 어간에 청어를 먹지 않은 사람이 없다"고 『성호사설』에

서 기록할 만큼 청어는 주요 생산 어종이고, 백령도만큼이나 까나리가 많이 올라와 모래 고운 백사장에 바로 말리거나 소금으로 절여 전국으로 나가며, 까막조개라 부르는 바지락이나 대하, 백하, 자하 같은 새우, 호두기, 멸치 등도 많이 잡힌다.

꽃게는 어디로 갈까요

북방 한계선이 한반도에서 큰 문제로 부상하게 된 것은 순전히 꽃게 때문이다. 꽃게잡이 철은 해마다 봄어기 4월에서 6월, 가을어기 9월에서 11월. 연평도 앞바다에 형성된 꽃게 어장엔 현지 어선들이 초긴장하며 출어를 서두른다. 그러나 어민들보다 더 많이 긴장하는 쪽은 인천시, 옹진군, 연평면, 해군2함대, 해병대 연평부대, 인천해경, 293전탐대, 옹진수협 등 아홉 개 기관이다. 이들 현지 TF대책반은 NLL 불법조업 방지와 북한의 도발에 따른 비상사태에 대응하기 위해 마음을 졸인다. 인천 지역 꽃게 어획량의 25퍼센트를 차지하니 연평 어장의 수확량에 따라 그해의 꽃게 가격도 천차만별일 정도로 비중이 높다. 꽃게가 많이 나기 이전에 연평도는 영광의 칠산 바다와 함께 서해 최대의 조기 어장이었다.

연평도의 조기 떼 우는 소리는 봄날 밤이 새도록 시끌거렸고 1960년대 후반까지 연평 바다는 수천 척의 배들로 성황을 이루었다. 어선들이 몰려오면 연평도에는 파시가 섰는데 한창때는 색주가만 100여 곳에 '물새'라 부르는 작부들이 500명도 넘었다 하니 그 위세가 얼마나 대단했는지를 알 수 있다.

조선 이후 500여 년간 위세 좋던 연평도 조기가 급격하게 사라진 것은 1970년 무렵이었다. 어린 새끼들조차 모두 잡아들인 남획의 결과였다.

역사적으로 연평도는 해주 문화권이었다. 해주까지 불과 30킬로미터. 145킬로미터나 떨어진 인천과는 비교할 수 없을 만큼 가까운 거리니 그럴 수밖에 없다. 애초 자신의 바다라고 여겼던 해주 앞 대수압도, 소수압도, 갈도, 무도의 어부들이 정전협정 이후 바다에 가상의 선을 그려놨다고 해서 그 어장을 포기할 수는 없었을 것이다. 방향계 장비 하나 없이 그물을 거두는 데만 열중하다 보면 어느새 NLL이다. 우리 군의 경비함이 경고를 하고 북한의 경비정이 내려와 맞서다 충돌한다. 분단 이후 끊임없는 사소한 충돌의 긴장감은 수백만 발의 지뢰를 묻어놓고 밤낮 쉴 새 없이 대남 대북 방송을 해대던 육지의 비무장 지대보다도 훨씬 심각했다. 그리고 결국 연평해전이 터졌다. 남과 북의 생때같은 젊은 목숨 서른아홉이 죽고 여든 명이 부상당했다.

정전협정 2조 13항은 북방 한계선

1953년 7월 27일에 국제연합군 사령관 미국 육군대장 마크 W. 클라크, 조선인민군 최고사령관 김일성, 중공인민지원군 사령원 펑더화이가 서명한 정전협정 선언문(정식 명칭은 '국제연합군 총사령관을 일방으로 하고 조선민주주의인민공화국 최고사령관 및 중공인민지원군 사령원을 다른 일방으로 하는 한국 군사정전에 관한 협정'이다)에서 서해 5도 군사 분계선에 대한 합의는 제2조 13항에 있다.

"상대방 지역의 후방과 연해도서 및 해면으로부터 모든 병력을 철수한다. 상기한 연해제도라는 용어는 본 휴전협정이 효력이 발생할 때에 비록 일방이 점령하고 있더라도 1950년 6월 24일에 상대방이 통제하고 있던 섬들을 말하는 것이다. 단 황해도黃海道와 경기도京畿道의 도계선道界線 북쪽과 서쪽에 있는 모든 섬 중에서 백령도, 대청도, 소청도, 연평도 및 우도의 국제연합군 사령관의 군사통제하에 남겨두는 도서군島嶼群들을 제외한 기타 모든 섬은 조선인민군 최고사령관과 중공인민지원군 사령원의 군사통제하에 둔다. 한국 서해안에 있어서 상기 경계선 이남에 있는 모든 섬들은 국제연합군 사령관의 군사통제하에 남겨둔다." 이 문항밖에 없다.

1951년 7월 최초의 정전 회담을 연 이후 2년을 끌어왔던 회담이지만 결국 서해 5도의 경계선은 확정하지 못했다. 현재의 NLL은 1953년 8월 30일 우발적인 쌍방 무력충돌을 막고 유엔군 측의 함정 및 항공기의 초계 활동에 대한 통제를 할 필요성에 UN 사령관 마크 W. 클라크 대장이 동·서해상에 북방 한계선을 설정한 것(국방부 군비 통제관실 「북방한계선에 대한 우리의 입장」, 2002)인데, 당시 정전협정에 반대했던 이승만 대통령이 우세한 해군 전력을 이용해 북진 공격할 것을 염려한 예방 조치였다는 게 일반 정설이다. 말 그대로 북방으로 올라가는 마지막 선이란 뜻이다.

북한은 합의되지 않은 일방적 통보였으므로 국제법상 무효라고 주장해 왔고 남한은 관습법상 유효라고 주장해왔다. 그리고 경계선을 그었던 당사자 미국은 2000년 이후 묵묵부답이었다.

서해 5도의 복잡한 해안선과 다르게 NLL은 남한에서 단순히 영해선, 군사 분계선으로 이해되어 반공을 통한 분단 상권의 승리자들의 전유專有 공간이었음을 부인할 방법이 없다. 물고기 떼가 선을 넘어가는 모습을 안타깝게 바라보며 배를 돌려야 했던 남북의 어부들이 최대 피해자다.

2018년 판문점 선언과 평양 선언은 동·서해안 경계에 선 남북의 어부들에게는 큰 선물이 되었지요. 바로 말 많고 탈 많은 서해 5도 수역을 남북 공동 어로구역으로 선포한 것입니다. 2019년 초부터 남북 공동조사에 들어갔고 그해 4월 봄 성어기 때부터 조업에 들어갔습니다. 그동안 서로 넘나들지 못했던 황금어장, 여의도 면적의 84배에 달하는 평화수역을 누비고 있는 것입니다. 여기서 장산곶까지 가기는 좀 멀고 생각 같아서는 기차에서 내려 가까운 옛 벽란도지요, 지금의 예성강 포구에 들러 평화의 바다 비린내 실컷 맡아보고 싶습니다.

1970년대 핑퐁외교와 미중 수교를 통한 신데탕트 시대의 산파였던 헨리 키신저 전 장관이 1975년 2월 28일 자신의 명의로 주한 미대사관, 주한 유엔군 사령관 등에게 보낸 외교 전문이 2010년 12월 16일자 블룸버그 통신에 의해 공개되었다. "NLL은 일방적으로 설정됐고 북한에 의해 받아들여지지 않았으며 공해를 구분 짓기 위해 일방적으로 경계선을 설정했다면 이는 분명 국제법과 미국 법에 배치된다"고 지적하고, "한국 국방부는 이 해역에 대해 '영해'라는 용어를 씀으로써 문제를 더 악화시키고 있고 이 해역은 정전협정 범위를 넘어서는 공해로 간주되는 지역"이라는 내용이었다. (CBS노컷뉴스, 2010년 12월 17일) 이보다 2년 전인 1973년 12월 18일 당시 주한 미국대사이던 프랜시스 언더힐이 워싱턴에 보낸 또 다른 외교 전문에서 "분쟁지역(NLL)에서 사건이 일어날 경우 한국과 미국은 다른 국가들의 눈에 '잘못된 것'으로 비칠 것"이라고 우려했다고 같은 신문은 보도했다. 1996년 7월 김영삼 정부 당시 이양호 국방부 장관도 정전협정과 NLL은 관련이 없다고 발언했고, 1999년 서해교전 이후 제임스 폴리 미 국무부 대변인은 정례 브리핑에서 "남북한 교전이 발생한 수역을 '공해(International Waters)'로 이해하고 있다"고 말했다. 《중앙일보》 1999년 6월 19일자) 반면 북한은 1973년 12월 1일 군사정전위원회 346차 회의에서 서해 5도의 접속 수역은 북의 영해이며, 통과하는 선박들은 북으로부터 사전허가를 받아야만 한다고 주장한 것을 시작으로 1999년 7월 21일 판문점 장성급 회담에서는 서해 해상 분계선이 경기도와 황해도의 경계선 「가-나」선을 연장하여 등산곶(북한)과 굴업도(남한) 사이의 등거리점, 옹도(북한)와 서격렬비열도(남한) 사이의 등거리점, 한반도와 중국 사이의 반분선과 만나는 점을 연결한 선임을 명확히 주장했다. 2000년 6.15 공동 선언 이후 남북 화해 분위기가 무르익는 2006년 5월 판문점 장성급 회담에서는 서해 해상 분계선에 대한 서로의 주장을 포기하고 새로이 경계선을 확정하자는 파격적인 제안을 내놓기도 했고, 2018년 4월 27일 판문점 선언에서는 서해 북방 한계선 일대를 평화수역으로 만들어 우발적인 군사적 충돌을 방지하고 안전한 어로 활동을 보장하기 위한 실제적인 대책을 세워나가기로 하였다는 합의문을 발표했다. (판문점 선언 2조 2항)

3   붓끝은 날카로워야 하나
        종이를 뚫으면
        쓸 데가 없다

        말이 칼이 되었던 날들.
        개성공단을 지나며

무언가 소중한 것을 두고 온 사람들은 자신의 발자국 뒤편을 서성거리게
마련입니다. 아무리 기회의 신 카이로스의 한 손에 들린 날카로운 칼날이
과거와의 인연을 단절시킨다 해도 어느 순간 생생하게 살아나는 기억의
흔적은 추억이라든지 회상이라든지 아쉬움이나 미련 같은 통속적인 단어
를 통해 다시 돋아납니다. 때론 감출 수 없는 통증이 되어 눈앞에서 현재
형으로 버티고 있기도 합니다. 돌아가고 싶다고들 했습니다. 아름다웠던
어떤 지난 시절에 대한 그리움일 경우가 많겠으나 어긋났던 한 순간을 찾
아가 무릎 꿇고 사죄하고 싶은 갈망일 수도 있습니다. 개성공단에 뼈를 묻
고자 했던 사람들의 이야기입니다. 저 공단에 불빛이 환해지기까지 얼마
나 많은 오해가 있었고 또 얼마나 많은 사람들의 울분과 눈물이 있었는지
지금은 통증이 아닌 그리움으로 웃으며 이야기할 수 있습니다.

개성공단의 생生과 사死
2016년 2월 10일 오후 당시 박근혜 정부가 개성공단 폐쇄를 선언한 이

후 그곳에 삶의 터전을 마련했던 거의 모든 사람들이 한목소리로 외쳤던 말이 있었다. "돌아가고 싶다." 2000년 6.15 공동 선언 이후 개성공단이 가시화되면서 북측과의 협상 자료를 꼼꼼히 챙겼던 현대 아산과 정부의 관계자들도, 없는 돈 다 끌어모아 새로운 기업 모델을 만들어보자고 기대에 부풀었던 투자기업 대표와 기업의 남측 협력업체였던 7,000개의 중소기업 임직원들도, 공장이 가동되고 첫 생산품이 남측의 백화점에서 판매될 때 환호했던 공단의 주재원들과 전쟁 날 만큼 아찔했던 천안함과 연평도 피격 소식에 가슴 졸였던 정부 파견 관계자도, 그리고 남측의 강경한 대북 제재 정책에 오히려 공단 사장 선생을 걱정하며 재봉틀을 돌렸던 북측의 노동자들도, 모두들 남북 평화와 화해의 장이었던 개성공단의 12년 역사에 함께했던 사람들이었다.

> 개성공단의 시작은 1998년 6월 16일 소 500마리, 10월 27일에 501마리를 몰고 방북한 정주영 현대그룹 명예회장과 김정일 국방위원장의 백화원 초대소 술자리에서였다. "연세도 많으신 어르신께서 내 집에 찾아왔는데 내가 왜 집에 앉아서 마중해야 합니까. 내가 가서 인사해야지요." 예정보다 하루 먼저 백화원 초대소를 방문한 김정일 위원장이 직접 따라 주는 술을 나누며 정주영 회장은 금강산 관광선 운항, 서해 유전 개발, 자동차 조립생산, 경의선 철도 복선화와 평양 화력발전소 건설 등의 남북 경협 의제를 논의했다.
> ―박한식·강국진, 『선을 넘어 생각한다』, 부키, 2018

강원도 통천이 고향인 정주영 회장이 고향을 떠나올 때 훔쳤던 아버지의 소 한 마리가 70여 년 뒤에 1,001마리의 통일소가 되어 고향으로 돌아갔고 그 성의에 대한 화답으로 김정일 위원장은 6.15 공동 선언 후 정 회장에게 공단의 최적지로 개성을 제안했다.

"어차피 개성이야 전쟁 전엔 남측 땅이었으니 되돌려주는 셈 치고 모자라는 노동력이야 거기 있는 군대 빼고 군인들 옷 벗겨 투입하면 되지 않습니까." 김정일 위원장의 예상치 못한 제안은 곧 남측 정부와의 협력으로 이어져 2003년 6월 첫 삽을 뜬 후 2004년 12월 첫 생산품인 통일 냄비가 선을 보였고, 2007년 10.4 선언으로 더욱 탄력을 받는 듯했다. 그러나 핵문제 해결 없이 개성공단은 한 발자국도 움직일 수 없다는 이른바 '비핵·개방·3000'을 외친 이명박 정부 이후 급격한 남북 경색의 국면에서 2013년 4월 북측의 공단 통행 제한과 노동자 철수로 잠정 중단과 재가동의 곡절을 겪었고, 결국 2016년 2월 8일 박근혜 당시 대통령의 구두지시를 받은 홍용표 통일부 장관이 2월 10일에 발표를 하면서 폐쇄 선고를 받았다. '핵무기 등 대량 살상무기 개발에 따른 국제사회의 우려'가 이유였지만 이러한 반헌법적 결정이 이루어지는 과정이나 실제로 개성공단의 자금이 핵 실험에 이용되었다는 증거는 누구도 아는 바가 없다. 이는 국민의 재산권 침해와 관련된 통치행위로 사법 심사의 대상이었으나 당시 황교안 국무총리는 대통령의 정치적 결단이라는 말만 반복했고, 후에 '국가 안전보장을 해칠 명백한 우려가 있는 경우에는 남북교류협력 추진협의회 심의·의결로 청문 절차를 거쳐서 6개월 이내 범위에서 협력사업의 정지(즉, 개성공단 운영 중단)나 승인 취소 가능하다'고 규정하고 있는 '남북교류협력에 관한 법률' 위반—2017년 11월 16일 국회 대정부 질문, 추미애—이라는 질책을 받았다. 결국 대통령의 근거도 빈약한 일방적 지시 하나로 1조 5천억 이상의 국민 재산(개성공단 기업협회 추산)을 날려버린 대표적인 사례로 기록됐다.

문제는 북한 퍼주기였다

더 정확히는 '퍼주기'라는 단어였다. 김대중 정부의 대북정책 기조였던 햇볕정책을 비판하기 위해 만들어낸 '퍼주기'라는 말은 군사독재 시절 '나라가 분단된 상황에서'라는 말로 애국심을 강조하며 분단의 이익을 향유했고, 90년대 '경제도 어려운데'라는 말로 노동자들의 정당한 분배 요구를 잠재우고 부의 독점을 추구했던 세력들이 만들어낸 또 하나의 단어였다. 이들은 또 '세금 폭탄'이라는 말을 만들어 수익자 부담 원칙의 공평 과세 정책에는 찬물을 끼얹는 한편 '종북'이란 말을 통해선 북한과 관련된 그 어떤 화해와 통일 논의도 못 하도록 만들었다. 칼끝은 날카로워야 하나 붓끝은 부드러워야 한다. 칼은 상대의 깊숙한 곳에 들어가 상처를 내는 도구지만 붓은 종이에 스며들어 작품을 생산해내는 도구다. 칼이 죽임이라면 붓은 살림이다. 그들이 흘려내던 모든 언어와 문자는 붓보다는 칼에 가까웠다. 그들은 종이 위에 칼을 휘둘렀으나 용케도 민심民心이라는 종이는 찢어지지 않았다. 오히려 종이 위에 박힌 그들의 문자는 또 다른 무기가 되어 개성공단으로 돌아가고 싶은 상심한 가슴들을 헤집어놓았다. 개성공단에 남겨두고 온 기계와 원자재, 이미 생산된 물품들은 무사한지도 확인하지 못했고, 10여 년을 함께 살아온 북측 노동자들의 숙련된 기계 소리도 듣지 못했고, 미래의 희망조차 저당잡혔는데도 그들은 권력의 상부에 앉아 끊임없이 무기를 쏟아내었다. 그들의 무기는 '개성공단은 북한 퍼주기' '개성공단의 돈으로 북한이 핵을 만들었다'는 말 한마디였다. 결국 개성공단 폐쇄의 피해자들은 2016년 겨울을 촛불과 함께 광화문에서 보냈다.

개성공단의 진실은 '퍼오기'

칼날 같은 세상이었다. 그런 세상을 버티기 위해서는 스스로 칼날처럼 날카로워져야 하지만 붓끝 같은 마음, 종이를 뚫는 붓끝이라면 아무짝에도 쓸모없다는 간단한 이치를 되새기며 부드러워져야 한다 혼자 중얼거렸던 사람이 있다. 그는 북한 체제를 전공한 학자다. 2003년 6월 개성공단 착공식이 있기 전부터 남측 정부의 실무 담당자였고 2008년부터는 아예 공단에 상주하며 북측의 관료 등 근로자들과 부대끼며 4년을 살았다. 박근혜 정부의 개성공단 폐쇄 조치가 내려진 그날, 그나마 한 가

닥 실핏줄처럼 위태롭게 연결되어왔던 남북 화합과 통일의 상징조차 끊어져버렸다는 것에 절망했고, 공단의 유지를 위해 간이라도 내놓을 만큼 다리품 팔며 강연 다녔던 그의 신념이 가당치 않은 논리에 무너지는 것에 분노했다.

개성공단은 명백히 '퍼주기'가 아니었다. '퍼오기'였다. 그것도 북측에 미안할 정도로 엄청난 '퍼오기'였다. 중국이나 베트남, 동남아 혹은 세계 어디를 가도 존재하지 않는 낮은 임금의 인력을 퍼왔고, 10년이 지나도 같은 사업장 같은 일을 반복하면서 그 분야의 달인이 된 5만 3,000명의 노동력을 퍼왔고, 거기다가 분단 이후 50여 년을 상주했던 군대를 빼고 상생의 공단을 만들었으니 평화를 퍼온 셈이다. (북측은 공단 지역의 인민군 6사단 4개 보병연대, 64 기갑사단, 62 포병여단의 장사정포를 포함한 주력무기와 6만의 병사를 송악산 이북 10~15km 지점으로 이동시켰다.)

"6.15 공동 선언의 정신에 입각하여 북과 남 호상간 평화의 제도화를 위한 특혜적 조치이므로 지대地帶는 따로 받지 않갔습네다." 최초 북측과 토지 임대에 관한 협상을 할 때 북측 대표가 한 말이다. LH 한국토지주택공사가 기반을 닦은 공장 부지는 평당 149,000원, 상업용 부지는 450,000원에 이미 최초 100만 평의 분양을 모두 마친 상태였다. 경쟁률은 2.8:1이었다.

"6.15 공동 선언의 정신에 입각한 북과 남의 평화의 제도화를 위하여 위대하신 지도자 동지의 특혜적 조치이므로 노동자들의 비용은 월 50달러만 받갔습네다." 역시 북측 대표의 똑같은 말이었다. 원화로 월 5만 원. 과도한 비용을 요구할지도 모르는 북측의 논리에 대응하기 위해 날밤을 새웠던 남측 협상단의 긴장을 한순간에 풀어지게 하는 놀라운 제안이었다. 애초 남측은 중국과 동남아에 진출한 기업들의 임금 실태를 바탕으로 1인당 월 200달러의 비용을 책정했고, 회담 실무자는 250달러(원화 25만 원)까지 즉석 사인이 가능하다는 상부의 지시를 받고 간 터였다. 당연히 고맙습니다, 속으로만 외치며 지체 없이 서명했다. 이렇게 만들어진 게 개성공단이다. 그나마 지장물 철거 비용으로 1㎡당 1달러 (1,000원), 연 임금 인상률 5퍼센트(2,500원)를 남측의 제안으로 받아들인 게 전부이고 합의 시행 후 3년간은 그마저도 동결했다.

가당치도 않은 퍼주기라니, 분단 이후 하루에 평균 열여덟 번의 북한 관련 뉴스를 들으며 그중에 거의 단 한 번도 좋은 모습은 보도하지 않고 내내 욕만 해대는 뉴스를 들으며 이미 1972년 7.4 남북공동성명의 정신인 '자주 평화 민족 대단결' 구호를 붉은 이념으로 몰아세우고, 1991년 남북기본합의서에 명시된 민족공동체 통일 방안(1단계 화해 협력, 2단계 남북 연합, 3단계 민족 통일)은 있는 줄도 모른 채 '통일 대박론'—2014년 3월 박근혜 대통령의 독일 드레스덴 연설문—에만 심취해 있던 사람들이 몰아붙인 퍼주기라는 말은 차라리 우격다짐에 가까웠다.

"1:30이 뭔지 아세요? 우리가 1억 달러를 들이면 30억 달러를 번다는 개성공단의 법칙입니다. 여러분이 입고 있는 속옷 난닝구 빤쓰 여성내의의 대부분이 개성공단산입니다. 여러분이 입고 있는 아웃도어의 30퍼센트가 개성공단산입니다. 여러분 얼마에 사셨습니까. 거기서 2,500원에 만들면 남측 시장에서 5만 원에 팔립니다. 개성공단 기업에 하청 주었던 대기업, 중견기업은 다 흑자를 봤습니다. 14년 동안 124개 기업 중 부도난 기업이 한 개도 없어요. 개성공단에서 돈 못 벌면 기업도 아니었습니다. 퍼주기라니요. 개성공단 노동자의 임금으로 핵을 만들었다구요? 2015년 기준으로 공단 노동자에게 지급된 돈이 약 150달러입니다. 15만 원. 그것도 잔업 수당, 노동자 보호물자(치약 칫솔 비누 휴지 간식 등 노동자의 생산 활동에 필요한 물자), 그 유명한 초코파이, 막대커피, 과자값 등 1인당 지급되는 최대치를 다 포함한 금액입니다. 그중에서 30퍼센트는 북측 당국이 사회문화 시책비로 제하고 나머지가 각 가정의 생활비로 지급됩니다. 어림잡아 약 10만 원이 조금 안 됩니다. 그 비용으로 핵을 만들었다는 걸 믿느니 별을 따다가 그대 가슴에 가득 드린다는 노래 가사를 사실로 믿는 편이 훨씬 속 편합니다."(김진향 강연록 중에서) 보수 언론의 날카로운 칼날에 가장 많은 상처를 입은 그였지만 그의 강연은 언제나 붓끝 같았다. 격정적인 부드러움이었다.

> 그는 통일을 보았다. 우리의 소원은 통일 노래를 부르며 가슴 뜨거워지는 것 말고는 손에 잡히는 통일의 실체를 모르는 사람들에게 개성공단은 구체적 실례를 통해 경험적 통일 방안을 만들어간 유일한 공간이었다. 남측이 본 '6.15 공동선언의 옥동자'나 '호혜적 남북 경협 프로젝트'라는 것도 중요했지만 북측이 본 '민족 통일의 미래를 그려나가는 실질적 최고의 상징'이라는 가치도 중요했다.
> ―김진향·강승환 외 2명, 『개성공단 사람들』, 내일을여는책, 2015

> 개성공단에는 제 애틋한 마음 당신에게 전해줄
> 사랑의 우체부가 없습니다.
> 개성공단에 빨간 마음의 우체통 하나 만들어
> 우리의 사랑 그리움 행복 차곡차곡 담아
> 당신에게 그 마음 그대로 전하고 싶습니다.
> ―김진향, 「080711 개성공단에는 우체부가 없습니다!」 마지막 연, 『아내에게』, 아름다운사람들, 2011

모두가 퇴근하고 혼자였던 공단의 외로운 밤 빨간 우체통이 되어 사랑하는 이에게 날마다 안부를 전하고 싶었던 그는 개성공단 관리위원회 기업지원 부장 김진향(현 개성공업지구 지원재단 이사장)이었다.

밥 나오는 데 마음이 가는 건 남이나 북이나 똑같은데
　"품질은 타협 없다 생산량 향상 극대화"
　"질 좋은 제품이 폭포처럼 쏟아지게 하자"

"납기는 생명 품질은 자존심"

공단의 섬유공장 재봉틀대 앞에는 항상 이 구호가 붙어 있다. 정치 구호를 인민 단합의 주요 수단으로 삼는 북한 내 여타 사업장의 구호와는 사뭇 다른 내용이다. "품질" "제품" "납기" 등 공장의 생산력 증대와 원청업체의 계약 관계를 고려한 남측의 용어와 "폭포처럼" "생명" "자존심" 등 북한 노동자들의 아이디어가 맞물려 만들어진 남북 상생적, 가치 중립적 구호들이다.

"기술적 요구를 최상의 수준으로 북과 남이 합심하여 최고의 품질을 보장하자!" 같은 구호는 북측 노동자들의 제안을 고스란히 받아들여 사업장의 벽면에 크게 붙인 경우다. 구호 문구 하나를 붙이는 일도 남북의 조율이 없으면 불가능했다. '모든 것을 인민을 위하여, 모든 것을 인민대중에게 의거하여'나 '나의 사상을 알려거든 내가 만든 제품을 보라!' 같은 북측의 일반적 선전 구호가 걸릴까 두려웠던 남측의 회사들은 구호를 사용하지 않았고—2015년 12월 기준 총 123개사 중 28개사 구호 부착— '고품질로 고객사랑, JUST DO IT'이나 '실천하는 TPM(재해제로, 불량제로, 고장제로) 속에 개선되는 업무 LOSS' 같은 남측의 영어 섞인 자본주의적 구호는 북측의 입장에서 수용될 리가 없으니 중앙특구개발지도총국과의 신경전은 불가피한 일이었고, 회사 대표의 경영이념이나 철학이 적힌 글들은 남측 주재원만 상주하는 사무실에만 걸어놓을 수 있었다. 회사를 자기의 것으로 인식하고 노동자를 월급 주고 고용한다는 남측 회사의 입장이 당의 지도 명령에 따라 회사가 시킨 일이 아니라 당이 부여한 임무를 수행한다는 북측 노동자의 입장과 첨예하게 부딪혔기 때문이다.

우리는 공단에 돈 벌러 온 게 아닙네다

'밥 나오는 곳에 마음도 간다. 정情을 줘도 밥 나오는 데 더 많이 끌리게 마련이고 충성을 해도 밥 나오는 데 충성한다. 남측 사람들이야 회사가 밥을 주니까 죽자 사자 회사나 사장님께 충성하는 것이고 북측 사람들은 국가에서 밥 주고 집 주고 하니까 국가에 충성하는 것이다. 당이 개성공단에서 일하라고 결정했으니 당의 명령을 따르는 게 당연한 거 아닌가.' 이것이 북측 노동자들의 기본 입장이었고 '사람 하나 부려먹는 게 이렇게 힘들어서야 어떻게 회사를 운영하는가. 맘에 안 드는 것 하나 지적하고 고치려 해도 무슨 절차가 그리 까다로운지 일일이 북측 직장장을 통해 문제를 해결하려니 더디기가 함흥차사 울고 갈 지경이다. 내 돈 투자해 월급 주는데 왜 내 맘대로 못 하는가. 왜 내 말을 안 듣는가'가 남측 대표들의 입장이었다. 기계가 고장 나서 한 시간 일을 못 했으면 바로 일해서 벌충해야 하는데 휴식 시간이라고 쉬고, 총화한다고 쉬고, 밥때라고 쉬고, 게을러터진 게 사회주의의 병폐이자 비효율로 따지자면 세계 으뜸이라고 남측 주재원은 속을 끓이고, 기계 고장 난 게 우리 탓도 아닌데 어쩌란 것인가, 오늘 목표량을 달성했으면 잘했다 할 일이지 더 일하라 다그치는 게 무슨 경우인지 모르겠다고 북측 노동자들은 푸념했다. 돈 벌려고 치면 이웃 중국으로 간 노동자들도 월 300달러는 벌고 시베리아를 갈라치면 1,000달러도 벌 수 있는데 고작 50달러 주면서 돈값 하라고 난리 치는 것 같아 불쾌하기 그지없다는 얘기도 나왔다. 개성공단에 돈 벌러 온 게 아니라 6.15 공동선언과 10.4 선언에 입각한 당의 지시로 어려운 남측 기업을 돕자고 나왔는데 도대체 고마운 줄 모른다는 투였다.

인사 잘하는 사장님과 일 잘하는 노동자

현지 법인장과 주재원이 공장이 들어선 후 단 하루도 빠지지 않고 출근하는 북측 노동자에게 인사를 했던 회사가 있었다. 사용자라고 난 체하지 않았고 노동자라고 굽실거리지도 않았던 그 회사는 어려웠던 국내 경제 여건에도 불구하고 개성공단 내의 가장 성공한 모델로 자리를 굳혔다. 기독교 정신을 표방한 대표적 기업 신원이다. 같은 종교를 표방했던 대기업 이랜드는 남측에서 강압적 노사 관계로 사회적 물의를 일으켜 지탄을 받았던 데 반해 신원은 화합의 리더십을 통해 개성공단에서 노사 관계의 모범적 사례가 되어 이후 다른 기업에도 큰 영향을 미쳤다. 10년이면 강산이 변하지만 사람은 더 많이 변한다. 33만의 개성시 인구 중 53,000명이 매일 개성공단에 출근했다. 개성과 개풍군 일대 16개 노선에 300여 대의 버스는 하루 2교대로 매일같이 노동자들을 실어 날랐다.

그들은 노보 물자로 지급되는 막대커피를 애용했고 초코파이를 사랑했다. 혼자 먹기 아까워 아껴두었다가 집에서 기다리는 가족들에게 맛보여주는 것이 일상의 기쁨이었다. 덤으로 몇 개 더 생긴다면 사양할 이유는 없었다. 남측이 전해주는 화장하는 법도, 시설 좋은 화장실에서 샤워 한 번 하는 것도 좋았다. 어쩌다 나누는 남측 주재원들과의 대화도 나쁘지 않았다. 고작해야 가족은 몇이냐, 사는 곳은 어디냐, 집은 좋으냐 따위의 질문을 서로 묻고 답했을 뿐이지만 몇 년을 같은 공간에 상주하면서는 풍겨오는 남측의 분위기를 느낄 수 있어서 좋았다. 북한 사람들은 죄다 머리에 뿔 달린 괴물인지 알았었다는 남측 주재원의 말에 우리도 그랬다고 깔깔대며 웃기도 했고, 집값이 4억 원이라는 남측 주재원의 말엔 "재산을 40만 달러씩이나 가지고 있소? 여기 같으믄 평생 쓰고도 자식들에게 영원히 물려줄 돈인데" 하면서 부러워했던 북측의 관료도 있었다.

그러나 그들은 국가에 내야 할 세금 또는 은행에 내야 할 이자가 있다거나 그보다 더 많은 교육비, 의료비 등이 들어간다는 사실을 이해하지는 못했다. 4인 가족 기준으로 개성 시내 약 23만 명이 개성공단과 관련된 사람들이다. 거창하게 자본주의니 사회주의니 체제를 논할 단계는 아니다.

돈만 아는 저질이라는 자본주의의 단순화된 공식도 위험하지만 한 치의 자유도 없이 억압만 존재한다는 사회주의의 공식도 위험하다. 공단이 생기고 12년, 개성은 초창기 낡고 위험한 공식들의 대립에서 벗어나 단지 사람이 사는 가장 기본적인 소통의 구조만으로도 남과 북 서로에게 몰드는 도시가 되어갔다.

체제니 나발이니 그 무신 소용 있갓소

"애초 합의대로 2,000만 평에 100만이 사는 경제도시가 개성에서 이루어진다믄 그다음은 어디갓소? 해주 신의주 남포 원산에 금강산까지 북측이 추진하는 경제특구마다 현대 빌딩이 들어서고 삼성 공장이 돌아가고 거 뭐시오 구글이나 아마존이나 실리콘 밸리에 있는 첨단 기업들도 들어오믄 그게 평화 아니갓소? 거 뭐시오 일자리니 뭐니 걱정할 거 없잖소. 그때가 되믄 남측 노동자들도 북측 공장으로 출퇴근하고 북측 인민들도 남측 구경도 가고 체제니 나발이니 그 무신 소용 있갓소. 사람이 잘 산다는데 따지고 자시고도 없는 기지 뭐. 북측도 자본주의라는 거 이런 거이 있다 공부도 해보고 남측도 사회주의라는 거이 구경 한번 해봐야 하지 않갓소? 그기 재밌는 우리 민족의 미래 아니갓소?"

가끔씩 만들어진 술자리에서 툭 내뱉은 북측 기관원의 취기 어린 말이 남측 주재원의 속내와 하나도 다르지 않았다.

4   국수발에 혀까지 감겨
넘어갈 뻔했다네

평양 왔으니 평양랭면 먹으러 갑시다.
다른 북한 음식으로 입맛도 좀 다시고

그 말 한마디가 사람들을 웃게 했습니다. 가슴을 따뜻하게 덥히는 말이기
도 했구요.

"멀다고 말하믄 안 되갓구나." 4.27 심각한 판문점 회담장에서 폭소를
터뜨리게 한 김정은 위원장의 농담은 단순 농담만은 아니었지요. 실제로
평양은 멀지 않습니다. 고작 판문점에서 직선거리 147킬로미터. 그 짧은
거리를 넘지 못해 매년 40조가 넘는 국방비를 들이고 60만의 젊은 청춘
이 총을 들었습니다. 대륙으로 가는 시베리아 횡단열차는 꿈도 못 꾸었고
반도는 환태평양 지구대의 변두리에서 외로운 섬이 되었습니다. 그런데요
역사 이래로 우리 한반도는 대륙의 출발지였고 종착지였습니다. 시작과
끝. 대륙의 모든 것이었던 5,000년의 시간을 묻어두고 고작 70년의 분단
으로 서로를 불가촉천민으로 만들었습니다. 당연히 평양은 멀다고 여기면
안 되지만 그러나 머나먼 곳이었습니다. 평양 시내가 그동안 남한에서 생
각했던 모습과는 확연히 다르다는 건 다 알고 계시지요? 각종 매체를 통
해서 유경호텔, 여명거리, 미래 과학자거리들의 아파트, 상점, 대동강 유
람선 등 이미 다 보셨을 겁니다. "뭐? 평양에도 아파트가 있다구? 뭐? 평
양에도 동물원이 있다구?" 마치 가지면 안 되는 걸 가진 아이를 바라보는

것처럼 반응하는 사람들이 어떨 땐 불편하기도 했었는데요.

　자 여기가 평양입니다. 일단 평양랭면을 한 그릇 먹으러 갑시다.

먹방 필수 빼박 메뉴

김 위원장의 이 발언 이후 전국의 평양냉면집은 대란이 일어났다. 젊은 이들의 먹방 필수 순례코스이자 직장인들의 빼박 점심 메뉴가 됐다. 당시 줄을 서지 않는 집은 평양냉면집이 아니었다. 대박을 친 평양냉면집들이 돈을 거둬 김 위원장에게 광고비 지불해야 하는 것 아니냐는 우스갯소리도 나왔다. 냉전의 회색 도시였던 평양은 옥류관 냉면 하나만으로 남측 대중들에게도 가보고 싶은 곳이 됐다.

　2018년 9.19 평양 선언이 끝난 후 가진 남북 정상의 저녁 만찬에서는 북측의 리설주 여사가 거들었다. "판문점 연회 때 옥류관 국수를 올린 이후로 우리나라를 찾아오는 외국 손님들이 다 랭면 소리 하면서 랭면 달라고 합니다. 어떤 상품을 광고한들 이보다 더하겠습니까."

　실질적인 한반도 종전을 선언한 3차에 걸친 남북 정상회담은 "랭면 외교"라고 해도 지나치지 않을 정도였다. '국수발에 혀까지 감겨 넘어갈 뻔했다'던가. '곱빼기 할 욕심이 절로 생겨난다'는 평양냉면이 북한 음식의 상징이지만 냉면 말고도 평양에는 유명한 음식들이 많다.

평양의 4대 특산요리

평양온반은 이북식 국밥으로 생각하면 얼추 맞지만 시골 장터 욕쟁이 할머니가 주문하기 무섭게 가져다주는 국밥을 생각하면 오산이다. 놋쇠 그릇에 흰 쌀밥 올리고 닭고기와 버섯 고명을 꾹꾹 눌러 담고 돼지비계 기름으로 노릇하게 부친 녹두지짐을 얹은 다음 닭과 돼지를 7:3으로 섞어 푹 고아낸 국물을 붓는 정성이 대단하다. 말만 들어도 호기심이 생기는 요리는 대동강 숭어국이다. 한반도 연안에 골고루 서식하는 숭어가 대동강 기슭으로 올라가 잡히면 후추알을 넣고 고춧가루와 간장을 섞은 양념장에 비린내 없애는 고수 넣고 소금 간 맞추어 숭어국이 된다. 탕과 국의 차이가 모호하지만 물고기를 국으로 끓여내는 게 이색적이다. 온반 위 고명으로 올라가는 녹두지짐만으로도 특별한 음식이 되기도 한다. 건강에 좋은 녹두를 갈아서 돼지비계를 넣어 노르스름하게 지져낸다. 평양주나 유경소주에 안주로 한 입 넣으면 그 맛은? 나도 아직 모른다. 북한 관영 조선중앙통신은 2013년 6월 3일발로 위의 네 가지 요리를 평양의 4대 특산요리로 소개했다. 이밖에 어복쟁반이나 평양어죽은 말할 것도 없고 찹쌀과 길금가루(엿기름)를 버무려 삭혀 부쳐내는 노치와 칠색 송어찜, 뱀장어 구이, 주암 잉어찜 등 재료만으로도 군침 도는 요리들이 많다.

대동강 잉어회 맛 보시갓습네까?

2015년 여름, 평양을 찾은 재미 동포 북한 전문가 박한식 교수에게 안내원이 물었다.

"선생님 뭐 드시고 싶은 거 없습네까? 회는 좋아하십네까?"

"회야 없어 못 먹는 편인데 어디 이 내륙에 회가 있겠소?"

"여기 대동강 물이 맑아 이곳 사람들은 민물고기 특히 잉어회를 잘 먹습네다. 드셔보시갓습네까?"

이렇게 시작된 그날 저녁의 메뉴는 귀하다는 대동강 잉어회였다. 살아서 입은 뻐끔거리는데 고기 껍질은 그대로였다. 장식용 꽃송이를 앞접시에 덜고 자세히 보니 어느 장인이 손질을 했는지 벌써 회를 뜨고 껍질을 감쪽같이 덮어놓아 한 마리 잉어가 산 채로 식탁에 올라온 모양새였다. 회를 뜬 솜씨에 놀라고 쫄깃하고 고소한 맛에 놀라 한동안 그 장면을 잊을 수가 없었다.

박 교수가 남한의 이북 5도민 강연을 할 때였다. 박 교수가 전하는 북한의 실상에 심사가 불편했던 한 노인이 대뜸 질문을 했다.

"거 북한에서 제일로 좋은 것 한 가지만 말해보시오."

어차피 들을 귀가 없는 분께 장황하게 설명하는 게 불필요하다고 생각한 박 교수가 대답했다.

"대동강 잉어회 그거 천하일미입디다. 기회 되면 꼭 한번 드셔보시오."

동해안엔 명태 백두산엔 들쭉술

애견가에게는 무척 미안한 얘기지만 평양 음식 중 단고기를 빼놓을 수는 없다. 중복을 하루 앞둔 2018년 7월 25일, 26일엔 평양 여명거리의 한 음식점에서 단고기 료리 경연대회가 열렸다고 《조선의 오늘》이 보도했다. 보통 복날을 기해 북에서는 매년 열리는 행사다. 북한 전역의 요리사들이 출전해 부문별 지역별 예선을 거친다. 단고기 내포백숙과 단고기 순대를 주제로 한 이번 경연에서는 경흥 지도국과 모란봉 구역 종합식당, 함경도 새별식당이 순위에 들었다. 북한은 단고기를 고유의 풍습이며 자랑스러운 민속 문화로 여기고 있다.

묘향산에는 뭐니 뭐니 해도 노루 불고기가 제격이다. 용연폭포를 타고 내려온 계곡물에 발 담그고 온몸이 시릴 즈음 얇게 저민 노루(북한은 고라니를 노루라 부른다)고기를 송이와 갖은 양념에 재워 석쇠에 구우면 절로 백두산 들쭉술을 부른다. 함경남, 북도 동해 연안의 청진이나 함흥의 명태는 버리는 것 하나 없이 속이 알차서 명태국, 명태알젓, 명태밸젓에 밥 말고 비비면 그만이고 명천 선봉의 미역게살국이나 북청의 가재미식해와 게찜, 섭조개죽도 유명하다.

백두산엔 들쭉술이 있으니 역시 백두산 근방의 명물 백두산 산천어국을 안주로 한잔 들이켜면 더 이상 부러울 게 없고 중강진이 있는 량강도엔 감자 농사 말고는 부쳐먹을 게 없어 감자 농마국수를 쳐준다. 거기서 동해안 쪽으로 삼수갑산엔 "귀밀떡에 기름을 발라 젓가락으로 잘못 집

으면 후치령을 넘어간다"는 말이 생길 정도로 매끈거리는 귀밀(귀리)떡
이 좋다.

북한의 국가를 만든 박세영이 작사하고 고종한이 작곡한 노래 <임진
강>의 2절은 이렇다.

> 강 건너 갈밭에선 갈새만 슬피 울고
> 메마른 들판에선 풀뿌리를 캐건만
> 협동벌 이삭바다 물결 우에 춤추니
> 임진강 흐름을 가르지는 못하리라

임진강을 사이에 두고 남한을 메마른 들판에서 풀뿌리를 캐는 가난함으
로, 북한을 협동농장의 벼 이삭이 물결치는 풍성함으로 묘사했다. 이 노
래가 만들어진 1957년은 천리마 운동이 한창인 시기였고 1959년엔 북
한 전역에 배급제가 실시된다.

"4월엔 산나물 뜯어 말린다. 5월엔 버들행담(광주리)에 조선 한지를 깔
고 해주에서 온 굴비를 담아 대청마루에 등대(선반)를 만들어 말린다. 다
음 해 4월까지 아무 문제 없이 먹는다. 10월엔 벼 이삭을 주워 절구로 빻
아 고추장을 담고 11월엔 메주를 만들어 띄워 정월에 된장을 담근다. 명
절 때는 콩나물과 녹두나물을 길러 먹었다. 도토리 가루를 빻아 묵도 쑤고
토란국은 성묘할 때 제사음식으로 장만했다. 오이지 시금치 고춧잎 파김
치와 젓갈로 담근 미나리보쌈김치는 넉넉했고 개성에는 집집마다 새우젓
독이 있었다." 개성이 고향인 2013년 탈북자 허○○ 씨의 얘기다. 예성강
서쪽에서 해주에 이르는 연백평야가 황해도 음식의 씨줄이고 4대 명산인
구월산 줄기의 산나물이 날줄이라면 해주 비빔밥은 그 교차점에서 소박
하게 엮어낸 꿈이다. 밥에 고사리와 김, 닭고기, 돼지고기, 콩나물, 미나리,
버섯, 도라지 등을 넣고 간장에 비빈다. 서해 바다가 만들어준 조기구이,
바스레기김국, 멸치젓, 백하젓, 까나리 등과 함께 먹으면 더욱 좋다.

이 짜릿한 탐식食食기행을 위해 며칠간의 일정을 비워야 할까

외롭고 높고 쓸쓸했던 시인 백석은 평안북도 정주 출신이다. 그는 음식의 시인이기도 했다. 그가 남긴 100여 편의 시 중 60편에 음식이 등장한다.(소래섭, 『백석의 맛』, 프로네시스, 2009) 시 「가즈랑집」에 나오는 음식만 열다섯이고 「여우난골族」만 해도 열둘이니 대략 조선 팔도에 유명하다 치는 음식 가짓수만큼은 되겠지만 일일이 세지는 않기로 한다. 백석으로 인해 시어가 된 음식들은 "솥뚜껑이 놀며 구수한 내음새 곰국"이며 "조개송편에 달송편에 쥔두기 송편"(「古夜」)이며 "김치 가재미선 동치미"나 아배가 개 짖는 소리 들으며 받으러 가는 "밤참 국수"(「개」)도 있고 "주먹다시 같은 떡당이에 꿀보다도 달다는 강낭엿"(「월림月林장」)이니 거의 다 소년의 티를 벗고도 남을 때까지 살았던 그의 고향 평안도와 나중에 생을 마칠 삼수갑산 함경도 사람들이 늘 먹었던 음식이었던 거다.

북관北關
—함주시초咸州詩抄 1

백석

명태明太 창란젓에 고추무거리에 막칼질한 무이를 비벼 익힌 것을
이 투박한 북관北關을 한없이 끼밀고 있노라면
쓸쓸하니 무릎은 꿇어진다

시큼한 배척한 퀴퀴한 이 내음새 속에
나는 가느슥히 여진女眞의 살 내음새를 맡는다

얼근한 비릿한 구릿한 이 맛 속에선
까마득히 신라新羅 백성의 향수鄕愁도 맛본다

2018년 9.19 평양 선언의 수행원이었던 시인 안도현은 고려호텔 2층 식당에서 백석의 냄새를 맡는다. 처음 먹어보는 돌목어식해를 씹으며 백석이 애정했던 가재미식해를 떠올린 것이다. 돌목어는 함경도 사투리로 도루메기다. 남측에서는 도루묵이라고 부른다. 낙지(남측은 오징어라 부른다), 문어, 가재미와 함께 식해로 만들어 먹으니 남다른 『백석 평전』―안도현 저―을 쓴 이가 백석을 떠올리는 건 당연하겠다. 그날 옥류관 오찬으로 나온 음식은 평양냉면과 잉어달래초장무침, 자라탕, 송이버섯볶음 등이었고 목란관에서 열린 북측의 표현대로 "문재인 대한민국 대통령 내외분의 평양 방문을 환영하여 조선민주주의인민공화국 국무위원회 위원장이신 김정은 동지와 부인 리설주 녀사께서 주최하는 연회"의 메뉴는 백설기, 약밥, 칠면조말이랭찜, 해산물 물회, 과일남새 생채, 상어날개 야자탕, 백화대구찜, 자산소 심옥구이, 송이버섯 편구이와 볶음, 흰쌀밥, 숭어국, 도라지 장아찌, 오이숙장, 수정과, 유자고, 강령록차였다.

이 밥상을 다 받았던 안도현 형이 무척 부럽기도 합니다. 백석의 소박한 밥상을 좇아가면서는 아득한 땅 북관과 화전으로 밥을 일구던 시절의 순박한 농부를 만날 수 있습니다. 정상회담 연회에서 나온 산해진미에 맞춰서는 오발주烏髮酒 한 잔 그득히 따르고 취한 어투로 대륙으로 발돋움하는 한민족의 기상 따위를 혼잣말로 중얼거리며 한껏 거드름을 피워보고도 싶구요. 이 짜릿한 탐식기행을 위해 며칠간의 일정을 비워야 할까요. 개성, 해주부터 치고 올라갈까 백두산부터 미끄러지듯 내려올까. 상상만 해도 놀라운 일입니다. 그리고 참 고마운 일입니다. "그날이 멀다고 말하믄 안 되갓구나." 이렇게 외우고 다니면 우주가 도와줄라나요.

2018년 여름 평양 시내의 출근 풍경이 달라졌어

여자들이 하이힐을 신기 시작한 거야

또깍 또깍 소리가 얼마나 듣기 좋던지

거 있잖아 왜. 키 리졸브니 독수리니 하는 한·미 합동 군사훈련

그게 없어지니까 이제야 하이힐 신는 게 가능해진 거야

안심하는 거지. 그 전까지는 한 번도 보지 못했던 풍경이야

우리 측 군사훈련이 그쪽에는 그렇게 심각한 거였어

좀 미안하더라구

—이일영 박사(우리민족 서로돕기운동 상임 공동대표)

5 바람방울 소리가 노을에 젖다.
노층층 십보구휴路層層 十步九休

천하 명산 묘향산에 터 잡은 보현사.

묘향산 역사박물관

청천강을 만납니다. 다리 하나 건너면 강은 창가의 우측으로 흐르다가 또 다리 하나 건너면 좌측에서 흐르고요. 협곡처럼 흐르다가도 금방 널찍한 벌판을 가르기도 하네요. 저는 방향에 대해서 다소 민감한 편입니다. 동서남북, 좌우 위아래, 혹시 나는 이 자연스러운 방향의 지향을 무엇을 가르는 도구로만 쓰지 않았을까, 마치 어느 한쪽은 절대 악인 것처럼 만들어놓고 자기 입장만의 독주를 위해 기를 쓴 적은 없을까 싶어 뜨끔뜨끔해지기도 합니다. 바로 지금 청천강을 거슬러 올라가면서는 더 그렇습니다. 왼쪽으로 보이는 강이나 오른쪽으로 보이는 강이나 아름답기는 매한가지인데요.

우리는 묘향산으로 갑니다. 기차로 치자면 만포선의 첫 번째 목적지인 셈인데요. 만포선은 평안남도 순천에서 만포까지 가는 약 300킬로미터 구간입니다. 철도 안내도의 역 수를 세어보니까 정차 역이 43개군요. 이 구간의 종점 만포에서 압록강을 건너면 고구려 옛 국내성터였던 집안이 나오고 동쪽으로 백두산 기슭을 따라 운봉선과 북부 내륙선을 타고 가면 혜산이 나옵니다. 이 철도도 역시 일제 때인 1939년에 완공되었는데 구간 구간의 산세나 험한 지형을 보면 철도 건설을 위해 얼마나 많은 조선의 노동자들이 희생되었을까 마음이 숙연해지기도 합니다. 그것도 일본 군국주의의 전쟁 수행을 위한 목적이었으니 더 그렇지요. 어쨌든 우리가 버스를 탄 이유는 간단합니다. 기차 노선이 복잡하기 때문이지요. 평양에서 평의선 타고 간이 역에서 순천으로 갈아타야 비로소 만포선 출발입니다. 버스가 훨씬 편합니다. 사실 편하자고 온 기행은 아니어서 느릿하게 기차 기다리고 걷고 하면 좋은데 그래도 지금 달리는 고속도로가 좀 더 낫지 않습니까? 우리는 평양을 벗어나면서부터 바로 평양 향산 관광도로를 따라왔습니다. 청천강이 나온다는 것은 묘향산에 거의 다 왔다는 신호이지요. 아까 평양을 벗어나면서 고속도로 초입에서 이정표 보셨나요? 향산까지 116킬로미터, 평안남도 안주가 42킬로미터. 그 길로 곧장 달렸으면 신의주까지 206킬로미터입니다. 청천강을 살수薩水라고 불렀다고 했지요. 고구려 영양왕 때 을지문덕 장군이 수 양제의 100만 대군을 물리쳤다 해서 을지문덕 살수대첩 612년 그리고 청천강은 한 세트로 외웠습니다.

'살'은 순우리말로 푸르다는 의미가 있다고 했고요. 『삼국사기』에 나오는 살수대첩의 기록이 어디일까를 생각하던 후대의 어느 사가史家가 평양성 근처 청천淸川이니 여기겠다 싶어 대충 찍었던 것이 아닐까 짐작해봅니다. '살'이란 우리말이 푸른빛을 띠었다는 것도 과문한 탓에 모르는 일이지만 우리가 오면서 본 청천강 500리 길 어디서도 군사 100만이 모여 있을 곳이 없고 더욱이 물에 빠져 죽을 곳은 더더욱 없지요. 천하 명산 묘향산을 가다가 그만 살수에 멈추어서는 퉁명스럽게 이야기하는 이유가 있습니다. 과거 요동벌을 호령하던 고구려의 기상이 고작 2대밖에 유지하지 못한 중국의 한 왕조에게 수도까지 위협받을 만큼 나약했던가에 대한 의심 때문입니다. 북한에서는 살수를 압록강 건너 요동반도를 북에서 남으로 흐르는 소자로 기록하고 있습니다. (『조선전사』 제3권, 1979) 내가 외웠던 내용하고는 천지 차이입니다. 북한의 기록이 맞는다면 살수를 청천강으로 기록한 최초의 사가는 참 배포도 어지간히 콩알만 한 사람인 것 같습니다. 그런 역사를 달달 외운 나도 마찬가지고요.

"일 없습네다." 표정 밝은 봉사원들

전국의 명승지가 다 그렇듯 묘향산 보현사 앞에도 간이 상점들이 군데군데 있다. "여기로 와보시라요. 여기 꿀이 있어요, 꿀꿀이." 호객하는 판매원의 손짓이 경쾌하다. 좌판엔 두툼한 돼지가 부처님의 형상을 하고 웃고 있다. 돈안지유돈豚眼只有豚 불안지유불佛眼只有佛, 돼지 눈엔 돼지만 보이고 부처의 눈엔 부처만 보인다는 무학대사와 이성계의 대화가 큰 가르침이 되어 돼지도 수양 정진하면 성불할 수 있다는 의미를 담은 인형이다. 쌀눈 튀기 과자나 염주, 작고 예쁘게 만든 나무 인형들도 보이고 엑스와 싸락도 보인다. 엑스는 엑기스, 농축액을 말하고 싸락은 과립이다. 영지 엑스, 오미자 미나리 엑스, 익모초 엑스. 아무거라도 한 병 들이켜면 비로봉(1,909m) 정상까지 한달음에 뛰어갈 것 같다. 보현사 초입의 계곡 옆으로는 돗자리를 깔고 큰 잔치판이 벌어진다. 봉사원들은 무엇이 즐거운지 연신 웃어대며 음식을 나르고 노루, 양, 오리불고기가 지글거리는 불판 위로는 쉴 새 없는 젓가락질이 바쁘다. 북한서는 귀하다는 김밥은 물론 도라지볶음에 곰취 쌈, 거기다가 각종 불고기. 혼이 나가도 벌써 나갈 판인데 봉사원들의 통통 튀는 말솜씨가 흥을 돋운다. 묘향산 8만 4천 봉우리 근처만 어슬렁거려도 괜찮다. 세상에 없는 이 정도의 밥상이면 천하제일 명산 부럽지 않은 천하제일 밥상이다. 계곡은 또 어떤가. "여기 발 담가도 되나요?" 손님들은 허락을 구하려는 듯 묻기만 하고 봉사원들은 일 없습네다를 반복한다. "몸 한번 담가보시라요 10년은 젊어집네다." 깔깔 웃는 봉사원의 권유에 한바탕 같이 웃으면 굳이 발원지를 따질 일이 아니다. 바로 발밑이 발원지라 할 만하다. 푸르고 맑고 깨끗하고, 그저 좋은 감탄사는 다 끌어오고 싶을 정도가 된다. 계곡의 물소리가 고요하면 물은 평평한 바위를 만난 것이다. 물소리가 거칠고 세차면 모나고 높은 바위를 만난 것이다. 그럼에도 물은 몸 하나 다치지 않고 모난 돌을 쓸어안으며 묘향천, 백령천, 내창강, 원명천을 지나 남쪽의 대동강으로 서쪽의 청천강으로 흐른다.

일출日出에 흔들리고 노을에 물드는 바람방울

보현사는 북한에서 가장 크고 역사가 깊은 천년 고찰이다. 보현사 제1문인 조계문에는 관서총림 규정문關西叢林糾正門이라는 현판이 있다. 관서 지방의 모든 사찰을 총괄한다는 뜻이다. 관서 지역에는 80여 개의 절이 있었다.

> 굉학이라는 중이 1042년에 243칸의 큰 절을 지었는데 이것이 바로 보현사다. 당시 산의 이름은 연주(지금의 영변)에 있는 산이라 하여 연주산이라 하던 것을 산이 기묘하고 아름답고 향기가 그윽하다고 해서 묘향산이라고 불렀다.

김부식이 『삼국사기』에서 적은 묘향산과 보현사에 대한 서술은 절의 입구 보현사비碑로 남아 있는데 곳곳에 총탄의 흔적이 아프다. 심지어 움푹 떨어져 나간 곳도 있다. 한국전쟁의 상흔은 비단 보현사비에만 있는 게 아니다. 해방 직후만 하더라도 30여 개의 건물과 만여 종의 유물들이 있었다. 유물들은 도굴당하거나 훼손됐고 건물들도 반 이상이 불에 탔다. 보현사의 대표적인 건물인 대웅전과 만세루는 철저한 고증을 거쳐 1979년 10월에 복원됐다. 다행히 북한의 국보 32호인 팔만대장경 목판 인쇄본은 한국전쟁 당시 김일성 주석의 지시에 따라 유실의 위험이 없는 금강암과 이중 벽돌로 지은 장경각에 따로 보관했고 1981년 현재의 팔만대장경 보관고로 이전했다. 문수보살과 보현보살의 기거처 해탈문과 부처님의 경호원들이 지키고 있는 천왕문은 옛 모습을 그대로 간직하고 있는데 빛이 바랜 사신도와 단청이 천년의 세월을 녹여낸다.

하지夏至와 동지冬至 때의 일조량과 햇볕의 방향을 고려해 지은 관음전은 고려시대 건축의 백미로 꼽힌다. 역시 빛이 바랜 단청은 새로 채색한 1774년 이후 250년 동안 그윽하다. 한국전쟁 때 반이 불에 탄 국가 천연기념물 88호인 산뽕나무는 여전히 푸르고, 그보다 600년이나 더 오래된 8각 13층 석탑과 4각 9층 석가여래탑은 사바세계 중생들의 고통을 다독이며 수많은 눈물의 기도를 쌓고 있다.

보현사의 다보탑이라 부르는 8각 13층 석탑의 가장자리에는 각 층마다 바람방울(풍경)이 달려 있다. 바람방울은 옅은 울음을 울며 일출을 맞고 노을에 물든다. 큰스님의 호통을 받은 게으른 동자승은 그 소리를 들으며 절 마당을 쓸었을 것이고, 두 손 모으며 탑 주변을 도는 여인은 그 소리를 들으며 눈물을 씻었을 터이다. 바람방울 소리가 구슬플 때엔 누군가 석탑 앞에 무릎을 꿇었을 것이고 그이의 간절한 기도를 밤늦게 찾아온 달빛이 위로했을 것이다.

노을을 부르는 건 유점사 범종 소리다. 금강산 4대 사찰로 1세기 신라 남해왕 때 인도에서 띄워 보낸 53불상을 넣은 종이 도착하여 세워졌다.(『유점사본말사지』) 한국전쟁 때 미군의 폭격에 의해 모두 사라졌고 북한은 이를 귀축 같은 만행이라고 비난했다. 가까스로 폭격에서 살아남은 범종은 이곳 보현사로 옮겨졌다.

묘향산의 노을은 유점사 범종 소리를 듣고 찾아온다. 느릿한 범종 소리가 탐밀봉, 깃대봉을 넘어 산 아래 영변寧邊—김소월의 「진달래꽃」에 나오는—의 마을로 내려가면 하루 일에 부지런했던 사람들은 그제야 호롱불을 밝히고 소박한 저녁상을 맞이한다. 언제나 노을은 마을의 쓸쓸함을 먼저 덮어주고서야 향산으로 발길을 돌린다.

> 눈 내리는 벌판을 가로질러 걸어갈 때에
> 함부로 난삽하게 걷지 말지어다.
> 오늘 내가 디딘 자국은
> 드디어 뒷사람의 길이 되리니.

서산대사는 임진왜란 때 5천의 승병을 일으킨 승병장이었다. 관동 지역에서 봉기한 사명당과 호남 지방의 처영을 제자로 두고 8도 16종 도총섭都摠攝이 되어 왜군에 맞서 싸웠다. 그는 묘향산 원적암에서 입적했고 사람들은 그를 묘향산인이라 불렀다. 정조 18년 조선은 그의 공을 기려 사당을 세우고 제를 지내게 했는데 그곳이 보현사 내에 있는 수충사酬忠祠다. 묘향산을 호국 영산이라고 부르는 이유이기도 하다. 수충사 중앙에는 서산대사의 화상이 있고 좌우로 사명당과 처영대사의 화상, 그리고 서산대사의 지팡이 육환장과 사명당이 썼던 철모와 칼 등이 보존되어 있다.

노층층 십보구휴路層層 十步九休

향산 제일암香山 第一庵으로 불리는 상원암에 오르면 평생소원이 묘향산에서 한번 노니는 것이라고 읊었던 방랑 시인 김삿갓의 「묘향산시」를 중얼거릴 수밖에 없다.

> 산은 첩첩 천봉 만 길에,
> 길은 층층 열 걸음에 아홉 번 쉬네

금강金剛과 대하臺下폭포, 호랑이가 쓰러진 사람을 등에 업고 한걸음에 옮겼다는 인호대, 29미터 높이의 산주폭포와 아래위로 쌍을 이루는 용연폭포의 아름다움을 열에 아홉 번을 쉬고서도 다 보지 못한 아쉬움은 시인의 시 한 수로 숨김없이 드러난다.

> 노층층 십보구휴, 노층층 십보구휴路層層 十步九休

이렇게 중얼거릴 만한 곳이 또 어디 있단 말인가. 물 경치, 나무 경치, 바위 경치에 몰입했던 시인은 상원암 계곡에 이르러 그보다 먼저 묘향의 묘미를 바위에 새긴 조선 중기의 서예가 양사언의 글씨 신선굴택神仙窟宅, 운하동천雲霞洞天—신선이 사는 집이 여기던가. 구름안개 골 안에 비껴 있네(유홍준, 『나의 문화유산답사기 4』, 창비, 2011)—을 보았을 것이다. 그리고 잠시 뒤에는 천신폭포까지 세 개의 폭포를 눈 아래 두고도 고즈넉한 상원암에서 넋을 잃었다가 상원암 현판이 추사가 쓴 것임을 확인하고 또 중얼거렸을지 모른다. 노층층 십보구휴, 노층층 십보구휴.

묘향산에는 금강폭포, 대하폭포, 용연폭포, 산주폭포, 천신폭포, 서곡폭포, 무릉폭포, 은선폭포, 유선폭포, 은정폭포, 비선폭포, 9층폭포, 은하폭포 들이 있고, 비로봉(1,909m)을 필두로 진귀봉(1,832m), 원만봉(1,795m), 향로봉(1,599m), 오선봉(1,365m), 법왕봉(1,388m), 문필봉(1,531m), 백산(1,599m), 칼봉(1,530m), 형제봉(1,229m) 등 무려 8만 4천 개의 봉우리가 있다. 최정상 비로봉 아래로는 하비로암과 상원암, 불영암 등 10여 개의 암자가 있고 백두산, 구월산, 칠보산과 더불어서 유네스코 생물권보존지역으로 등재됐다.

북한은 1947년 10월 15일 묘향산의 문화유적을 묶어 고대 문화의 전당 묘향산 역사박물관이라 명명하고 관리 유지하고 있다. 2017년 4월에는 김일성 훈장을 받았다.

6 믿고 싶지만
믿기 어려운 것들도
있기 마련이지

세계를 움직인 증언들.
정치범 수용소

북한 하면 떠오르는 상징적인 단어가 몇 가지 있었습니다. 고난의 행군 시절의 꽃제비, 아사자 200만 명 같은 이미지가 대표적이지요. 아직도 초근목피 하며 연명하는 줄 알고 북한 동포들을 안쓰러워하시는 분들이 꽤 있는데요, 가난한 자들에 대한 동정도 있지만 세습 독재 정권의 수탈에서 비롯된 결과라는 비난도 만만치는 않았습니다. 그리고 바로 총살, 숙청, 정치범 수용소 같은 단어들을 떠올리게 됐습니다. 배곯아 굶어 죽어도 반항의 내색 하나 할 수 없는 북한 인민들의 반인권적인 환경에 소름이 돋을 만큼 분노했던 적도 있었지요. 정치범 수용소의 정보라고 해봐야 구글 위성지도가 제공하는 마을의 형태가 대부분이었고 그 안에서 일어난 일들은 일부 탈북민들의 격정적인 증언 정도가 전부였던 것으로 기억합니다만 당장 사람이 죽어나가는 판에 그게 중요한 건 아니었지요.

영화 <라이언 일병 구하기>(1998) 보셨나요? 기억하시는 분들이 꽤 있을 듯합니다. 영화 중반부에 머드레강 다리 백병전 장면이 나옵니다.

"포기해 네게 다른 선택지는 없어. 너도 이제 죽는 게 나을 거야. 쉬잇~"
지옥의 문을 탐색이라도 하듯 일그러진 얼굴로 격하게 그러나 지나치게
조용히 뱉어내는 독일 병사의 독백이 소름 끼치도록 충격적인 장면. 느릿
한 그의 대사 속도에 맞춰 날카로운 단도는 레이번의 심장 속으로 천천히
스며들고 "안 돼 제발"을 반복하던 레이번의 몸은 몇 번의 신음 소리와 함
께 축 늘어집니다. 잠시의 안도감도 없이 숨을 헐떡이는 독일군 병사의 턱
아래로 땀방울이 쉼 없이 떨어지고 레이번의 심장에선 피가 솟구치지요.
생사의 갈림길에서 겨우 살아 돌아온 자의 승리감은 어디에도 없고 뭔가
에 홀린 듯 비틀거리며 내려오는 종탑 계단에는 전쟁 자체가 두려움인 레
이번의 동료 병사 업햄이 울고 있습니다. 어깨 위에 탄약을 잔뜩 짊어진
채 떨고 있는 업햄 앞을 독일 병사는 무표정하게 지나치고 다시 전투는
시작됩니다. 이 장면은 오직 살아야 한다는 절박함 이외의 다른 장치가 전
혀 없이 전장에서 살아 돌아온 자 또한 죽임을 당한 자와 별반 다르지 않
음을 암시하는 잔인함으로 기억됩니다.

이 우울한 이야기를 지금 하는 이유는 북한 인권의 참상을 증언하는 대표
적인 정치범 수용소가 우리가 지나온 곳, 지나갈 곳과 그 인근에 있기 때
문입니다. 물론 그곳에 들러 확인할 수는 없습니다. 묘향산 오기 전에 지
나온 개천 만포선 구장역에서 평덕선을 타고 가면 북창과 득장 탄광 그
길로 쭉 가다가 신성천역에서 평라선을 만나 동쪽으로 가면 그 악명 높은
요덕이 있습니다.
　　영화 <라이언 일병 구하기>가 묘사한 전장의 끔찍한 장면들은 인간이
같은 인간을 살상하기 위해 얼마나 비인간적이어야 하는가를 적나라하게
고발함으로써 도저히 믿고 싶지 않은 사실들조차 믿을 수밖에 없도록 만
들었습니다. 그 전장에서 살아남은 사람들의 증언과 그것을 증명해내는
역사가들의 연구도 촘촘할뿐더러 기록영상과 사진들 또한 역사적 현장
에 대한 믿음의 증거가 되는 것도 당연합니다. 일부 탈북민들이 증언했던

정치범 수용소의 실태는 어떤 영화보다도 훨씬 끔찍했습니다. 엑소더스 exodus(탈출)를 감행했던 이집트의 노예들도, 반란을 실행했던 스파르타쿠스의 노예 군대도 그렇게 살지는 않았을 겁니다. 무려 2,000년 전의 노예들도 아니고 21세기에 같은 하늘 아래 그런 삶이 존재함을 믿는다는 것은 무척 괴로운 일입니다. 그분들의 고통 속의 삶을 생각하면 당연히 믿어야 하는 게 옳습니다.

그러나 때론 믿고 싶지만 믿기 어려운 것도 있게 마련입니다.

거래되는 진실에 관하여

영문도 모른 채 지하 감옥에 끌려갔다고 했다. 견디기 어려운 고문을 받았고 사형선고까지 받았다고 했다. 이후 다시 영문도 모르게 사형 집행을 취소시켰고 정치범 수용소로 배치되었는데 거기서는 생산 관리와 재정 담당을 하게 됐다고도 했다. 그 수용소의 인원은 6,000명이었다. 아무런 이유도 없이 사형을 선고하기도 하고 취소하기도 하고 그런 사람을 6,000명이나 되는 거대한 수용소의 돈줄까지 맡기는 나라를 그는 1996년 아들과 함께 도망쳐 나왔다. 고작 100그램도 안 되는 옥수숫가루를 먹으며 1,500도가 넘는 용광로에서 하루 16~18시간 노동에 시달린 정치범 수용소의 죄수들은 키조차 쪼그라들어 120~130센티미터에 지나지 않았고, 척추가 녹아내려 곱사병자가 된 형상에 머리카락이 붙어 있는 사람은 하나도 없이 해골 같은 얼굴이었으며, 이빨도 죄다 빠져 있었다고 했다. 옷도 입히지 않고 바닥을 기어 다니듯 묵묵히 일하는 죄수들을 교도관은 소 채찍을 휘두르며 때리고 군홧발로 짓밟았고, 심지어 용광로의 쇳물을 부어 시커먼 숯덩이로 만들었다고 했다. 수령님을 믿지 않고 하늘만 믿는 미친 정신병자 놈들이기 때문이라는 이유였다는 것이다. 허리뼈와 팔과 다리가 부러지는 고통 속에서도 침묵하던 죄수들의 외마디 비명은 "주여"였고, 정치범 수용소 안의 기독교인들은 짐승만도 못한 취급을 받으며 하루하루를 죽어가고 있다고 했다. 임산부의 경우 8~9개월 된 아이들도 소금술을 주입시켜 사산시키는데 간혹 살아서 나온 아이들조차 구둣발로 즉사시킨다고 증언한 2004년 이순옥의 미 하원 국제관계위원회 청문회 내용은 북한의 대표적 인권, 종교 탄압의 실증적 자료로 그해 미 국무부의 「2004 종교 보고서」에 실렸으며, 그해 통과된 미 북한 인권법의 근거가 됐다. 남한의 몇몇 교회들은 상상할 수조차 없는 기독교 탄압 사례의 현장을 목도한 듯 몸서리치며, 피도 눈물도 없는 북한 독재 정권의 몰락을 위한 통성기도를 올렸다. 그의 증언에는 주목할 만한 사항이 또 있었는데, 6,000명이나 되는 수용소의 전 인원을 모아놓은 공개 처형의 현장에서 이순옥 개인의 사면을 통보했다는 것이다.

다만 이 끔찍한 현장을 살아 나가서 모든 이들에게 알리고 싶다는 기도를 하나님께서 들어주신 것이라는 것 외에 사면의 이유 또한 영문 모를 일이었다. 살아서는 절대 나오지 못한다는 14호 수용소의 정치범이었던 그는 살아서 세상에 돌아왔고 그렇게 살아서 돌아온 경우는 이순옥 씨 말고도 의외로 꽤 있다. 이순옥 씨는 북한 기독교인들이 하나님에 대한 신심으로 인해 얼나나 참혹한 삶을 사는가를 남한의 교회에 간증하는 주요인사이다.

북한 형법[조선민주주의인민공화국 형법(2004. 4. 29)—출처 : 북한법 연구회] 제30조는 범죄를 병합하거나 합산할 경우에도 유기 로동교화형 기간은 15년을 넘을 수 없다고 규정한다.

할아버지가 남하했다는 이유로 평남 북창군 석산리 제18호 정치범 수용소로 강제 이주당해 28년을 탄광에서 일했다는 김혜숙 씨는 식량을 훔쳐 안전원에게 대들기만 해도 총살당하는데 이웃의 손금을 봐주었다는 이유로 교수형을 당했다거나 아동을 살해해 인육을 거래한 사례까지 캐나다 의회 인권위원회에서 증언했고, 요덕 수용소에 갇혔었다는 김광

일 씨는 소의 배설물에서 소화되지 않은 콩을 골라 먹어야 할 정도의 비참한 상황을 전 세계에 전했다. 주중 북한 대사관 무관으로 근무했다는 권혁 씨는 정치범은 어린이와 부녀자까지 가스실 생체 실험에 동원되어 살해당했다고 주장했고, 그 말은 곧 뉴스가 되어 주요 언론을 장식했다. 마취 없는 강제 낙태 수술을 당했다고 증언한 지현아 씨는 2018년 2월 서해 수호관에서 마이크 펜스 미국 부통령을 만났고, 탈북자 이현서 씨가 쓴 『7개의 이름을 가진 소녀: 어느 탈북자의 이야기(The Girl with Seven Names: A North Korean Defector's Story)』는 세계 최대 규모의 책 추천 사이트 '굿리즈Goodreads'가 선정한 '2015 올해의 책' 후보로 선정됐다. 자유를 향한 북한 여성의 여정, 『내가 본 것을 당신이 알게 됐으면』 등의 책을 쓴 박연미 씨는 영국 BBC 방송의 '2014 올해의 여성 100'에 뽑혔다.

정치범 수용소는 터무니없는 모략이라는 '북한의 주장'

북한은 이례적으로 관영 방송을 통해 주요 탈북 인사들의 발언을 반박해왔다. 세계적인 베스트셀러가 된 자서전 『14호 수용소 탈출』의 주인공 신동혁 씨에 대해서는 그가 죽은 줄 알았다던 아버지까지 출연시켰고, 반공화국 인권 모략 언동으로 낯을 내며 돈벌이를 하는 자로 표현하며 그의 증언 대부분이 거짓임을 주장했다. 고문으로 잘렸다는 손가락은 사고 때문이며 광산 진료소에서 치료까지 받았다는 것 등을 포함해 신동혁 씨, 그리고 북한 탈출을 기도했다는 이유로 처형당한 어머니와 형에 대한 북한 내에서의 행실을 주변의 인터뷰를 통해 고발하는 형식이었다. 그는 2013년 6월 국제 인권상을 수상했으며 존 케리 미 국무장관을 만나 "북한의 인권 탄압을 알리는 살아 있는 표본"이라는 찬사를 들은 바가 있다.

조선중앙 TV는 득장 탄광에서 가혹한 노동에 시달렸다는 김혜숙 씨의 경우에도 1969년부터 1979년까지 평남 북창군의 심산 인민학교 고등중학교를 다녔고, 이후 1994년까지 심산갱의 운반공으로 일했으며 이후 결혼하여 쉬다가 득장구 건설 사업소의 기와 작업반에서 일했다고 보도했다. 이밖에 안명철, 박금옥, 태영호 전 공사 등에 대해서도 북한에서의 이력을 기술하고 국제사회의 '반공화국 인권 모략 책동'의 돌격대를 자처하며 반사 이익을 챙기는 사람들로 보도했다.

일부 탈북민들의 증언은 마땅한 제어장치를 필요로 하지 않았습니다. 오히려 인간이 자행할 수 없는 극악함에 다가갈수록 더 신뢰성 있는 정보가 되고 그에 따라 증언의 가치도 매겨졌습니다. 국제사회는 보다 자극적인 새 증언이 나올 때마다 시장에 등장한 새로운 물건처럼 수용했고, 물건의 생산자들은 더 잘 팔리는 물건을 만들기 위해 경쟁했습니다. 이들의 북한 인권 상황에 대한 폭로들은 이렇게 북한의 악마화를 위한 전초 기지가 되었습니다. 믿고 안 믿고를 따질 계제가 아니었습니다. 이들의 증언은 세계를 움직였습니다. 미 북한 인권법은 물론 2005년부터 10년 동안 채택된 유엔 북한 인권 결의안과 2006년 일본 북한 인권법 제정에 막대한 영향력을 행사했고, 그것만으로도 진위眞僞의 판단에 대한 문제 제기는 세계인의 보편적 이성에 닿지 못하는 천한 종북주의자들이나 하는 짓이 되었습니다. 믿고자 하는 의지가 생기기도 전에 믿지 않으면 안 되는 절대 가치가 된 것입니다. 진실이 반드시 두꺼운 외피를 뒤집어쓰고 있어야 할 이유는 없습니다. 그러나 진실은 믿음의 강요를 통해 모습을 드러내지 않습니다. 또한 진실은 언제나 거래를 거부해왔습니다. 역사 이래로.

7   궁금한 건 못 참아,
꼭 가보고 싶은 아오지

아오지 탄광은 아직도?

2018년 6월 24일자 청와대 국민청원 게시판에 재미있는 청원이 올라왔습니다. 신태용 국가대표 축구 감독을 아오지로 보내달라는 내용인데요. 아마도 러시아 월드컵 예선 탈락의 책임이 있으니 아오지 탄광에서 고생 좀 하라는 의도인 듯합니다. 청원에 동의한 사람은 단 두 명. 그 이전 2017년 12월 동아시아 챔피언십 대회 한국전에서 자살골을 넣은 북의 리영철 선수, 2010년 남아공 월드컵에서 3전 전패로 탈락한 북한 대표팀의 김정훈 감독도 아오지 탄광에 끌려갔다는 루머가 있었지요. 버럭 하는 것이 장기인 개그맨 모某 씨는 그가 출연한 프로그램에서 북한 같으면 아오지 탄광 간다는 핀잔을 새터민에게 듣기도 하고, 북한 출신의 며느리는 자신이 만든 반찬 타박을 하는 시어머니에게 같은 말로 농을 던지기도 합니다. 한국전쟁 이후 국군 포로와 정치범들이 강제 노동과 고문으로 죽어간다는 일부 탈북민들의 증언 이전에도 아오지는 절대 가고 싶지 않은 그러나 시시때때로 아무 곳에서나 소환되는 '지구상에서 가장 혹독한 지옥'이라는 가상의 공간이었습니다.

아무 조건 없이 믿었다, '왜'라는 질문도 못 한 채

"요즘 애들은 아오지 탄광이라는 말을 기억할라나?

요즘도 가끔 TV에 나오긴 하던데 말여."

흘러간 60~70년대 노래 외에는 가사를 모르고

그중 조국 찬가나 새마을 노래가 주요 레퍼토리이며

민주주의의 반대말을 공산주의로 자신 있게 대답하다가

친일파 좋아하는 놈이 어디 있겠냐고 옥박지르면서도

해방 후엔 친일 반공한 놈이 실세였다는데 소리 들리면

억지로라도 독립운동가 감투를 씌워주고는

군사 독재라는 말이 나오면 그래도 그때가 좋았다고 우겨대기도 하는

그야말로 그 세대들의 정치 토론이라고 하는 선술집 옛날 회상 술자리에서

찰랑찰랑 넘쳐 나는 막걸리 잔 위에 둥둥 떠다니던 이름들.

김일성이 놈, 빨갱이 새끼……

그래도 한물간 용어인지는 아시는지

한 뜸 더 머뭇거리다 뱉어낸 말이 아오지

"그래 그 아오지 얼마 전 테레비 보니까 그 뭐냐 탈북자들 나와서 하는 방송

거기에 아주 젊은 여자가 아오지 얘기를 하더라니까."

참 엿가락같이 진득진득 한물간 옛 기억은

"거 북한에서는 그르케 하믄 아오지 탄광 끌려갑네다아~"

살랑살랑 웃음 짓는 그 젊은 여자의 화사한 립스틱처럼

다시 신식 옷으로 갈아입고서는

내가 미쳤는지 누가 미쳤는지 그것도 모르는 세상이 미쳤는지

막걸리 한 잔에 미친놈 한 번씩 중얼거리다가

괜히 남북 정상회담 뉴스가 나오는 텔레비전을 툭 치고 지나가는

저 노인네 손의 태극기 한 장

—한 문장으로 쓴 선술집 현대사 '아오지'

『구약성서』에 나오는 히브리의 노예에게도 혹은 지금도 녹슨 불발탄을 장난감 삼아 가지고 노는 전쟁터의 아이에게도 혹은 그 아이를 방치하듯 바라보는 부모에게도 지옥은 필요했다. 그 고통을 상쇄시킬 만한 내세(來世)의 믿음은 꼭 있어야 했고 그러기에 절대 가지 말아야 할 지옥 또한 꼭 있어야 했다.

천국을 향한 기도는 늘 간절했지만 지옥을 향한 저주는 언제나 냉소적이었다. 내가 그랬다. 열 살 먹은 아이가 병으로 죽고 아이가 걸어 다니던 등굣길 야산 언덕에 봉분도 없이 묻혔을 때 그 아이의 친구였던 나는 고작 할미꽃 몇 송이 꺾어 무덤 위에 올려놓고는 아무렇지도 않게 깔깔거리며 학교를 다녔다. 장애가 있는 늙은 남편에게 밤새도록 두들겨 맞은 아이의 엄마는 새벽안개 자욱한 동네 어귀에서 소주를 들이켜듯 농약을 마셨다. 동네에서 처음으로 대학에 들어갔던 청년은 베트남 전쟁에서 돌아와 시름시름 앓았고, 산달이 언제인지도 모른 채 입덧조차 내색하지 않았던 여인은 어느 날 홀쭉해진 배를 움켜쥐며 아무도 모르게 동네를 떠났다. 사흘을 굶고 온 산을 뒤져 딴 설익은 산다래는 나의 내장을 싸리하게 찢어댔다. 겨우 물밖에 없는 배 속을 몇 번이나 게워내야 숨을 쉴 수 있었다.

일상만큼 죽음이 가까웠던 시절이었다. 사는 게 지옥이었으나 지옥인 줄 모르고 살았다. 그 시절 지옥은 따로 있었으니까. '아오지 탄광'. 어지간한 고통은 고통 축에도 못 들던 시절 아오지 탄광이 어떤 지옥이었는지는 사실 아무도 모른다. 단지 펄펄 끓는 물로 미역을 감게 한다거나 불구덩이를 헤치고 들어가 탄을 캐다 죽는 곳. 사람 잡아다 패는 건 다반사고 총살과 처형이 일상인 곳 정도로 짐작만 할 뿐이었다.

그렇게 죽는 것은 싫었다. 그러니 다들 아오지 탄광 하면 슬며시 주눅 들곤 했었다. 어떻게 생겨먹었는지는 아무도 몰랐지만 거기에 보내는 방법은 잘 알고 있었다. '말 많으면 공산당. 빨갱이는 아오지.' 집단의 결의에 이견을 말하는 것은 아오지 탄광 갈 일이었고, 매달 있는 반상회에 빠지기만 해도 그랬다. 숙제를 못 해 가거나 선생님의 말을 안 들어도, 당시에 국책사업이었던 혼식 장려나 쥐잡기 운동에 학교 성적이 시원치 않아도 아오지 얘기가 나왔다. 한마디로 마을 이장이 끗발 있던 시절 면사무소의 지도를 편달하던 이장님의 지시를 거스르면 아오지요, 학교 선생님의 말을 듣지 않으면 아오지였다. "너 이놈 북한 같으믄 벌써 아오지 탄광감이야." 당시 동네 완장 찬 분들이 자주 써먹던 말이었다. 내가 초등학교 다닐 때 이야기다. 5호 담당제니 인민반이니 서슬 퍼런 집단 감시 체제에서 자아비판 중 꾸벅 졸기만 해도, 이웃 마을 처녀와 슬쩍 손만 잡아도 끌려간다던 그 아오지 탄광의 소문을 실제로 '북한 사람들 같으믄' 어떻게 들었을까.

탄부炭夫가 교수보다 더 낫다는데

일단 북한에서 탄부의 지위를 알아보자.

"북한에서의 임금 수준은 그가 정치적으로 어떠한 위치에 있느냐에 따라 결정되는 것이 아니고 그가 어떠한 노동을 하고 있느냐에 의해 결정된다는 것이다. 이에 광부, 고열 작업을 하는 용접공 등 중노동을 하는 노동자들이 의사, 교수 등과 같은 사무직 노동자들보다 거의 배에 가까운 임금을 받는다"(선한승, 『북한노동자의 적응력 실태와 인력활용방안』, 한국노동연구원, 1996)는 논문의 내용은 북한 관련 논문의 고전에 속한다. 대표적인 보수 언론인 《NK조선》에도 관련기사가 실린 적이 있는데 내용은 이렇다.

"근로자 중 월급을 가장 많이 받는 곳은 탄광이다. 15~20년 근무했을 때 500~600원 정도다. 내각의 상(장관) 월급(350원)이나 20년 경력의 교수(400원 정도)보다 많다. 일이 고된 만큼 많이 받는 것이다. 그렇다고 광부의 생활이 여유로운 것은 물론 아니다. 월급이 많아도 자원하는 사람이 많지 않다." (「탄광 노동자가 교수보다 더 받는다」, 《NK조선》)

이 기사의 전반부에는 북한 노동자들의 월급 체계를 설명하며 "공민은 능력에 따라 일하며 노동의 량과 질에 따라 분배받는다"는 사회주의 헌법 제70조의 원칙을 근거로 "노동법에 의한 사회주의 분배 규정에 따라 노동시간, 작업량, 근무조건 등 세부적으로 명시된 규정에 의해 월급이 책정된다"고 적고 "북한만큼 노동의 강도나 질에 따라서 월급 체계가 세분된 곳도 드물 정도다"라는 문장으로 소단원의 결론을 내린다. 일단 궁금증의 한 부분은 풀리는 듯하다. 기사 말미에 북한의 배급 체계가 무너지며 그 월급으로는 담배 한 갑, 술 한 잔 못 산다는 말이 있지만 어쨌든 장차관 고위직 나으리들보다 더 대접받고 있다는 말 아닌가.

북한에서 매년 7월 7일은 탄부절이다. 각종 신문 보도 매체를 총동원해 탄광 노동자들의 수고를 격려하고 생산의식을 고취시키는 날이다. 1954년 7월 7일 김일성 주석의 6.13 탄광 방문을 기념하기 위해 1990년 10월 31일 제정되었다. 농업근로자절(3월 5일), 어부절(3월 22일), 철도절(5월 11일), 건설자절(5월 21일), 임업노동자절(8월 10일), 방직공업절(10월 15일) 등과 함께 주요 노동 산업의 주축임을 인정하는 것이다. 전 세계에서 광부를 기억하는 날은 이날밖에 없다. 1998년에 제작된 영화 <줄기는 뿌리에서 자란다>는 동네 조폭인 백자루패의 두목 류승철이 노동을 통한 교화로 새사람이 되고 자신을 따르던 부하들까지 유능한 청년 돌격대로 만든다는 지극히 교훈적인 내용을 담고 있는데, 그 배경이 안주 지구 칠리 탄광이다. 패싸움이나 하고 남의 돈이나 뺏던 백자루패의 똘마니들은 탄광의 가장 힘든 노동을 통해 새로운 인간형이 된다. 주인공 류승철이 밑동(수맥)이 터져 모두가 죽음의 위기에 몰렸을 때 목숨을 건 폭파로 물줄기를 돌린다는 장면은 익숙하지만 울림이 있다.

2018년 7월 3일자 《노동신문》은 「탄부들을 향한 다심한 사랑」이란 사설에서 생전 김일성 주석의 탄부에 대한 관심을 상기하기도 했다.

2010년 조선예술영화창작소가 제작한 영화 <그는 탄부였다>는 2.8 직동 탄광의 채탄공 김유봉(1957~2007)의 실화를 바탕으로 한다. 김유봉은 갱도에 찬 물로 막장이 위험에 처하자 물길을 돌리기 위해 직동 탄광 3호굴 침수갱 발파를 성공시킨 후 목숨을 잃은 실존 인물이다. 사고 당시 그의 신분은 당 세포비서이자 최고인민회의 대의원이었다. 우리로 치자면 국회의원이다. 그는 현재 평양 신미리에 있는 애국열사릉(북한의 국립묘지)에 묻혀 있다.

북한의 탄광 또한 지하 100미터를 파고 탄을 끌어 올리는 일이니 당연히 고되고 사고도 많아 젊은이들이 기피하는 직종 중 하나이긴 하지만 정치범들 잡아 가두고 고문하며 비인간적인 노동을 시키는 곳은 아니다. 나름 거기도 사람 사는 곳이란 얘기다.

아오지는 '불타는 돌'

아오지는 함경북도 경흥군에 있었다. 한반도의 최북단으로 중국과 러시아에 국경을 대하고 있다. 북쪽으로 회암천 물길을 따라가면 두만강 너머 중국령 훈춘이 지척이고 동쪽으로 나진 선봉을 지나 두만강 철교를 건너면 러시아령 하산이다. 옛 고구려의 땅이었고 말갈족의 땅이었다가 발해 유민의 땅이기도 했고 다시 여진의 땅이기도 했다. 대개 두만강 유역의 은덕벌에 의지해 땅을 부쳐먹고 살았지만 부정기적으로 두만강 건너 연해주 너른벌로 가서 봄 씨앗을 뿌리고 가을 곡식을 가져오기도 했다. 딱히 다툼이 없던 시기에 국경이나 족속이란 개념 없이 서로를 용인하며 살았던 곳이다. 극심한 흉년이 들었던 1863년 러시아령 지신허에 최초로 상주를 하게 된 양응범을 비롯한 13가구 또한 이곳 사람들이다. 이 사람들이 모국어를 잃어버린 슬픈 디아스포라 고려인의 원조다. 이때 고향을 떠났던 고려인의 후예 중 경흥 사람 최재형이 있다. 연해주 독립운동의 대부로 일제로부터의 독립을 위해 가진 재산다 내놓고 니콜리스크(현 우수리스크)의 집에서 일제의 총에 맞아 죽은 쓸쓸한 사람이다. 자신은 일본군 헌병에 의해 죽고 남은 아들과 딸 그리고 사위 일곱 명 중 다섯 명을 스탈린의 피의 숙청 때 잃은 멸문지화 가문의 아버지이다.

재미 교포 홍정자 씨는 1988년 이후 30여 차례 이상 북한을 방문하며 북한에 대한 오해와 진실을 사실적으로 전달한 대표적인 인사이다. 그는 스스로를 직업적인 기자도 명성 있는 작가도 통일운동권 인사도 아닌 그저 미국에 사는 평범한 한국 여성이었다고 말한다. 그의 남편인 고 홍동근 목사가 활동하던 조국통일 북미주협회의 일도 탐탁지 않게 여겼을 뿐만 아니라 1988년 가을 9.9절 행사에 초청받은 남편의 방북도 동의하지 않았을 정도로 북한에 대한 두려움이 컸던 사람이었다.

동족 간의 오해는 풀어야 하지 않겠습니까? 아오지에 가봅시다

더군다나 그의 친동생인 피아니스트 백건우, 윤정희 부부는 1977년 유고슬라비아에서 북으로 납치될 뻔한 위기를 겪은 적이 있었다. 그런 그가 남편을 따라간 첫 방문 이후 운명처럼 북의 동포를 만나며 그가 겪은 북한을 증언했다. 그가 쓴 「아오지를 가다」(월간 《말》 1995년 5월호)는 신뢰할 만하다.

1994년 김일성 주석 사망 직후 북한을 방문한 그는 반공의 주모자로 북한에 대한 적대감의 근원지인 아오지를 가기 위해 북측의 안내원들과 한판 대소동을 벌인다. 동족 간의 적대감 해소를 위해서는 오해되는 부분들을 해소시켜야 하고 그것은 아오지의 실체를 확인했을 때만 가능하다는 그의 호소에 북측은 난색을 표했지만 눈물까지 흘리는 그의 우격다짐에 결국 승낙을 하고 만다. 평양에서 청진역까지는 4인실 기차의 침대칸에서 꼬박 열여섯 시간, 그리고 아오지까지는 승용차로 라진을 거쳐 일곱 시간이 걸렸다. 길을 안내했던 참사관의 처자식 자랑이나 호텔에서 정성껏 마련한 도시락에 가난하지만 소박한 정 내음 풍기는 농촌 들녘을 지나며 감상에 젖는 기차 여행이 좋았지만 자는 듯 마는 듯 파김치가 되어 도착한 라진의 남산려관에서 아침 커피를 마시면서는 그제야 이 고단한 여행을 그토록 만류했던 북측 안내원의 심정을 이해하며 후회했을 것이다.

"그곳은 평양보다 몹시 춥습니다. 가는 길이 벼랑도 많고 험한데 그곳은 벌써 눈이 내려서 위험합니다. 지금은 미국과의 대결에서 준전시 상태가 아닙니까. 이런 긴장 속에서 어떻게 외부 사람을 그런 먼 곳에 보낼 수 있습니까."

그가 전해준 아오지 이야기는 이렇다.

아오지는 여진족 말로 '불타는 돌'이란 뜻이다. 평소 아오지란 지명이 우리말 같지 않다는 의아심을 가졌던 김일성 주석이 어느 해인가 현지지도를 내려왔다가 그 유래를 찾아보라고 지시했고, 여진족의 말임이 밝혀지자 김 주석은 우리말로 바꾸는 것이 좋겠다는 지시를 내렸다. 1977년에 경흥군의 이름은 주민들의 의견을 통해 은덕군으로 바뀌게 되는데 해방 후 네 차례나 현지지도를 내려온 김일성 주석의 은덕을 칭송하는 의미라고 한다. 그 이전 1968년 김 주석의 현지지도 이후 아오지 탄광의 이름은 6.13 탄광으로 바뀌었다.

김 주석은 1948년 6월 6일과 1954년 7월 7일, 1959년 3월 17일, 1968년 6월 13일 이렇게 네 번 아오지를 찾았다. 북한에서 최고지도자가 한 장소를 네 번씩이나 현지지도 하는 경우는 매우 이례적이라고 평한다. 해방 후 석탄화학공업 부문의 공장을 비롯한 여러 개의 중앙공업 기업소들, 20여 개의 지방산업 공장들이 들어섰고 은덕천을 가운데 두고 양 기슭에 거리가 형성되면서 문화회관, 네 개의 군도서관, 체육구락부, 은덕화학공업대학, 고등석탄전문학교, 고등화학전문학교를 비롯한 수많은 학교, 탁아소, 유치원들이 골고루 배치되었으며 6.13 탄광병원을 비롯하여 여러 개의 병원, 진료소, 상점, 리발소, 목욕탕 같은 갖가지 편의봉사 시설이 마련되어 인구 9만을 헤아리는 주민, 근로자들의 문화적 수요를 보장하고 있다. (위의 글 일부 요약)

그는 또한 아오지에서 태어나 한 직장에서 40년을 일하고 있는 6.13 탄광의 갱장인 장진세 씨의 경우를 소개하며 부인이 청진 의과대학 출신의 현직 의사이고 그의 딸 또한 의대를 다니고 있음을 놀라워하기도 하고, 탄광 일꾼 5천 명 가운데 70퍼센트가 청년들로 되어 있는데 운반 100퍼센트, 채굴 40퍼센트가 기계화되었고, 여성 일꾼들은 갱내에 들여보내지 않는 것이 규칙이나 현재 30여 명 정도의 권양기 운전공과 40~50명 정도의 전차 운전공이 여성들로 되어 있다고도 적고 있다.

홍정자 씨와 마찬가지로 2011년 10월 이후 북한 전역을 여행했던 미국에 사는 평범한 한국 여성 신은미 씨도 『재미동포 아줌마, 북한에 가다』라는 여행기에서 2012년 5월 라진에서 두만강역으로 가는 길에 안내원과의 대화를 이렇게 적고 있다.

"지금 뭐라 그랬어? 아오지?"

"네. 바로 요 옆입니다. 아오지란 옛 이름을 아십니까?"

"잘 알지. 그곳에 탄광이 있다고 배웠지."

"남조선에서 학교 다니실 때 말씀이십니까?"

"응."

"남조선에서도 북조선 지리를 다 가르치는가 보지요?"

"그럼 물론이지. 근데, 문 안내원, 내년 8월에 우리가 여기 올 때, 아오지에 한번 가볼 수 없나?"

"가보실 수는 있는데…… 그곳에는 관광할 만한 곳이 없습니다. 그저 산업지역입니다."

"아니, 학교 때 배운 곳이라 어떤 곳인지 그냥 궁금해서……."

"그럼 다음에 오실 때 가보실 수 있도록 일정을 조직해보겠습니다. 가보셔야 그저 공장하고 탄광인데……. 근데 참 이상합니다, 선생님. 외국서 오신 손님들은 '체험학습'이라 해서 로동을 일부러 할 않나 아니면 선생님처럼 광산이나 공장을 관광하시겠다고 하질 않나……. 혹시 선생님, 아오지에서 '체험학습 로동' 해보시려는 것은 아니지요?"

—「북 안내원에게 '아오지' 보내달라고 했더니」,《오마이뉴스》2012년 10월 11일

잘살지는 못하지만 인생 막장까지는 아니다

2016년에 탈북한 아오지 출신 K 씨는 고향과 가까운 경기도 연천의 남측 민통선 아래에 조그만 집을 지었다. 굴뚝에 연기가 나면 집에 엄마가 있다는 신호를 기억하는 그는 고향집과 같은 굴뚝도 만들었다. 아궁이에 장작을 잔뜩 집어넣으면 무쇠솥에 콩물이 끓는다. 두부를 만드는 날은 같은 고향 출신 탈북민 친구들을 초대한 작은 잔치가 벌어진다.

"이야 고향 맛이다 고향 맛. 우리 고향에서 두부는 거의 떨어지지 않고 먹었어요. 고기야 한 달에 한 번이나 명절 때만 먹었지만."

그의 인터뷰엔 고향 마을에 대한 그리움이 가득하다.

2000년에 탈북한 조경일 씨는 그의 고향 아오지를 이렇게 기억한다.

"친구들하고 놀러 가봤죠. 갱도에 들어가서 구경도 하고, 석탄도 주우러 다니기도 했죠. 그냥 탄광이에요. 탄광이 다 똑같죠 뭐, 특별할 게 있나요? 언론에선 아직도 사람들을 아오지 탄광에 보내서 강제 노동 시킨다고들 그러는데 다 거짓말이에요. 수십 년 전 옛날이야기들을 아직도 언론에서 쏟아내고 있는 겁니다. 지금은 그런 거 없고 다 평범한 노동자들이에요."

북한 하면 아오지가 떠오르고 아오지 하면 김일성 일가의 만행이 떠올랐습니다. '아오지'는 북한 인권의 상징이 된 지 오래이지만 고통받는 사람들에 대한 연민보다는 북한에 대한 힐난과 분노가 남한의 뇌 속에서는 언

제나 먼저 실행되었고, 비인간적인 북한 정권은 당연히 사라져야 한다는 것이 신념으로 각인되었지요.

아오지 탄광이 지구상에 거의 유일한 생지옥이라는 인식은 언제 생겼을까요. 1차 세계대전 이후 독일로부터 전수받은 기술로 인조석유 자원 개발에 성공한 일제는 니혼 질소비료 소유의 조선 인조석유(주)를 아오지에 세웠는데 이 회사는 강제 동원된 조선인 노동자를 가장 많이 죽게 한 대표적인 악덕 군수기업이었습니다. 조선석탄 광업이 경영주였던 시기인 1940년엔 전국 39개의 주요 광산 중 생산량 2위를 기록했고요. 매장 추정량 2억 9,810만 톤 중 62만 6천 톤을 생산한 삼척 광산이 1위, 아오지 탄광은 매장 추정량 3,000만 톤 중 43만 1천 톤을 생산했습니다. 그만큼 가혹한 노동조건을 유지했다는 말이 됩니다. 아오지라는 악명이 이때부터 생긴 것으로 추정한다면 이 공포스러운 이미지 또한 일제의 유산일 가능성이 꽤 높습니다.

물론 한국전쟁 이후 억류된 국군포로를 가두고 혹독한 노동 착취와 고문이 진행되었으며, 가족의 남하로 혁명의 배신자가 되어 수백 미터 지하의 막장에서 짐승 같은 삶을 살았다는 많은 증언도 있습니다. 분단 70년 그 긴 세월 동안 늘 들어왔던 이야기입니다. 라진은 평라선의 종점이자 백두산에서 내려온 함북선의 종점이기도 합니다. 사귐점이지요. 여기서 왼쪽으로 함북선을 거슬러 더 올라가면 두만강 구룡평을 지나 은덕천에 이르게 됩니다. 남북 간의 오해가 무척 많았고 풀리지 않는 의문점도 많습니다. '아오지'는 그것의 상징입니다. 그동안 우리가 생각했던 인생 막장의 아오지는 없다는 말이 불편하신 분이 많이 계실 줄 압니다. 그렇다면 그냥 이런 또 다른 얘기도 있다더라 정도의 풍문으로 이해하시면 됩니다.

8   철밥통,
그 좋은 게 없다니

권한이 있는 곳에 책임도 있다.
혁명 교화

북한 정무원 총리 강성산의 사위로 알려진 강명도 씨는 1994년 탈북자입니다. 그는 그해 기자회견을 자청해 북한이 핵탄두 다섯 개를 보유하고 있으며 다섯 개를 추가 개발할 계획이라고 폭로했습니다. 그 근거는 국가보위부 간부가 한 말뿐이었지만 한미 정보당국에 비상이 걸렸던 것은 물론이고 거의 모든 언론은 대서특필했습니다. 북한의 핵 완성은 그로부터 27년 후에나 가능했지요. 2015년 3월 강명도 씨는 종편의 한 프로그램에 출연해 흔히 18호 수용소라고 불리는 득장 탄광에 대해 상세하게 증언했습니다. 득장 탄광은 탈북자 김혜숙 씨가 갇혀 있었다고 주장한 곳이기도 합니다. 한 번 들어가면 살아 나오기 어려운 곳이라거나 공민권 박탈과 적대계층으로 분류되어 최하위 생활을 면치 못한다는 등의 이야기는 다른 탈북자와 다를 게 없었지만 속칭 아오지 탄광보다 더 두렵다는 그곳을 북한의 고위 관료들 대부분이 다녀갔다는 증언은 크게 주목받았습니다. 김용순 비서, 연형묵 총리, 리제강 제1부부장, 북한 권력 서열 몇 위쯤을 다투는 그들이 개돼지보다 못한 취급을 받는 18호 수용소에서 수용자로 생활했다는 것입니다.

김용순 대남담당 비서는 2000년 6.15 공동선언의 산파였고 그해 9월엔 김정일 국방위원장의 특사 자격으로 남측을 방문했다. 연형묵 정무원 총리는 2003년 국방위원회의 부위원장이 됐다. 2005년 10월 25일자 《노동신문》은 「고 연형묵 동지의 장의식 엄숙 수행」이란 제목의 보도를 냈고 사망 10주년이었던 2015년에는 조선노동당 중앙위원회, 국방위원회, 내각, 조선인민군 총정치국, 인민대학습당의 명의로 된 조화가 애국열사릉 그의 무덤 앞에 놓였다. 김정은 국무위원장이 보낸 조화도 함께 있었다. 2010년 6월에 사망한 리제강 조선노동당 중앙위원회 제1부부장의 빈소에도 당시 김정일 국방위원장 명의의 조화와 조전이 전달되었다. 모두 강명도 씨가 탈북한 이후의 일이다. 그가 전한 정치범 수용소의 실상이 과장되었거나 그들이 그곳에 가지 않았거나 둘 중에 하나다.

북한의 형벌은 사형, 로동교화형, 로동단련형 등 기본형벌과 선거권박탈형, 재산몰수형, 자격박탈형, 자격정지형 등 부가형벌로 나뉜다. 북한 형법은 "국가는 범죄자의 처리에서 로동계급적 원칙을 확고히 견지하고 사회적 교양을 위주로 하면서 이에 법적 제재를 배합하도록 한다"[조선민주주의인민공화국 형법(2004. 4. 29)—출처 : 북한법 연구회]고 규정하고 그 아래 죄를 뉘우친 자, 자수한 자 등에 대해 관대의 원칙을 적용한다고 적고 있다. 교화敎化가 징벌에 우선한다는 것이다.

닭고 조이고 기름 치는 곳?

不廉則無所不取 불렴즉 무소불취 (청렴하지 않으면 안 받는 것이 없고)
不恥則無所不爲 불치즉 무소불위 (부끄러워할 줄 모르면 못 할 짓이 없다)
—고염무

혁명 교화라는 게 있다.

"고위직일수록 권한이 많고 자기 잇속 챙기기 쉽거나 부정부패나 관료주의가 있을 확률이 높잖아요. 만약 인민의 의사나 요구와 다르게 사업을 진행하게 되면 '반성'과 '단련'의 의미로 직접 노동자가 되어 일을 하는 겁니다." (김련희, 『나는 대구에 사는 평양 시민입니다』 중에서)

조직의 책임을 맡은 사람이 당에 대한 충성심과 자기희생이 부족하다거나 중점적인 사업에 큰 손실을 끼쳤다거나 나태하다거나 여하튼 조직의 운영에 걸림돌이 되는 경우, 조직의 이익보다 개인의 이익이 우선하여 조직원의 신망을 잃을 경우 또는 혁명 과업에 도달하지 못했거나 노동교화형에 해당하지 않는 범죄를 저지른 경우 등 흔한 남측 말로 나사가 풀렸다 정도로 여길 경우 각 단위 조직의 결의에 따라 혁명 교화를 보낸다.

협동농장이나 현지 어업지도소, 탄광 등이 대표적인 혁명 교화의 장소다. 머리로 먹고살았으니 오직 노동을 통해 몸으로 먹고사는 생산 대중의 마음을 다시 배우고 오라는 뜻이다. 2013년 이후 북한 경제를 책임지는 박봉주 내각 총리가 대표적이다. 그는 이미 2003년부터 2007년까지 내각 총리를 역임했던 사람이다. 총리에 임명되기 전인 2002년 당시 화학공업상이었던 그는 장성택이 이끄는 경제시찰단의 일원으로 방남했다. 동대문 두타를 방문했을 당시 그는 상인에게 많은 질문을 퍼부어 주목받았다. 기자가 그 이유를 묻자 "지금 볼 게 많은데 눈이 두 개뿐이오. 말 좀 시키지 마시오"라는 말로 깊은 인상을 남겼다. 경제시찰단은 삼성전자와 포항제철, 코엑스 등을 둘러보았고 싱가포르와 태국 등지를 거쳐 15일 만에 북으로 돌아갔다. 2007년 내각 총리에서 해임된 후 한미 정보당국의 시야에서 사라진 그는 평안남도 순천시의 비날론 연합기업소 지배인으로 지냈다. 일국의 총리를 지낸 사람이 갈 만한 자리는 아니라는 게 남측 일반의 상식이다. 그는 2012년 4월 당 중앙위원회 경공업부 부장을 거쳐 2013년 4월 내각 총리에 다시 선출되었고 2019년 4월 12일 김정은, 최룡해와 함께 북한을 이끌어가는 3인 중 하나인 당 부위원장에 임명되었다. 최광은 1968년 총참모장에서 해임된 뒤 무산의 탄광에서 8년 동안 일했다. 황해남도 인민위원장으로 복권되고 군 요직을 두루 거쳐 다시 총참모장이 되기까지 19년이 걸렸다. 최룡해 당 부위원장겸 조직지도부장도 함경도 협동농장에서 노동을 했고, 4.27 판문점 선언의 주역 중 하나인 김영철 통일전선부장도, 최휘 조선노동당 선전선동부제1부부장도 혁명 교화 과정을 거쳤다고 2016년 8월 통일부가 발표했다. 대개 혁명 교화 기간은 짧게는 한 달부터 길게는 2년 정도이다. 당성과 인민에 대한 열정이 확인되면 다시 책임이 주어지지만 그렇지 않으면 노동대중으로 살면 된다.

남측 언론은 이런 경우 대개 숙청 혹은 심한 경우 처형설로 일반화시켜 북 인권의 심각함을 강조하는데 예를 들면 2011년 김정은 집권 이래약 70여 명이 처형되었으며 2012년엔 단 4개월 동안 15명이 처형됐다는 주장 등이 그것이다. 처형의 방법도 상세해서 기본이 총살형이고 어떤 이는 고사총으로, 또 어떤 이는 120마리의 개가 물어뜯었다고도 했다. 오살이나 육시, 능지처사 같은 고전적 사형 방법 이상의 상상력이다. 처형의 이유도 음란물 제작 유출(현송월의 경우) 등 꽤나 다양한데 그중에 압권은 역시 '졸았다고 말대꾸했다고(현영철 당시 인민무력부장의 경우)'이다. 실제로 공개 처형이 집행되어 알려진 경우는 극히 드물지만 죽었다던 사람이 다시 등장하는 경우는 왕왕 있다. 4.27 판문점 선언으로부터 3차에 걸친 남북 정상회담의 주역 김영철 노동당 부위원장이 2.27 하노이 북미회담 결렬의 책임을 지고 노동교화형에 처해졌다거나 같은 이유로 근신 처분을 받았던 김여정 제1부부장의 행적도 남한에서 그런 보도가 난 지 불과 며칠 만에 김정은 위원장과 함께 박수 치는 영상이 방송되기도 했다. 각각 조선인민군 제2기 제7차 군인가족예술소조경연(2019년 6월 2일)과 평양 5.1경기장 대집단체조 '인민의 나라' 행사장(2019년 6월 4일)에서였다.

우리 똥별들에게 꼭 필요한 훈련입니다아~~

북한군에는 이신작칙以身作則의 원칙이 있다. 남보다 먼저 실천하여 모범을 보인다는 뜻이다. 북한군 상좌(연대장)급 이상은 1년에 보름은 군사칭호(계급장이란 말은 쓰지 않는다. 사회주의 군대는 계급을 타파하기 위한 전위에서야 하기 때문이다) 떼고 일반 병사들과 똑같은 처지에서 훈련받는다. 식판을 들고 줄을 서서 밥을 타고 밤샘 경계도 스무 살쯤 어린 병사와 같이 서고 같은 내무반에서 잠을 잔다.

> 훈련장은 내리는 진눈깨비에 진흙밭이었다.
> 그 속에 전술 교원이 나섰다.
> "엎드려 기기는 다음과 같이 합니다" 하더니 몸소 군복 상의 두 번째 단추가 땅에 닿아 흙이 묻도록 엎드려 기기 시작한다.
> 중좌(한국군 중령)가 온몸에 진흙을 묻히면서 열심히 기기를 하는데 요령주의를 부릴 학생은 없었다.
> 하루 종일 훈련하느라 온몸이 진흙투성이가 됐었다.

강건 군관학교를 졸업하고 국경 경비대 상위로 제대한 2013년 탈북민 홍강철 씨의 증언으로 북한군의 분위기를 어림짐작할 수 있다.

2014년 7월 3일 남측의 거의 모든 언론은 북한 해군 지휘관들의 10킬로미터 수영 훈련 기사를 내보냈다. 적어도 40대 이상의 배 나온 장성급 지휘관이 나이 어린 지도자 앞에서 동해안 10킬로미터 수영을 완주했다는 것과 육군 장성들은 불룩한 배를 깔고 사격 시범을 보였고, 67세의 전투기 조종사는 역전의 용사가 되어 직접 전투기를 몰았다는 것이다. 김정은 위원장의 군부 장악을 위한 반인권적 처사라는 뉴스를 보면서 생각했다. "왜? 해군이 수영하고 육군이 사격하고 공군이 전투기 조종하는 게 무엇이 문제인가." 나의 의아함은 누군가 달아준 기사 밑의 댓글이 대신 해주었다.

"우리 똥별들에게 꼭 필요한 훈련입니다."

명말 청초明末淸初 학자 고염무는 청 세조(순치제)의 거듭되는 출사 요구를 거부하며 이런 말을 남겼습니다.

"나에게는 스스로 죽을 수 있는 칼과 밧줄이 있으니 나의 죽음을 재촉하지 마시오."

출사를 해서 책임을 진다는 것은 곧 죽을 수 있는 도구가 더 많이 생긴다는 말입니다.

높은 곳은 늘 위험합니다. 몸이 허공에 떠 있으니 땅에 발 딛고 있는 누군가가 단단히 잡아주지 않으면 거칠 것 없는 바람에 휩쓸리게 마련입니다. 높은 곳에 살고자 한다면 그 높이만큼의 기둥을 땅속 깊이 묻어야 합니다. 그 깊이는 신뢰에서 찾아야 합니다. 백성들의 신뢰를 잃으면 언제든 추락합니다. 고염무의 말을 빌리자면 죽는 것입니다. 권력, 자리란 게 그런 것입니다.

북한은 전 세계에서 가장 평등한 땅입니다.

먹어도 같이 먹지만 굶어도 같이 굶지요.

지구상에서 여기보다 평등한 곳은 아마 공동묘지밖에 없을 겁니다.

그게 좋은 건지 나쁜 건지는 잘 몰라도

어쨌든 사실이에요.

—박한식(조지아대 명예교수, 『선을 넘어 생각한다』의 저자)

9   예의 있고 도덕을 알던 사람들은
　　　소리 없이 사라졌어요

고난의 행군과
대북 제재에 대하여

북한 소설 『강계정신』을 읽으면서 괜히 조마조마해지는 게 처음에는 이
상하다가 이내 자연스러워졌습니다. 한 국가의 체제 속에서 고난의 행군
시절은 감추고 싶은 속살일 것인데 그걸 들여다봐야 하는 두려움이 있었
고, 누구라도 나서지 않으면 안 되는 어려운 상황을 어떻게든 극복해 나가
는 과정의 반복이 안타깝기도 했고요. 내 살 같은 친구들을 떠나보내는 아
픔을 드러내면서 치유하고자 하는 고통의 시간이 어쩌면 내 어머니가 살
았던 오랜 희생의 삶 그것인 것 같아서 안도하기도 했습니다. 누구에게라
도 어머니의 마음은 세상에서 가장 단단한 버팀목 아닙니까? 북한 곳곳에
내재되어 있는 모성의 힘이야말로 국제사회의 대북 제재를 포함한 어떠
한 바람에도 쉬이 쓰러질 수 없는 생명력의 원천이었을 거라는 생각을 했
습니다.

　북한의 영화나 소설은 허구적 상상력에 기대기보다는 실제 있었던 사
실을 바탕으로 하는 경우가 거의 전부입니다. 사회주의 리얼리즘(social
realism)의 소산이지요. 있는 사실 그대로를 극명하게 묘사함으로써 예술
적 감동의 근원이 인간의 치열한 삶 속에 있다는 것을 드러내는 예술의
표현방식입니다. 북한산北 작품을 보면서 "이게 실화냐?" 누가 물어보면

"그래 실화다"라고 대답하면 대충 맞습니다. 소설 『강계정신』도 실화입니다. 고난의 행군 시기에 강계에서 실제 벌어진 일이고 많은 희생이 있었습니다. 이 사실이 북한 전역에 알려졌고 강계 사람들의 희생은 이 어려운 시절을 살았던 북한의 인민들에게 어머니 같은 위로를 주었습니다. 그래서 '강계정신'은 고난의 행군 시기를 극복하는 북한의 고유명사가, 그 시기를 기억하는 상징이 되었습니다. 가장 궁핍한 시기였던 1998년 한 해에만 김정일 위원장은 이곳을 다섯 번이나 현지지도 했고 2012년 당 창건 67주년엔 김일성 주석, 김정일 위원장의 동상을 세우기도 했습니다. 북한에서 두 지도자의 동상이 나란히 서 있는 경우는 강계가 유일합니다. 2017년 10월 18일부터 29일까지는 공훈국가 합창단, 모란봉 악단, 왕재산 예술단이 '강계정신'이란 합동 공연을 했을 정도입니다. 이곳 강계에서 량림까지 가는 강계선 구간의 15개 역 중 어디라도 차표를 손에 쥔 사람들은 강계정신을 생각하면서 나름 삶과 죽음과 희생에 대한 경건한 마음을 가질 수밖에 없을 겁니다.

　　사위는 온통 캄캄했다. 저 멀리 중구역의 일부 주택 지구와 평양 역사, 주체사상탑의 상공 위에만 불그스름히 화광이 어려 있을 뿐 어둠은 평양시의 전역에 짙게 뒤덮여 있었다.
　　우리 인민들이 '고난의 행군'을 하기 시작한 때로부터 수도의 창문에도 등잔불이 놓이기 시작했지. 자기가 살고 있는 아빠트 층계의 계단이 몇 개인지도 모르고 살던 사람들이 여덟 개라는 것도 알게 되구, 저녁이면 그 어느 고층 아빠트에서나 시민들은 어둔 층계의 란간을 짚고 하나, 둘, 셋 속셈을 하면서 계단을 조심조심 오르내린다. 그 바람에 송신과 동대원 농민시장에서 회중전지와 가스 라이타가 인기 상품으로 불이 펄 나게 팔리고 젊은 녀성들이 사치스럽게 들고 다니는 납작한 손가방 안에도 그러루한 물건들이 들어 있다니 참말로 기가 막힌 일이었다……

북한의 소설가 리신현의 2002년 작품 『강계정신』(문학예술출판사)의 한 대목이다. 전기가 끊어진 평양의 풍경부터 인구 25만의 공업도시 강계의 실상을 통해 고난의 행군(1995~1998) 시기 참혹하게 고통받던 북한 인민들의 생활상을 솔직히 묘사하고 있다.

소설에는 전력난으로 탄광의 채굴 작업이 중단되고 그로 인해 석탄 발전소와 각 공장의 생산 벨트가 멈추는 악순환의 현장과 더 이상 가동을 할 수 없는 기계를 영양실조 걸린 몸으로 수리하다 끝내 숨을 거두는 노동자가 가슴 아프게 묘사되는 한편 전력발전 최고 책임자의 역할을 다하지 못해 태천발전소 건설장의 평노동자로 혁명 교화를 겪는 당 간부나 식물성장 촉진제의 개발 과정에서 어린 아들까지 잃은 엄마, 도 당 부위원장의 딸로 무용에 재능이 있음에도 평양의 대학 추천을 거부하고 지역의 노동자가 되는 여성도 등장한다.

멈춘 기계를 끌어안고 숨을 거두었다

"한마디로 자강도 식량난은…… 차마 눈뜨고 볼 수 없는 참상들이 처처에서 벌어지고 있습니다. 장두칠이처럼 유능한 기능공과 기술자들이 식량 타격에 목숨을 잃고 있습니다. 그들이 없이야 공장을 돌려냅니까. 굶주림은 사람들을 사정없이 쓰러뜨립니다. 주검은 어디서나 눈에 띕니다. 기계 앞에서 졸도하는 노동자들…… 한 로 기능공은 허약한 몸으로 발전소 건설장의 강물 속에서 일하다 그대로 쓰러져 그만…… 그 가슴 아픈 일이 있은 후로 기술자, 기능공들을 정양소에 넣고 예비식량을 들이밀어 대우해 주지만 극히 제한된 사람들을 위한 구제 대책에 불과합니다. 이게 답니다." (위의 글)

도 당 책임비서 강태혁은 자정이 넘은 시각 전화를 걸어온 김정일 위원장에게 눈물을 참으며 보고한다. 장은희는 도 행정위원회 부위원장의 딸이다. 발전소 건설장의 처녀중대에 지원했고 중대장으로서의 책임을 다

한다. 뒷배경이 든든한 그녀는 공장에 입직해 노동생활을 하면서도 사람들의 관심 속에 호강스럽게 지냈다. 처녀중대에 지원하며 심술 사나운 시기꾼들이 처녀들의 서툰 함마질을 말밥에 올리며 비웃어대자 장밤(긴 밤) 손바닥에 물집투성이가 되게 이악스레 함마 강습을 받았다. 함마질을 가르쳐준 이가 그녀의 사랑하는 이, 일깨나 제치는 제관공 허명철이다. 건설장에 나와서 함마질의 명수가 되었다는 평가를 들으며 은희는 "명철 동무 이건 우리의 사랑이 성취한 그 무엇과도 바꿀 수 없는 소중한 것이에요." 명철의 귀에 뜨겁게 속삭여준다. 둘의 애틋한 사랑은 끝내 이루어지지 못한다. 영하 39도의 어느 밤, 발전소 건설장의 사고로 강물에 빠진 노 숙련공을 구하러 뛰어 들어간 은희는 살아 돌아오지 못하고 그녀와의 결혼을 꿈꾸며 례장감까지 준비했던 명철은 어깨 위에 눈이 한 뼘이나 쌓이는 날 그녀의 관 위에 흙을 덮는다.

자강도는 천지에서 내리는 압록강 줄기가 한반도에서 가장 춥다는 중강진을 만나면서 시작된다. 묘향산을 남쪽에 개마고원을 동쪽에 두고 있는 최대의 산림지대다. 벌목을 해서 뗏목으로 압록강 하류로 보내거나 광산에서 탄을 캐는 일 외에 식량을 조달할 곳이 없다. 그 못산다는 북한에서도 가장 못살았던 그곳 사람들은 고난의 행군 시기 가둑나무 이파리에서 추출한 단백질에 의존해 영양분을 채웠고 망즙풀에 강냉이 가루 섞어 끓여 먹으며 허기를 달랬다. 평양 근무 경험이 있는 중국 관리는 당시를 이렇게 회고했다. "똑똑한 이들은 버텨냈고 그러지 못한 이들은 나가 떨어졌다"고. 고난의 행군에서 살아남은 한 북한 이탈 주민은 또 이렇게 회고했다. "정말 예의 있고 사람을 알고 도덕을 알던 사람들은 하나둘씩 소리 없이 사라졌어요. 저처럼 무식하고 도덕성 없는 사람들만 살아남아서 미안할 따름입니다. 어쩔 수 없이 훔치고 뺏고 사기 치지 않으면 정말 살기 힘들었어요." 중국 관리의 회고와 같은 말이다.

강계는 자강도의 도 소재지이다. 작은 염소 새끼도 하늘로 치솟게 할 만큼 강하다는 룡천바람 같은 날들에 맞서 생존을 위한 전투, 생존을 위한 혁명에 나섰던 강계정신을 소설은 표현하고 있다.

"장편소설을 보내드리겠습니다. 총서 불멸의 향도 중에서 리신현이 쓴 『강계정신』, 이 소설은 우리 인민이 제국주의의 고립 압살 책동을 짓부시고 우리 식 사회주의를 고수해 나가려는 가장 어려운 시기를 배경으로 하고 있습니다." 북한 아나운서의 선동적 멘트로 시작되는 이 소설의 녹음물은 47회에 걸친 연재 형태로 북사이트 《우리민족끼리》에 올라와 있다.

1998년을 사회주의 강행군의 해로 선언한 북한은 "사회주의 강행군을 다그치려면 강계혁명 정신으로 싸워야 한다"(《노동신문》 사설 중에서, 1998년 2월)고 강조했는데 "혁신의 불 바람을 일으키며 애로와 난관을 헤치고 끝내 내달리는 강계혁명의 창조자"(《노동신문》, 2018년 8월)들의 노력은 지금도 계속되고 있다고 보도한다.

한 치의 관용도 허용하지 않았다. 그곳엔

수출 통제법(Export Control Act of 1949) 적용. 대북 금수조치

적성국 교역법(Trading with the Enemy Act of 1917) 적용. 해외 자산 통제

해외자산 통제규정(Foreign Assets Control Regulations) 적용. 미국 내 북한 자산 동결 및 무역과 금융거래 전면 금지

방위 생산법(Defense Production Act of 1950) 적용. 북한의 미국 내 투자 금지

브레턴우즈 협정법(Bretton Woods Agreements of 1944) 적용. IMF와 세계은행 지원 및 공산국가 원조 차단

수출입은행법(Export-Import Act of 1945) 적용. 수출입은행을 통한 공산국가와의 거래 금지

무역협정 연장법(Trade Agreements Extension Act of 1951) 적용. 북한에 대해 일반특혜 관세 공여를 금지. 북한에 대해 최혜국 대우 금지

대외지원법(Foreign Assistance Act of 1961) 적용. 공산국가 테러지원 국가 인권침해 국가 등에 대한 지원 및 원조 금지

무기수출 통제법(Arms Export Control Act of 1976) 적용. 해외원조법에 따른 원조 중단. 인도적 원조는 제외. 미국의 (1961) 수품 수입 일체 금지. 미 정부의 금융지원 금지. 인도적 금융지원 제외. 국제금융기관 지원 반대. 미국 내 모든 은행의 해당국가 차관 제공 금지

국제 금융 기관법(International Financial Institution Act of 1988) 적용. 국제금융 기관의 미국 집행이사들은 어떠한 대출이나 금융지원 및 기지원의 연장에 대해 반대

대외활동 수권법(Foreign Operations, Export Financing, and Related Programs Appropriations Act of 1991) 적용. 국제테러 행위자를 지원한 국가에 대해서 상호 원조 기금의 사용 금지

핵 확산 방지법(Nuclear Proliferation Prevention Act of 1994) 적용. 핵무기를 개발하거나 구매하려는 나라를 제재할 것을 의무화

북한 위협 감소법(North Korea Threat Reduction Act of 1999) 적용. 미국이 핵 원료를 제공하는 계약이나 협정을 맺을 수 없고 북한에 어떠한 핵 관련 물자나 시설 서비스기도 이전할 수 없다.

국제 종교 자유법(International Religious Freedom Act of 1998) 적용. 북한을 년부터 특별우려대상국으로 지정. 2001 '특별우려대상국(Country of Particular Concern)' 북한을 경제 제재의 대상으로 지정

인신매매 피해자 보호법(Trafficking Victims Protection Act of 2000) 적용. 해외 지원 (인도적 지원 제외) 문화교류 국제금융기구에 대한 지원 금지

행정명령 13382 대량살상무기 확산자 및 지원자들의 자금 동결 (2005. 6. 28)

행정명령 13466 북한 정부에 대한 특정 제한 유지 (2008. 6. 26)

행정명령 13551 북한 특정 인물들에 대한 자산 동결 (2010. 8. 30)

행정명령 13570 북한과 관련된 특정 거래 금지 (2011. 4. 18)

행정명령 13687 북한 관련 축 제재 실시 (2015. 1. 2)

37명의 개인과 37개의 기관, 18척의 선박 제재 대상

그리고 북한 인권법 제정 (2004. 10. 18)

유엔 헌장 7장은 평화에 대한 위협, 평화의 파괴 및 침략 행위에 대한 유엔 안보리의 대응과 관련한 조치를 담고 있다. 특히 7장 41조에서는 유엔 안보리가 어떤 형태의 비군사적 제재를 가할 것인가에 대해 결정할 수 있으며 이에 대한 실행을 회원국들에게도 요구할 수 있음을 명시해두고 있다. 여기에서 언급된 비군사적 제재는 완전하거나 부분적인 경제 관계 중단과 철도 항해 항공 우편 전신 무선통신 등의 중단, 외교 관계 단절 등을 포함한다.

안보리 결의 825호(1993. 5. 11) 1993년 3월 북한이 핵 확산 금지 조약에서 탈퇴한다고 밝힌 것과 관련하여 북한에 해당 결정에 대한 재고를 촉구

안보리 결의 1695호(2006. 7. 15) 북한의 탄도미사일 발사(대포동 2호) 시험을 규탄. 미사일이나 미사일 관련 물자 상품 기술 자금들이 북한의 미사일이나 대량살상무기 프로그램으로 이전되는 것에 주의할 것을 요청

안보리 결의 1718호(2006. 10. 14) 북한의 제1차 핵 실험뿐만 아니라 기타 안보 인권 문제에 대해서도 우려를 표명. 모든 핵무기와 핵 프로그램 대량살상무기, 탄도미사일 프로그램을 완전히 검증 가능하고 불가역적 방법으로 포기할 것을 결정하고 핵 확산 금지 조약과 국제원자력기구의 의무 규정 조건에 따라 행동할 것을 요구. 회원국에게는 1. 탱크 헬리콥터 미사일과 같은 재래식 무기 2. 북한의 핵탄도 미사일 대량살상무기 3. 프로그램 관련 물품 사치품에 대한 직간접적인 제공, 판매 이전을 방지할 것을 의무 조항으로 추가. 특히 1과 2에 해당하는 물품의 대북 수출을 금지할 것을 결정. 또한 회원국들이 북한의 핵 기타 대량살상무기 탄도미사일과 관련된 개인이나 기관에 대한 자금을 동결하고 이들의 입국 또는 경유를 허가하지 않을 것을 의무 조항으로 추가. 이와 더불어 북한에서 들어오거나 나오는 화물에 대해서도 검색할 것을 촉구

안보리 결의 1874호(2009. 6. 12) 결의 1718호에 언급된 무기 관련된 제재를

모든 무기로 확대하고 이에 대한 공급, 제조, 유지 등과 관련한 금융 거래 기술, 훈련 서비스까지도 제재 대상으로 확대. 회원국을 포함한 국제금융기구, 신용기구에 인도주의나 개발 목적이 아닌 금융 지원 차관 등을 제공하지 말 것을 촉구

안보리 결의 2087호(2013. 1. 22)

안보리 결의 2094호(2013. 3. 7)

안보리 결의 2270호(2016. 3. 3)

안보리 결의 2321호(2016. 11. 30)

안보리 결의 2356호(2017. 6. 2)

안보리 결의 2371호(2017. 8. 6)

안보리 결의 2375호(2017. 9. 12)

안보리 결의 2397호(2017. 12. 23) 대북 정유제품 공급량 연간 상한선을 기존 200만 배럴에서 50만 배럴로 대폭 감축. 대북 원유 공급량은 연간 400만 배럴로 제한. 북한의 추가 핵 실험 또는 대륙 간 사거리 도달 능력을 갖춘 탄도 미사일 발사 등 추가 도발 시 대북 유류 공급을 제한하는 추가 조치를 취할 것임을 규정. 유엔 회원국 내 소득이 있는 북한 노동자 전원을 24개월 내 북한으로 송환토록 의무화. 북한의 수출 금지 품목을 식용품 및 농산품, 기계류, 전자기기, 목재류, 선박 등으로 확대. 회원국 항구에 입항한 금지 행위 연루 의심 선박을 나포, 검색, 동결(억류)토록 의무화. 자국 영해상에서도 금지 행위 연루 의심 선박을 나포, 검색, 동결(억류)할 수 있도록 권한을 부여. 회원국들 간 의심 선박에 대한 신속한 정보 교류를 의무화

—자료 출처 : 김슬기(한국 경제개발 연구원), 「국제사회의 대북 제재」,《KDI 북한경제리뷰》 2016년 2월호 전문 인용 및 외교부 보도자료

일본 정부는 북한을 목적지로 하는 수출 전면 금지 조치. 일본의 전 품목이 수출 금지 대상. 북한은 공산주의 국가이자 UN 금수국이므로 무기수출 3원칙 대상국이다. 일본 경제산업성 무역경제협력국장의 명령으로 성립된 통달

('북한 수출금지통달')을 발표하여 수출 금지 조치를 시행하고 있다.

1. 모든 북한산 물품에 대한 수입 금지 및 대북 전면 수출 금지

2. 일·북 간 전세 항공편 일본 운항 불허 및 북한 선박 전면 입항 금지 실시

3. 대북 송금(300만 엔) 및 방북(10만 엔) 소지금 상한액을 두어 북한으로의 현금 유입 제한

4. 북한 국적자의 입국을 원칙적으로 금지. 일본에서 북한으로 도항하는 것에 대해서도 자제를 요청. 대북 제재 조치를 위반한 외국인 선원의 상륙 및 재일 외국인의 방북 후 재입국 등도 원칙적으로 불허

5. UN 제재 대상 화물을 적재한 것으로 의심되는 북한 선박에 대한 화물 검사(화물검사특별조치법)의 근거를 마련

6. WMD와 관련된 물자의 수출을 금지하고 사치품의 대북 수출도 금지하고 있는데, 귀금속 등 24개 품목을 지정하여 운영 중임. 그리고 북한 미사일 및 WMD 관련 단체(32개)와 개인 8명에 대해서도 자금 이전을 방지하는 조치 실행. 중개 무역 거래 금지. 소액 특례 및 포괄 허가 적용 불가. 금융 제재

—수출무역관리령 216

유럽연합(EU)은 26일 유엔 안보리가 최근 채택한 대북 결의 2397호에 따라 북한에 대한 제재를 더욱 강화한다고 밝혔다.

1. 북한에 대한 모든 정유 제품 수출 상한선을 연간 200만 배럴에서 50만 배럴로 하향 조정

2. 북한에서 생산된 식품과 농산품, 기계, 전기기기, 광물(earth and stone), 목재의 수입을 금지. 모든 산업 장비와 수송용 차량의 수출 금지에 철과 강철을 포함한 다른 금속 품목을 추가로 포함

3. 유엔 제재를 위반했다고 충분히 의심되는 선박들에 대해 추가적 해상 제한 조치

4. 24개월 안에 자국법과 국제법에 의거해 모든 북한인 노동자를 송환

5. 북한의 불법 활동과 연관된 북한 국적자 79명과 단체 54곳이 유엔 안보리

결의에 따라 제재 대상에 포함

6. 유엔의 결의를 보완하고 강화하는 독자 제재 조치 실행

—「EU 대북제재 강화키로」, VOA, 2018년 2월 27일

대한민국 정부는 결연한 의지로 북한에 대해 다음과 같이 단호하고 실질적인 조치를 취해나갈 것이다.

1. 북한 선박의 우리 해역 운항을 전면 불허. 제주해협을 포함해 우리 측 해역에 북한 선박의 운항과 입항을 금지

2. 남북 교역을 중단. 남북 간 일반 교역은 물론 위탁가공 교역을 위한 모든 물품의 반출과 반입을 금지

3. 우리 국민의 방북을 불허. 개성공단과 금강산 지구를 제외한 북한 지역에 대한 우리 국민의 방북을 불허하고 북한 주민과의 접촉을 제한

4. 북한에 대한 신규 투자를 불허. 현재 진행 중인 사업의 투자 확대도 금지

5. 대북지원 사업은 원칙적으로 보류. 영유아 등 취약계층에 대한 순수 인도적 지원은 유지

—2010년 5월 24일 대한민국 통일부 장관 현인택

내 배부른 게 미안한 시절이 있었다. 못살게 해놓고 못산다고 욕하는 게 무슨 경우인가

한국전쟁 이후 북한은 한 번도 제재를 안 받아본 적이 없다. 그들의 우방이었던 중국, 소련 중 어느 한 나라에 일방적 지지를 보낸 적도 없고 줄타기와 등거리 외교를 병행하며 독자적 체제를 유지했다. 1990년대 이후 소련이 무너졌고 중국은 실리를 챙겼다. 김일성 주석이 사망하고 (1994년 7월 8일) 이듬해부터 그 이듬해까지 엄청난 홍수가 북한 전역을 휩쓸었다. 그다음 이듬해에는 견디기 힘든 가뭄이 들었다. 기름이 고갈되니 교통이 마비되고 전력 생산이 안 되면서 자연재해로 식량까지 고갈됐다. 어림잡아 30여만 명의 아사자가 생겼는데 그중에 대부분은 질

병에 약한 노약자 아니면 당성이 강했던 노동 당원이었다. 그 아수라의 현장을 전해 들으며 안타까워했던 사람들도 있었지만 세계의 언론은 북의 현실을 선정적으로 보도하며 국민을 굶겨 죽인다고 질책하는 데 바빴고 또한 국제사회의 제재는 멈추지 않았고 멈추지 않고 있다.

미운 놈 떡 하나 더 준다고 했지만 누구 하나 떡을 던져주지 않았습니다. 사람이 그렇게 죽어 나갔는데도 미운 놈 취급을 받는 것조차도 국제사회에서는 가당치 않은 일이었습니다. 북한의 배고파 죽어가는 아이들에게 같은 한반도에 살며 밥 세 끼 꼬박꼬박 먹고 사는 내 모습을 들킬까봐 조마조마했습니다. 평범하게 사는 일을 알기도 전에 자신의 죽음조차 평범한 일로 받아들일 수밖에 없던 그 아이들이 남쪽 땅 어디에선 매일 음식이 남아 버린다더라 소문을 듣고 원망할까봐 두렵기도 했습니다.

　상반相半, 넘치면 덜어내고 모자라면 채워준다는 민초들의 삶의 방식을 그들에게는 적용하는 게 그렇게 어려웠던가. 못살도록 조건을 만들어놓고 못산다고 타박하는 경우가 세상에 어디 있단 말인가.

그게 미안했습니다.

10 백두산은 언제부터 현재의 국경이 되었을까

딱 잘라 한마디로 북한은 이익,
중국은 손해

이 질문을 단답형으로 결론부터 정리하자면 지금의 백두산 경계는 1962년 10월 12일 평양에서 북중 국경조약(조중 변계조약)의 합의문을 만들고 최종적으로는 1964년 3월 20일 조중 변계의정서에 중국의 주은래 총리와 김일성 주석이 서명함으로 확정된 것입니다. 이로써 1,369킬로미터에 이르는 북중 국경이 확정되었고 6개월간의 실측 결과로 백두산 천지는 북한이 54.5퍼센트, 중국이 45.5퍼센트를 나누어 가지게 됩니다. 그때 압록강, 두만강에 있는 451개의 섬 중에서 북한은 264개를, 중국은 187개를 갖게 되었고 요소요소에 경계비를 세우는 한편 출입국 관리소는 15곳을 두게 했지요.

중국 입장에선 이 조약을 주선했던 당시 연변 조선족 자치주의 주덕해 초대 주석이 책임을 지고 문화대혁명 시기인 1972년 베이징 감옥에서 옥사해야 할 만큼 손해 보는 협상이었습니다. 반대로 북한은 간도협약을 통해 일본이 청나라에 넘겼던 백두산과 두만강 유역의 일부와 압록강 하구의 황초평(현 황금평 11.45Km²)과 비단섬, 서호섬, 하중도河中島 등을 영토로 확보하는 쾌거였던 셈인데요. 1950년대 말부터 분쟁이 있었던 중소 관계에서 중국의 편을 드는 한편 서쪽으로는 몽골, 남쪽으로는 인도와 베트남,

미얀마 등과 국경 분쟁을 겪어야 했던 중국의 속내를 미리 파악한 북한의 외교술의 성과라고도 볼 수 있습니다. 북한을 좀 더 가까운 동맹관계로 유지하려는 중국의 통 큰 양보도 있었고요.

백두산정계비는 '농땡이'의 산물이다

국경國境이라는 게 한 나라의 이익을 극대화하기 위한 혹은 타국으로부터의 피해를 최소화하기 위한 마지노선의 성격을 갖는 게 분명하지만 보통 마을의 경계란 마을과 마을의 암묵적인 합의에 의해서 정해지게 되어 있다. 어느 동네나 자연적인 선이 있게 마련인데 큰길을 기준으로 삼아 이편과 저편을 나누거나 저 강을 건너면 다른 마을, 산 하나 넘으면 우리 동네 같은 식이다. 그런 선線들은 달리 분쟁거리가 없다면 특별한 경계 없이 각 마을의 상생 공간으로 관리되었다. 중국과의 경계였던 압록강과 두만강도 그랬다. 경계라고는 하지만 나라의 개념보다는 마을의 개념이 더 강했다. 강은 어차피 사람이 관리할 수 없는 것이고 산은 오를 만한 이유가 있는 이들이나 가는 곳이었으니 희미한 국경 의식은 당연한 것이었다. 어차피 국경 가까이에는 사람이 살지도 않았다.

현재의 한반도 지도는 4군 6진을 개척했던 1437년경에 만들어졌다. 1689년 네르친스크 조약으로 러시아와 국경 조약을 체결한 청나라는 조선과의 국경도 명확히 확정하기 위해 1712년 공문을 보낸다. 사실 명이나 청나라는 조선에 관해서는 국경을 확정할 필요는 없었다. 그냥 제 맘대로 그으면 그만이었다. 더욱이 병자호란 이후에 청은 조선에 대한 지배력을 한층 강화하는 시기이기도 했다. 그래서였을까, 어쩌다 조중 접경지역에서 분쟁이 생기면 대부분 중국인들이 피해자였다. 중국인들은 당연히 자기 땅인 줄 알고 무방비로 왔다가 남의 땅에 들어와 분탕질하는 청인淸人들을 그냥 두고 못 보는 조선 사람들에게 당한 것이다. 1685년(숙종 11년)에는 백두산 부근을 답사하던 청나라 관원들이 압록강 건너

삼도구三道溝에서 조선 채삼인採蔘人들의 습격을 받았고 1690년과 1704년, 1710년에도 두만강·압록강 건너에서 중국인들을 조선 사람들이 살해하는 일이 있었다. 청나라 사신으로 온 오라총관烏喇摠管 목극등穆克登은 한성부 우윤 박권 등과 함께 압록강을 거슬러 백두산을 답사한다. 박권과 함경감사 이선부는 고령으로 혜산진에서 더 오르지 못하고 차사관 허량과 나난만호羅暖萬戶 박도상 등이 그 자리를 대신하는데 백두산 천지를 지나 남동쪽으로 강을 따라가다가 물길이 지하로 숨어드는 4킬로미터 지점에서 답사를 멈춘다. 여기서 목극등 일행의 결정적 실수가 나온다. 혜산진에서도 열흘이나 더 걸린 강행군이었으므로 '농땡이'라고 여기기는 어렵지만 일행이 두만강의 위치를 확인하지 않은 채 목극등의 일방적인 의사를 받아들여 정계비를 세운 것이다.

烏喇摠管穆克登 奉旨査邊 至此審視
西爲鴨綠 東爲土門 故於分水嶺上 勒石爲記
오라총관 목극등은 황제의 명을 받들어 변경을 답사해 이곳을 살핀바
서쪽은 압록이 되고 동쪽은 토문土門이 되므로 분수령 위에 돌에 새겨 기록한다.

이로써 졸지에 조선은 토문강土門江 동쪽의 어머어마한 만주벌을 영토로 갖게 된 것이다. 토문강을 당연히 두만강이라고 여겼던 답사 일행의 큰 오류가 백두산정계비에 버젓이 기록된 것이다. 토문강이 만주벌을 남북으로 가로질러 연해주를 타고 동해로 흐르는 송화강松花江이었다는 사실을 안 목극등은 자신의 목이 달아날 만한 큰 '농땡이'였으므로 이후 재차 조선을 방문했을 때 조선 조정의 문제 제기를 모른 체했다. 아무렴 백두산 전체를 포함해 땅을 조금이라도 더 빼앗으려고 덤벼들었던 청青이 만주벌 비옥한 땅을 자진 상납할 리는 만무하니 당시의 분위기만으로도 토문강이 두만강의 오류임을 파악할 수는 있지만 그 이전의 옛 문헌에도 압록강과 두만강은 국경으로 표기가 되어 있었다. 정계비 비문대로 백

두산을 중국에 내어주고 만주벌, 지금은 헤이룽장 성(흑룡강 성)을 조선이 가졌다면 300여 년이 훌쩍 지난 지금은 어떤 상황이 벌어졌을까. 사실 이후에도 정계비의 비문과 상관없이 국경 지역의 사람들은 필요에 따라 드나들었다. 강의 경계가 선명했던 압록강, 두만강 지역의 몇몇 마을들은 양국을 왕래하는 상인들의 활동이 빈번했지만 백두산을 비롯한 그 외의 지역은 심마니나 호랑이 사냥꾼들 이외에 드나드는 사람이 없었다.

1885년에 2차 조중 국경회담이 있었고 2년 후에 다시 감계勘界협상이 시작되었다. 이때 토문감계사로 임명된 안변부사 이중하가 「강희임진정계등록康熙壬辰定界謄錄」을 통해 토문과 두만을 같은 의미로 사용했다는 청나라의 주장이 맞음을 확인한다. 두만강 국경 문제는 해결되었지만 백두산 영토 문제가 다시 불거졌다. 청나라가 경계로 백두산 천지 남단에서 남쪽으로 흐르는 석을수를 고집했기 때문이다. 그렇게 되면 천지뿐만 아니라 백두산 16개 봉우리가 다 청나라 것이 된다.

1860년경부터 삼정의 문란과 함경도 일대의 극심한 식량난을 겪던 조선 사람들이 간도와 연해주로 이주한다. 1900년대 초에는 간도의 조선인 인구만 만 명이 넘었다. 19세기 말 산둥 지방, 화베이 지역에서 의화단의 난이 발생하고 거기서 쫓겨난 청인들이 만주로 와 마적 떼로 변한다. 조선인들이 기껏 농사지은 식량과 재산을 강탈하고 분탕질을 일삼으니 조선인들이 직접 백두산정계비의 비문을 근거로 조선 조정에 상소를 올리기 시작한다. 그때 즈음 조선은 외교권을 일본에 박탈당한다. 일본은 애초 간도를 대륙 침략의 전초 기지로 생각했었다. 그런데 국제법상 근거가 미약할 뿐만 아니라 노골적 침략 의도가 자칫 독일, 미국 등 서구 제국주의 국가들과 청나라가 연합하는 빌미가 될 것을 두려워했다. 그래서 만든 게 간도협약이다. 1909년 9월에 북경에서 맺은 이 조약의 정식 명칭은 '중한도문강계무조약中韓圖門江界務條約'이다. 일본은 백두산과 간도를 청나라 영토로 인정하는 대신 길회선(吉會線, 길림-회령 간 철도) 부설권을 포함한 이른바 만주 5안건을 확정함으로써 만주에서의 이익을 극대화시켰다.

1962년 조중 변계조약은 실질적으로 빼앗겼던 백두산 천지를 합리적으로 확보한 조약이었다. 천지에서 두만강 쪽으로 흐르는 물줄기는 네 개가 있다. 맨 위쪽이 홍토수紅土水, 그 아래가 석을수石乙水, 그리고 홍단수紅丹水, 서두수西豆水이다. 이 조약을 통해 최북단 홍토수가 경계가 되었다. 백두산 천지를 45.5퍼센트 중국에 내어준 것이 아니라 54.5퍼센트를 중국으로부터 이양받은 것이다. 1712년 세워진 백두산정계비로부터 간도협약까지는 석을수가 경계였다. 이때보다 약 280㎢의 영토가 더 확보되었다는 주장도 있다.

천지에 붓을 적셔 써내려갈 새 역사

백두산을 중국령 북파北坡나 서파西坡 쪽으로 오른 사람들은 천지에 닿으면서 옛 고구려의 영화를 생각했을 것이다. 천운이 따라 천지의 일출을 만난 사람이 있다면 해 뜨는 방향의 만주벌을 상상하며 가슴이 벅차기도 했을 것이다.

"해 뜨는 동해에서 해 지는 서해까지 뜨거운 남도에서 광활한 만주 벌판". (<광야에서>, 문대현 작사·작곡)

우리의 옛 조상들의 땅 만주를 생각하며 고토 회복의 염원을 새겼던 적이 있었다. 선조들의 혼이 깃든 땅을 못난 후세들이 지키지 못해 자책했던 때였다. 물론 아주 젊은 시절이었다.

"천지에서 내리는 물줄기 타고 동해에 닿으면 전사들의 숨결 모아 만주까지 가자". (<통일은 됐어>, 이지상 작사·작곡)

백두산의 국경사國境史를 들여다보면 만주 땅을 내 것이라고 여기고 고토 회복의 꿈을 꾸었던 그 시절이 살짝 민망해지기도 한다.

울림으로 **빽빽**하여 몇백 리

백설로 아득하여 몇천 리

사나운 짐승도

발길 돌리기 서슴어 하고

날새도 고적에 애태우다

날아날아 떠나고야 마는

장백의 중중심처 홍산골

절벽 사이 칼바람에 쌓인 눈 우에

뚜렷이 그려진 이 발자국,

어디론지 북으로 북으로 가버린

가없는 외로운 이 발자국

어느 뉘의 자취인가?

—조기천, 장편서사시 『백두산』 1장 중에서

일제와 맞서 싸우던 백두산 산사람들의 발자국을 서술한 조기천의 시는 가없었으나 그날 2018년 9월 20일 백두산에 오른 발자국들은 제각기 꿈에 부풀었습니다. 백두산 천지天池 높이 2,000미터의 고원에서도 끊임없이 물이 솟아올라 장군봉, 백운봉, 망천후, 청운봉, 기세등등한 수십 개의 봉우리들을 물속의 풍경으로 다 담아내고 그것도 모자라 더없이 푸르렀던 하늘빛도 모두 담아낸 그 천지에서 남북의 양 정상이 두 손을 맞잡고 치켜들었습니다. 순간 통일을 염원하는 수많은 사람들의 울렁거리는 가슴이 바람이 되어 산정을 흔들었고 천지는 그 바람까지 묵묵히 담아내며 함께 일렁거렸지요.

문재인 대통령은 남의 땅을 거쳐 천지를 오르지 않겠다고 다짐했는데 이제야 우리 땅을 걸어올라 이곳에 도착했다고 감격했습니다. 김정은 위원장은 이 천지의 맑은 물에 붓을 적셔 새 역사의 그림을 그려가자고 화답했고요.

"백두산에는 전설이 많습니다. 그런데 오늘 두 분이 함께 오르셨으니 또 하나의 전설이 더 만들어졌습니다."

리설주 여사의 덕담도 이어졌고 김정숙 여사는 준비해간 병에 백두산 물을 한가득 담았습니다.

"김 위원장 부부가 남측에 오시면 꼭 한라산 백록담에 가서 이 물을 함께 부었으면 좋겠습니다."

아무도 말하지는 않았지만 누구라도 말하고 싶은 이 말을 간직한 듯했습니다.

민족의 영산靈山 백두산 천지도 태어나서 처음 겪는 일이었지요. 946년에 있었던 대폭발로 만들어졌다고 했으니 천 년 만입니다. 그야말로 천지天地가 개벽한 날이었습니다. 그리고 그날 이후로 우리 한반도는 이 정도까지는 아니지만 천지가 개벽할 일이 자주 벌어지고 있습니다. 백두산 청년선 위연에서 갈라져 백두산 기슭을 올라가는 삼지연선을 타면 어디라도 천지와는 가깝습니다. 넉넉히 보름쯤의 일정으로 오실 분들은 삼지연선 중간쯤의 차가수나 독산역쯤에서 내려 걸어 올라가도 좋은데 우리는 그만한 시간이 없는 것이 아쉽습니다. 자 그럼 이제 우리도 책을 덮고 이야기도 접고 여기 백두산에서 가장 가까운 삼지연 청년역에서 내려 백두산으로 올라가볼까요? 우리도 우리 인생에 천지개벽 한번 해봅시다.

북한에선
뭘 배울지
생각해 봤어?

그들은 그들의 속도로 삽니다
내가 보기에 불편하기는 했지만
그렇게 나쁘진 않았어요
북한 철도 시설 점검을 위해 수십 번
북측에 오르내리면서
처음에는 답답했습니다. 모든 게 느렸으니까요
그러다가 그 속도에 적응을 하면서 자문했습니다
내가 너무 빠른 속도로 살아가고 있는 것은 아닌지

지용태 | 코레일 남북대륙 사업실장

제2여정

1 가장 작은 것
가장 크게 세워서

꿈으로 가는 징검다리는 무료.
북한의 예술 교육

혹시 북한 노래 아시는 게 있나요? "어젯밤에도 불었네 휘파람 휘파람. 벌써 몇 달째 불었네 휘파람 휘파람". 아무리 노래에 문외한인 분들도 아마 이 노래 <휘파람>은 들어보셨을거 같은데요. 전혜영이란 가수가 이 노래 <휘파람>을 불렀습니다. 전성기 시절 보천보 전자악단의 경쾌한 음악에 맞춰 부르는 그의 모습을 기억하는 이들이 아직도 많지요. 1991년 9월 남북의 UN 동시 가입과 그해 12월 남북 기본합의서가 채택되고 북한에 대한 호기심이 증폭되면서 남한에 가장 먼저 소개된 북한 노래가 <휘파람>이었습니다. 양쪽 어깨를 드러내는 드레스에 환한 미소, 지극히 자연스러운 무대 매너에 휘파람 소리를 묘사하는 아슬아슬한 고음의 청성淸聲은 영도자에 대한 칭송과 당과 인민에 대한 충성심으로 가득 차 들어볼 만한 내용이 전혀 없다고 여겼던 남한의 국민들에게는 충격적인 모습이었습니다.

그 당시 북한 노래란 비전향 장기수들이 감옥에서 불렀다는 <적기가>는 고사하고 스물넷 꽃다운 나이에 요절한 누이를 기리는 분단 이전의 노래 <부용산>(박기동 시, 안성현 작곡, 북한 노래로 오해받은 남한 노래)마저

여순사건 당시 빨치산이 많이 불렀다는 이유로 금기시되었던 시절이니 북한 노래가 남한의 방송에 소개된 것은 <휘파람>이 처음이라 해도 틀리지는 않다. 예상외의 나긋나긋한 창법과 선율, 북한에도 청춘과 사랑이 있었나 싶은 사람들에게 이 노래는 당시 대학가를 중심으로 한 북한 노래 보급 운동의 한 축이 되었다. <휘파람>은 북한 최초의 장편서사시 『백두산』의 시인 조기천이 1947년 쓴 서정시를 북한 음악의 보물 리종오가 1990년 작곡했다. '인류 문화의 보물고에 특출한 기여를 하고 있는 조선식 전자음악'이라는 수식어가 붙는 보천보 전자악단은 1985년에 창단됐다. 전혜영은 창단 3년 후인 1988년에 입단했고 1990년에 발표한 <휘파람>의 주인공이 된다.

2015년 7월 《통일신보》는 오늘도 인민들의 사랑을 받는 <휘파람> 가수 전혜영의 인터뷰 기사를 실었다. 내용을 보면 어떻게 북한의 대중음악인들이 만들어지는가를 짐작할 수 있다. 때마침 북한의 한 매체와 인터뷰가 진행되었던 2015년 7월은 그해 2월부터 한 달여간 인민극장에서 열린 '추억의 노래'가 끝나고도 감동의 잔향이 지속되고 있을 때였다. '추억의 노래'는 "주체예술사와 그 발전에서 큰 몫을 차지하는 국보적인 예술단체들의 옛 중창조, 기악중주조 성원들과 현재 교육 및 문화기관에서 활동하는 어제날의 독창가, 연주가들 그리고 수십 년의 예술 활동 경력을 가지고 있는 유명한 예술인들이 출연하는 참으로 특색 있고도 의미 깊은 공연"(《노동신문》 2015년 3월 27일)이라고 평가받는, 북한 음악 예술사에 전에 없는 공연이었다. 백발 노장이 된 전설들의 잔치는 공연 소식만으로도 평양은 물론 북한 전역을 들썩이게 만들었다. 러시아의 붉은 군대 합창단(Red army choir)보다 뛰어난 공훈국가 합창단, 세계 55개 나라에서 770여 회 공연을 열었던 만수대 예술단의 첫 세대 예술인들, 1980년대 북한 사회를 뒤흔들었다는 왕재산 경음악단과 보천보 전자악단 등이 참여했는데 이들은 현재 북한 대중예술의 뿌리들이다.

\<휘파람>의 전혜영은 개천에서 날아오른 용

전혜영의 아버지는 탄광 노동자, 어머니는 중학교 문학교원이었다. 어머니는 음치에 가깝고 아버지는 음악에 문외한이다. 평양의 동대원구에서 출생한 그녀는 네 살 때 아버지를 따라 청진으로 이사했다. 기악합주로 이름난 포항1유치원엔 언니가 다녔다. 네 살짜리 어린아이는 악기가 배우고 싶어 언니의 꽁무니를 따라 함께 매일 유치원에 다녔다. 올망졸망한 눈망울에 언니 친구들의 틈바구니에서 노래를 흥얼거리는 그녀의 재능을 유치원 교원이 알아보고 음악을 가르치기 시작했다. 손풍금, 목금, 기타부터 여러 악기를 배웠다. 안 쳐본 악기가 없을 정도였다. 담당이 아니었는데도 유치원 선생님은 열과 성을 다해주었다. 정식으로 유치원에 입학한 후 1년 뒤엔 전국 유치원 예술축전에서 입선했고, 이어 청진 예술학원에 들어갔으며 곧 평양의 금성중학교(당시)로 올라와 전문적인 성악을 지도받았다. 중학교 졸업반일 때는 각 예술단체에서 단원을 선발하러 왔다. 그녀는 첫 번째로 선발되었지만 최종 합격은 다른 친구들의 몫이었다. 160센티미터가 채 안 되는 키 때문이었다. 심사위원들은 한결같이 아깝다 아깝다 키가 조금만 더 컸어도, 하며 학교를 떠났다. 실망이 무르익어 눈물까지 흘릴 때서야 결국 다섯 살 때 축전에 나가 부른 \<사르릉 사르릉 전기 어디 가나요>, \<함박눈이 퐁퐁 내려요>의 가수란 걸 기억한 김정일 위원장의 지시로 보천보 전자악단에 입단했다. 1990년에는 최대의 히트곡 \<휘파람>을 만나 이듬해에는 인민배우 칭호를 얻었다. 그녀는 현재 만경대학생소년궁전 성악지도교원으로 활동하고 있다. 현역 시절 못지않은 인기를 누리면서, "\<휘파람> 노래를 사랑해주고 저를 추억해주고 있는 남녘 동포들에게 감사의 인사를 전하고 싶고 그들과 함께 한자리에 모여 앉아 함께 통일의 노래를 부르고 싶습니다." 그녀가 인터뷰 말미에 남긴 말이다.

재능만 있어라 무대에서 빛나게 해주마

평양시 예술선전대의 배우 강세만은 협동농장 농장원이었다. 협동농장 작업반의 가수였던 그는 전국 근로자 노래 경연에서 수상함으로써 전국가수가 되었다. 가극 <홍루몽>의 배우 국립민족예술단의 허금희는 지방산골 마을에서 나고 자라 중학교 졸업 때까지 성악 기초교육도 받지 못했다. 재능을 안타까이 여긴 학교 교원의 추천으로 김원균 명칭 평양음악무용대학에 입학하면서 그녀의 재능은 빛을 발하기 시작했다.

북한식 사회주의 체제 음악인 발굴 시스템의 원조는 아무래도 인민예술가와 김일성상 수상, 노력영웅 칭호까지 두루 섭렵한 <김정일 장군의 노래>의 작곡가 설명순으로 거슬러 올라가야 한다. 1935년생으로 가난한 열 관리공 가정의 맏아들이었던 그는 해방 후 소학교와 평양 제4중학교(당시)를 다니면서 비로소 풍금이나 피아노, 플루트 같은 악기를 만지게 된다. 한국전쟁 말미인 1953년에 입대를 했고 군악소대에서 활동하며 집단 군 예술 경연대회 1등을 하기도 했다. 그의 첫 작품은 그의 나이스물넷에 작곡한 군가 <기마마차 달린다>였는데 조선인민군 합주단의 무대에 올려졌고 그는 조선인민군 합주단의 창작부로 소환되어 전문 작곡가가 된다. 이후 그가 처음으로 전문 음악 생활을 한 조선인민군 합주단 단장을 비롯해 여러 단위의 책임을 맡으며 50여 년의 음악 생활을 보내고 있다. 그는 북한이 자랑하는 최고 음악가 중 한 명이다.

최삼숙은 평양 방직공장(김정숙 평양 방직공장)의 노동자였다. 스무 살에 영화음악단의 성악배우로 발탁되어 <열네 번째 겨울>, <곡절 많은 운명>, <도라지꽃>, <금희와 은희의 운명> 등 수백 편의 영화 주제가와 <단풍은 붉게 타네>, <새봄>을 비롯한 2,800여 곡의 노래를 불렀다. 특히 영화 <꽃 파는 처녀>의 주제곡은 40년의 시간을 훌쩍 넘어 지금도 애창되고 있다. 그녀는 '추억의 노래' 공연 때도 출연해 <봄을 먼저 알리는 꽃이 되리라>를 불렀다.

학생들의 방과 후 소조 활동 장소를 궁전이라 부른다네

북에서는 크게 조기교육, 수재교육, 전문교육 과정으로 인재를 양성하고 있다. 특히 예술적 재능을 키우는 데 있어 조기교육을 매우 중요시하여, 유치원 특별교육의 형태로 실시하고 있다. 대표적으로 경상유치원, 대동문유치원, 오탄유치원, 국제부녀절50주년유치원, 창광유치원 등이 유명하다. 수재교육은 뛰어난 예술적 소질과 재능을 가진 청소년들을 선발하여 키우는 교육으로, 중앙에서 시험을 통하여 선발하는 방식이다. '평양학생소년예술단' 내한 공연으로 알려진 금성학원과 평양예술학원이 정규과정으로는 대표적이다. 수재교육 대상자로 선정되면, 수재교육을 담당하는 평양음악무용대학 특설학부에 입학해 교육을 받게 된다.

예술인 전문 교육기관은 크게 중앙기관과 지역별 기관으로 구분된다. 중앙교육기관으로는 김원균 명칭 평양음악대학, 평양무용대학, 평양미술대학, 평양연극영화대학, 인민군예술학원이 있다. 지역 예술 교육기관으로는 각 도에 예술대학을 설립했는데, 신의주예술대학, 혜산예술대학, 2.16강계예술대학, 청진예술대학, 원산예술대학, 남포예술대학, 개성예술대학, 사리원예술대학 등이 있다. 예술 교육기관은 전문학부와 강좌가 개설되어 있을 뿐만 아니라 재교육과 통신 교육체계가 갖추어져 있다. 그리고 이 가운데 특별하게 선발된 소수의 영재들에 대해서는 전액 국비 지원으로 유학 생활도 보장하고 있다. 정규과정 외에 사회적 교육과정에는 청소년들의 특별 소조 활동을 위한 공간으로서 '궁전'이 있다.

대표적인 궁전은 복합문화센터로서 주된 기능을 가진 '인민문화궁전'과 '학생소년궁전'이 있다. 인민문화궁전은 청소년뿐만 아니라 일반인에 대한 문화교육센터 기능도 수행하며, 평양에서 펼쳐지는 주요 행사나 집회, 남북회담이나 각종 연회, 전시회, 공연까지도 이루어지는 공간으로 '김일성 훈장'(1994년)을 받았다. 만경대학생소년궁전은 학생소년들에 대한 '지덕체 교양의 종합적인 학교'로 과외기관 중에서 가장 대표적인 곳이다. 이곳은 과학동, 체육관, 예능동, 수영관 등으로 나누어져 있으며, 수백여 개의 소조(동아리)실과 활동

실, 2,000석 규모의 극장과 도서관을 갖추고 있다.(이철주, 『조선, 예술로 읽다』,
네잎클로바, 2019)

교육은 무료, 선발과 시험은 엄격

김원균 명칭 평양음악대학은 북한 음악교육의 상징이다. "음악 예술의
소질과 재능, 생리적 조건이 구비되었다고 인정되는 고급 중학교 이상
졸업자가 대상이다. 조기 음악교육을 받았거나 그와 동등한 음악적 자질
이 인정되는 노동자, 농민, 사무원, 군인 등 각계각층의 자녀들을 입학시
킨다. 입학은 무료지만 시험은 엄격하다. 대학 입학은 철저히 추천제가
아니라 선발제로 한다. 전국적으로 입학 자격을 갖춘 대상이라면 누구나
대학에 입학할 권리를 갖는다. 대학의 학생 선발 일꾼들과 교원, 연구사
들이 전국 각지의 적합한 대상을 선발하고 해당 학부 강좌의 심사를 거
쳐 입학시킨다." (김원균 명칭 평양음악대학 부총장 림해영)

2016년 5월 제24회 쇼팽국제청소년피아노콩쿠르(The 24th Interna-
tional Fryderyk Chopin Piano Competition for Children) 2그룹(13~15세)
의 우승자는 북한의 김원균 명칭 평양음악대학에 재학 중인 열세 살 소
녀 마신아에게 돌아갔다. 1996년에 남한의 피아노 천재 임동민, 임동혁
형제가 나란히 1, 2위를 차지했던 그 대회다. 쇼팽 자신이 환생하여 피
아노를 연주하는 것만 같다는 심사위원들의 평가를 받은 그녀는 북한이
자랑하는 조기교육 시스템의 큰 성과다. 고등 교육기관의 교원인 아버지
와 가정주부인 어머니 사이에서 태어났다. 서장유치원에 다니던 네 살
때부터 타고난 재능의 싹을 피웠고 경상유치원에서 조기 음악교육을 받
았다. 그녀는 이미 열 살 때인 2013년 모스크바에서 열린 제10회 국제청
소년음악가콩쿠르 피아노 1등상과 리스트 작품 최고 연주상을 수상했고
다음 해에는 제9회 라흐마니노프 국제피아노콩쿠르에서 우승했다.

그 전에 제20회 쇼팽국제청소년피아노콩쿠르 4그룹(16~19세)에서는

북한의 18세 소녀 박미영이 입선했다. 그녀도 김원균 명칭 평양음악대학의 조기 입학생이다. 같은 대회 1그룹에서는 일곱 살 최장홍이 우승했다. 그는 제2회 블라디미르 크라이네프 모스크바 국제피아노콩쿠르에서도 특등을 차지했다. 그도 경상유치원 출신이며 현재 김원균 명칭 평양음악대학에 재학 중이다.

북한이 자랑하는 젊은 지휘자 채주혁은 피아노 전공으로 조기교육을 받은 케이스다. 1982년생인 그는 네 살 때 이미 TV에 나오는 노래를 정확히 따라 부르는 걸 담당 교원이 발견했다. 어린 피아니스트 채주혁은 평양예술학원을 거쳐 김원균 명칭 평양음악대학에 진학했다. 전공을 지휘로 바꾼 그는 2005년 4월 젊은 지휘자를 위한 세계적인 콩쿠르인 덴마크 국제말코지휘콩쿠르(Malko International Conducting Competition)에서 입선했고, 2007년엔 조선국립교향악단의 대표 레퍼토리이자 북한만의 관현악 양식인 민족배합관현악의 국보적 명작인 <청산벌에 풍년이 왔네>의 지휘봉을 잡았다. 현재 조선국립교향악단의 부수석으로 김원균 명칭 평양음악대학의 교수로 재직하고 있다. 김원균 명칭 평양음악대학 출신들은 조선국립교향악단을 비롯해 만수대 예술단이나 삼지연 관현악단 등의 북한 예술단체와 전국 예술대학 및 교육기관의 중추로 활약하고 있다.

대학 앞에 이름이 붙어 있는 유일한 음악인인 김원균은 월북 시인 박세영이 작사한 북한의 애국가 <아침은 빛나라>와 리찬의 시에 곡을 붙인 <김일성 장군의 노래>를 작곡한 인물이다. 이 노래는 <조선의 별>, <동지애의 노래>와 함께 북한을 대표하는 3대 가요에 속한다.

"아침은 빛나라 이 강산 은금의 자원도 가득한"으로 시작하는 북한의 애국가는 1946년 9월 27일 창작자 모임에서 김일성 주석이 참석한 가운데 처음 논의됐다. 이후 전문 작곡가부터 일반에게까지 공모를 확대했고 총 800여 편의 가사가 모집되었다. 치열한 합평회 과정을 거쳐 1947년 5월 박세영의 가사에 곡을 붙인 두 곡으로 압축되었는데 작곡가는 김원균과 리면상이다. 최종적으로 김원균의 작품이 선정되어 1947년 6월 27일에 합창과 관현악 편곡 황학근, 조선국립교향악단 연주와 박광우의 지휘로 공표되었다.

김원균은 애국가와 <김일성 장군의 노래> 등을 작곡했고 북한 최고의 음악대학에 이름을 새겼고(김원균 명칭 음악종합대학), 리면상은 평양음대 총장으로 인민예술가로 애국열사릉에 안장됐다. 울산의 상징인 노래 <울산 큰애기(울산 아가씨)>의 작곡가이다.

2   북한 가수가 부러울 때도 있지.
　　　관객 걱정 안 해도 되는…

북한의 대중음악

'인민 대중의 사상 감정과 정서에 맞고 누구나 쉽게 이해하고 즐겨 부를 수 있는 인민적인 전자음악의 창조'라는 목표로 창단한 보천보 전자악단의 단장 겸 지휘자가 작곡가 리종오다. 그의 이름을 빼놓고는 북한의 노래를 이야기할 수 없다. 2014년엔 리종오 작곡집 <내 나라 제일로 좋아>를 낼 만큼 최고의 작곡가인 그의 작품엔 우리에게 익숙한 노래도 많다. 발표 당시 수많은 혁명가요를 제치고 방송을 독점해 일시적인 금지곡이 됐던 <휘파람>을 빼고도 결혼식 축하 노래인 <축복하노라>나 <녀성은 꽃이라네>, <비둘기야 높이 날아라> 등과 <당신이 없다면 조국도 없다>, <우리의 7.27> 등 혁명가요 그리고 김정은 위원장을 칭송하는 노래 <발걸음> 등 140여 곡을 발표했다.

북한 최고의 작곡가 리종오
북한 예술단의 외국 공연에서 언제나 첫 무대를 장식하는 <반갑습니다>는 1991년 조일 수교회담을 기념하는 보천보 전자악단의 일본 5개 도시 순회공연 중 재일 동포들과 함께하기 위해 만들었다. 북한 처녀의 소심하고도 순박한 마음을 담은 <아직은 말 못 해>는 은하수 관현악단 시절

리설주 여사가 불러 더 큰 관심을 모았고, 장중한 혼성 합창과 리경숙의 솔로가 어울리는 발표 당시의 <내 나라 제일로 좋아>도 좋지만 여성 전자현악 4중주와 장새납 꽹과리 합주로 편곡한 삼지연 관현악단의 연주 또한 압권이다.

현대 음악은 보천보 전자악단이, 전통과 민족음악은 왕재산 예술단이 맡으라는 생전 김정일 위원장의 교시에 따라 2012년에 창단한 모란봉 악단은 이듬해 해체되는 보천보 전자악단의 풍을 이었다. 왕재산 예술단의 연주자를 중심으로 구성된 청봉 악단은 2015년에 창단된다. 이들이 현재 북한의 음악을 움직이는 양대 축이다. 현대 대중음악의 대표주자 모란봉 악단은 김정은 위원장의 개방형 리더십을 상징이라도 하듯 가는 곳마다 파격이다. 현란하면서도 절제된 춤사위, 날카로운 듯하나 부드러운 창법, 무엇보다 철저히 조직적이면서도 자유로운 전자현악은 북한을 흔들어놓고 있다.

1992년 인민예술가이자 부단장인 황진영에 의해 창작된 <단숨에>는 2012년 12월 평양 모란관 공연에서 현악 4중주의 격정적인 연주로 다시 태어났다. 대륙 간 탄도미사일의 성공적인 발사 장면이 배경 영상으로 깔리고 가끔씩 터져 나오는 단숨에 구호가 극장 가득 울리면 거의 모든 관객들이 일어나 환호하며 춤을 춘다. 이 노래는 2018년 북미 정상 비핵화 회담 국면에서 사라졌지만 일사불란한 여성 보컬이 빛나는 <보란 듯이>와 <가리라 백두산으로>, 색소폰과 드럼, 베이스 솔로가 인상적인 <설눈아 내려라> 등은 여전히 관객들을 들었다 놨다 한다. 악단 전원은 여성으로만 구성되어 있고 군인이며 각자 소위부터 대좌까지 군사칭호를 받았다. 군사칭호는 그들이 무대에서 입는 군복에 달려 있다. 단장인 현송월과 황진영 부단장, 창작실의 우정희, 안정호 등의 군사칭호는 대좌이다. 창단 공연은 조선중앙 TV를 통해 녹화 방영되었는데 당시 평양 시내가 한산할 정도였고, 이어지는 공연의 매표소에는 특별석을 구하기 위한 줄이 길게 늘어섰다. 일본에서는 모란봉 악단을 패러디한 팬클럽

'선군여자'가 만들어져 화제가 되기도 했다.

자본시장을 향한 북한의 수출품 1호는 이들이 될 것이다

2018년 2월 평창올림픽 패럴림픽 성공 기원을 위한 강릉과 서울 공연을 통해 깊은 인상을 남겼던 삼지연 관현악단의 구성원 중에는 청봉 악단 소속이 많다. 나훈아의 <이별>을 불렀던 드럼의 리혁철과 바이올린의 백현희, 최국성, 피아노의 여심과 퍼커션의 최혜림이 청봉 악단이고 보컬의 김성심, 김주향, 김청, 송영, 리수경, 로경미, 권향림도 다 청봉 악단에 속해 있다. 이들은 남한의 노래 열세 곡을 능란하게 불렀는데 반주는 84인조 북한의 내로라하는 음악가로 구성된 오케스트라였다. 원곡을 부른 가수들도 쉽게 경험하지 못하는 일이었다. 이들 가수들과 현악 앙상블, 전자악기와 리듬 파트 기본구성에 금관악기가 편재된 청봉 악단은 왕재산 예술단의 연주인들과 모란봉 악단의 중창조를 중심으로 결성되었다.

북한 매체 《조선의 오늘》은 청봉 악단을 "우리 인민의 사랑과 관심 속에 사회주의 문학 예술 건설의 새로운 높은 경지를 개척해 나가는 길에서 이름 높은 모란봉 악단과 함께 또 하나의 믿음직한 예술 선구자 부대를 가지게 된 것은 우리 당의 커다란 자랑으로 된다"고 평하고 "인민의 지향과 요구, 숨결과 잇닿아 있는 진정한 인민의 예술단체로서 백두산의 청신한 넋이 어리어 있는 악단의 이름을 예술 활동 실천으로 빛내어 나가며 주체적인 문학 예술 발전에 크게 이바지하게 될 것이다"라고 보도했다. 아홉 명의 여성 중창조와 네 명의 현악 그리고 이 악단의 특징인 네 명의 금관이 어우러진 이들의 공연은 느리면서도 경쾌하고 여리면서도 장쾌해서 주로 노동자 근로대중들에게 인기가 많다. 조선노동당 창건 70돌 경축 공연에서 보인 김철준의 트럼펫 독주 <대를 이어 충성하렵니다>는 제목을 빼고는 남한에서도 익숙할 만하고 7인조 여성 아카펠라로

시작해 금관악기가 가세해 장중하게 마무리 짓는 <사랑하노라>는 일상
속 가정과 조국의 평안을 기원한다.

> 아침저녁 아이들의 노랫소리 즐거웁고
> 따뜻한 정 넘치며 화목한 가정
> 소중한 보금자리 나의 집이여
> 래일 위에 맺히는 땀 열매 되여 무르익고
> 솟구치는 열정은 기적을 낳네
> 창조로 보람 넘친 나의 일터여
> 사람들은 서로 위해 모든 것을 바쳐가고
> 마음 합쳐 이 땅을 가꾸어 가네
> 떠나선 살 수 없는 우리의 락원
>
> 은혜로운 해빛 넘쳐 눈부시게
> 그 미래도 찬란한 태양의 나라
> 위대한 나의 조국 사랑하노라
> 사랑하노라 나의 조국
> —<사랑하노라>, 리혜정 작사, 설태성 작곡

2018년 10월 10일 평양 보통강 기슭에선 삼지연 관현악단 극장 개관식
이 열렸다. 개관식에서 삼지연 관현악단 현송월 단장은 "세상에는 나라
마다 자기의 건축미와 문명의 극치를 자랑하는 극장들이 있다고 하지만
이 극장처럼 우아하고 황홀한 극장은 그 어디에도 없다"며 "삼지연 관현
악단의 전체 창작가, 예술인들이 크나큰 긍지와 자부심을 가슴 깊이 간
직하고 최고령도자 동지의 사상과 령도를 충직하게 받들어 나갈 것"을
강조했다고 《노동신문》이 보도했다. (《노동신문》 2018년 10월 11일) 또 신
문은 "고전미와 현대미가 훌륭히 결합되고 모든 공간의 예술화가 조화

롭게 실현된 극장은 세계적인 생 올림 극장으로서 예술창조와 공연활동, 관람에 필요한 온갖 조건을 완벽하게 갖추고 있다"고 덧붙였다. 평창올림픽을 앞두고 서울 공연을 예견한 듯 공훈국가 합창단, 모란봉 악단과 청봉 악단의 주요 인물들을 선발해 급조된 인상을 남겼던 삼지연 관현악단이 본격적인 시작을 알리는 것이다.

국가가 공급하는 노래, 미디어가 공급하는 노래

북한의 예술단들은 각각의 필요와 상황, 능력에 따라 예술인들을 배치한다. 어떤 배치로 어떤 음악을 만들며 어떤 평가를 받을지도 결국 그 단체의 몫이 된다. 이들 단체들은 단독 공연만으로도 훌륭하지만 연합 공연일 때 더 큰 힘을 발휘한다. 조선인민군 공훈국가 합창단의 남성적인 거침은 모란봉 악단과 청봉 악단의 여성성이 감싸주고, 모란봉 악단과 청봉 악단의 부족하다 싶은 구성은 왕재산 예술단의 현란한 몸짓으로 덮어준다. 북한이 전 세계 여러 나라와의 소통이 원활해지고 화합적 교류가 가능해진다면 아마도 북한의 수출품 1호는 이들이 될 것이다.

북한의 예술인들은 관객 걱정을 하지 않는다. 모든 조직화된 근로대중들은 유명하든 유명하지 않든 그들을 기다리기 때문이다. 북한의 예술인들은 돈 걱정을 하지 않는다. 노동의 현장을 찾아가 관객을 맞이하는 게 자신의 일이기 때문이다. 각 시도 단위로 구성된 문화선전대뿐만 아니라 중앙의 주요 예술단들도 그 일을 임무로 알고 있다.

북한의 노래는 지도자에 대한 송가頌歌와 체제를 공고히 하고 사상성을 고취하기 위한 혁명가요와 계몽을 위한 노래나 민요 등을 아우르는 생활가요로 나눌 수 있습니다. 혁명가요는 정치색이 짙고 장중한 반면 생활가요는 소소한 일상의 삶을 가벼운 선율로 다룹니다. 혁명가요와 생활가요의 비율을 남한의 대중가요 경우로 따져본다면 사랑과 이별을 다룬 노래와 그렇지 않은 노래와의 비율로 생각하면 맞을 듯합니다. 북한이 혁명사상에 구속되어 있다면 남한은 사랑과 이별에 경도되어 있다는 차이가 있을 뿐이지요. 북한의 가요는 국가가 보급한다는 강압적 형태를 지니고 있다면 남한은 미디어가 그 역할을 대신한다는 게 또 다른 차이라면 차이일 수 있습니다.

3 꿈일까 현실일까.
꿈의 세상 쪽에 기울기는 하지만

북한 영화는 언제나 해피엔딩

이쯤 되면 슬슬 짜증을 내도 용서받을 수 있겠지요. 어떻게 등장하는 인물마다 당과 인민만 생각하고 자신의 욕망은 눈꼽만큼도 없으며 자기희생이란 희생은 혼자 다 하는가 말입니다. 이웃이나 동료에 대한 배려는 차고 넘치고 불의에 대한 적의는 감출 줄 모르는데 가상의 세계니까 그럴 수 있겠다 하다가도 실화를 바탕으로 했다는 얘기를 들으면 이건 그야말로 지상에는 없는 세계라, 짜증이 날 만도 합니다.

북한 영화 이야기입니다. 북한이 선전 선동과 대중교양의 가장 중요한 매체를 영화로 꼽는다고 해도 그 흔한 욕지거리 한마디 없고 불같이 화를 내는데도 순전히 말로만 때우며, 결국엔 지고지순한 주인공이 반대편의 나쁜 놈을 설득시키고 만다는 결말은 틀에 박혔다고 하기엔 너무 내용이 아깝고, 단순하다고 하기엔 복선이 많으니 그냥 위인전 또 한 편 본다 생각하면 마음이 편하다가도 진짜로 이런 세계가 현실일까 궁금해지기도 하는 것입니다.

가장 최근에 남한에 소개되었던 <우리 집 이야기>가 그렇습니다. 2018년 7월 제22회 부천국제판타스틱영화제(BIFAN)에서 만난 조선 예술영화 <우리 집 이야기>가 2016년 평양국제영화축전 '최우수영화상' 및 '여배우연기상' 수상작인 건 좋은데, 빼앗고 까고 부수고, 담그고 매달고 파묻는 데 익숙한 나 같은 관객한테는 절대 없는 미담투성이라 은근 부아도 생기는 것이지요.

영화에서 고급 중학생 은정이는 갈등 유발자로 혁신자인 아버지와 어머니가 돌아가신 뒤 철없는 동생 은향이와 은철이를 암꿩 제 새끼 지키듯 끼고도는 고아 가정의 맏언니이다. 거기다가 학급에선 수학도사로 통하고 1, 2등을 다투며 동생들을 스스로의 자립심을 키워주기 위해 자주 혼내는 깍쟁이인데, 문제는 고아를 제 새끼 챙기듯 하는 이웃들의 도움을 뾰족한 말로 거부하기 일쑤라 이를테면 이 영화에서는 그것이 핵심 갈등이지만 내 눈에는 그저 영민하고 이쁘게만 보이는 것이다. 거기다가 동네 사람들은 왜 그리 이 가정을 도와주지 못해 안달인지. 10리 밖에 사는 이모는 수시로 들락거리며 동생들을 챙기고, 인민반장 아줌마는 군대 간 오빠 소식을 은정이보다 더 기뻐하고, 이웃들은 은정이네가 없을 때 집을 죄다 수리해놓지를 않나 심지어 담임 선생님조차 부모와 형제, 스승과 제자는 자존심을 지키지 않아도 된다며 혼자 동생들 돌보기 어려우니 남동생 은철이를 자기 집으로 보내라고 성화다.
    제강사였던 엄마와 같은 몸 냄새가 나는 아저씨는 불쑥 나타나서 나사 틀개를 들고 고장 난 문을 고쳐주는데 알고 보니 당 책임비서—남한으로 보면 도지사—고 당 인민위원회는 이 가정을 최우선으로 토의하며 염려하는 식이다. 지구상의 모든 스토리를 권선징악勸善懲惡으로 단순화시킨다면 은정이는 악惡인데 전혀 악 같지 않고 은정이를 제외한 모든 사람들은 선善인데 진짜 선은 또 따로 있다.

어린 나이에 부모를 잃고 동생을 보살피는 은정이가 안타까워 이 가정을 돌보는 일에 자신의 모든 노력을 쏟아붓는 리정아는 강철직장 급양관리소 노동자이고 그녀 또한 고작 18세다. 은정이의 동생들 도시락, 학용품 다 챙기고 축구 잘하는 은철이의 학교 운동회 응원도 가고, 우산 안

들고 학교에 간 은향이 걱정에 정작 병석의 자기 엄마는 챙기지도 못한다. 요리 실력도 좋아서 직장 요리대회 1등을 해놓고도 상품으로 나온 귀한 '봄 향기' 화장품을 3등 상품 학용품으로 바꾸어 아이들에게 주는 맘씨 고운 처녀다.

"언니 더 이상 우리 집에 오지 말아요. 동생들 버릇만 나빠져."

"그럼 한번 묻자요. 언니는 우리 집에 왜 자꾸 뛰어드나요? 칭찬받고 싶어서요?"

"언니는 꿈도 희망도 없나요? 부모 곁에 가서 하고픈 일 하라는데 왜 그래요?"

은정이의 퉁명스런 신경질에 눈물을 흘리면서도 그녀의 사랑은 멈추질 않고 결국 은정이도 마음을 열고 정아 언니를 어머니로 받아들인다.

"우리 집 이야기를 이제 언니가 써줘요. 돌아가신 엄마도 그걸 바랄 거예요." 생전에 은정 엄마가 썼던 일기 「우리 집 이야기」를 정아에게 맡기는 은정이의 대사로 이 영화의 갈등은 모두 해소되고 해피엔딩. 영화가 끝날 때 은정이네 집 아이들은 일곱 명으로 늘었고 정아 언니는 장군님—이 극중 표현은 북한의 모든 영화에 등장한다—으로부터 노동당의 처녀 어머니로 불리는 영광을 안게 된다. 실제로 스물한 살에 일곱 명의 고아를 키우며 처녀 어머니 칭호를 받은 장정화가 있고 그녀는 20대 초반의 앳된 얼굴에 한 집안의 귀염 받는 외동딸이다.

이 실화를 담은 영화는 2016년에 제작 발표되었는데 북한 전역의 반응은 그야말로 난리 그 자체. 이른바 뜬 영화나 찍는다는 창작 과정까지 만들어진 데다 그해 제15회 평양국제영화축전 '최우수영화상' 및 '여배우연기상'을 수상한 건 물론이고, 영화를 본 사람들은 눈물 콧물 훌쩍이며 수백 통의 격려 편지를 배우들에게 보냈다. 실제 인물 장정화보다 나이가 많은 배우 백설미는 평양연극영화대학 배우학과를 졸업했는데 그는 1학년 때 단편영화의 주인공 역부터 대학 3학년 때에는 제11차 국제대학생영화 및 텔레비전극 축전에도 참가했다. 깍쟁이 독설가로 나온 말

언니 은정이 역의 김태금은 김원균 명칭 평양음대 학생이고 철없는 동생 은철이 은향이 역의 오현철, 김봄경은 금성 제1중학교 동기생이다.

재밌는 것은 극 초반에 나오는 강둑의 작은 길은 배우와 스태프들이 직접 삽 들고 곡괭이 찍어 넓혔고 보리밭은 촬영이 진행된 강선 주민들이 모두 나와 공사했다는 것. 극중 리정아는 주로 자전거를 이용하는데 타지 않고 대부분 끌고 다닌다는 것. 돌아서는 정아 언니에게 반성을 한 은정이 "언니" 부르며 뛰어가 안기는 장면은 괜히 뭉클해진다는 것.

참고로 애육원, 육아원, 초등학원, 중등학원은 남한이 부르는 고아원의 다른 이름이다. 부모 없는 아이들에 대한 영화는 몇 편 더 있다. 이름 난 마라토너인 서연이 연습을 도와주던 차장의 아들 둘을 시작으로 고난의 행군 때 부모를 잃은 33명의 고아를 기른다는 모성 영웅의 이야기 <저 하늘의 연(The Kite Flying in the Sky, 2007)>을 비롯해 <고마운 처녀>, <나의 아버지>, <흰 저고리> 등인데 처녀 어머니 이야기는 <우리집 이야기>가 처음이다.

단정할 수 없지만 내가 본 조선 예술영화의 특징을 한마디로 표현한다면 '개과천선'이다. '저 주인공인 망나니 놈 사람 만들어 인민에게 되돌려주자'는 강력한 의도가 작가나 연출가의 뇌 속에 깊숙이 잠겨 있다. 영화 <줄기는 뿌리에서 자란다>(1998)도 <우리 집 이야기>를 쓴 작가 원영실(조선 4.25 영화문학 창작사)의 작품인데 탄광촌의 동네 조폭 두목이 새사람이 되어 수맥이 터진 갱도를 온몸으로 막아 동료의 생명을 구한다는 얘기이니 배경과 등장인물은 달라도 영화 전개의 흐름은 거의 비슷하다.

북한 영화에서 악인惡人은 공동체보다 자신을 먼저 생각하고 자신의 일을 남이 알아주길 바라며 성과를 내기 위해 인민을 도구화시키는 이기적인 사람 정도로 생각하면 된다. 그중에서도 가장 나쁜 놈은 <줄기는

뿌리에서 자란다>의 주인공인 불한당 류승철 같은 부류인데 하는 짓이 기껏해야 패싸움이나 벌이고 길 가는 처녀들을 희롱하는 수준이니 남한 으로 치자면 악인 축에도 못 드는 속칭 '껌 좀 씹어본 어린 청춘' 정도가 되겠다. 그래도 북한 영화에서 떼로 몰려다니는 깡패가 등장한 건 이색 적인 일이다.

<인민이 너를 아는가>는 2011년에 제작된 영화다. 명천시의 인민위원 장으로 부임하는 류진옥은 명천시가 마음에 드는가 묻는 운전기사의 첫 질문에 이렇게 답한다.

"명천시가 내 맘에 들고 안 들고가 중요한 게 아니라 인민위원장인 내 가 명천시 인민들 맘에 드는가가 더 중요합니다." 그러고는 시市의 초입 에서 내려 10리 길을 걸어가며 마을을 살핀다. 준비되지 못한 사람을 등 용하면 인민들이 손해이니 상점 식당에 가도 인민이 무엇을 좋아하는가, 리발소 극장에 가도 인민에게 무엇이 불편한가를 먼저 알아보는 것이 일꾼이 할 일이라는 그이에게 자신의 성과를 내기 위해 노동자들을 맘 대로 부리는 편리 봉사 관리소 지배인 허선화의 행동이 마음에 들 리가 없다. 그렇다고 허선화가 막무가내로 나쁜 짓을 하는 인물도 아니다. 원 산 경제대학 출신에 아버지는 산골 분교 교장이고 장군님(역시 북한 표현) 하시는 일에 청춘을 바치느라 결혼은 생각지도 않는 처녀인데 다만 그 열성이 자신이 인정받고자 하는 이기심 때문이라는 게 문제다. "정으로 가면 사회주의, 돈으로 가면 자본주의"라며 손님의 거스름돈(팁) 한 푼도 마다하는 구두수선공 함철봉을 강변 외곽으로 쫓아내는가 하면 매사에 실리를 강조하며 노동자를 다그친다.

"인민을 대상으로 해서 성과를 올리는 게 실리인가?" 건설현장의 기 자재를 직접 나르며 속칭 노가다 뛰는 위원장인 류진옥은 지배인 허선 화를 구두수선공으로 좌천시키면서 일꾼들에 대한 대중의 신뢰는 무엇 으로부터 시작되는가를 배워 오라고 명령하는데 허선화의 불만은 극에 달하고 숨기지도 않는다. 여기서 드는 의문 하나, 시 인민위원장이면 남한으로 쳐서 시장인데 일개 구두수선공이 시장님한테 따지듯 대들고 시장은 너그러이 "동무 내 말 좀 들어보오" 하면서 설득시키는 게 가능한가 하는 것. 어쨌든 허선화는 몸으로 사회주의적 삶을 사는 주변 동료들의 헌신에 깊은 감명을 받게 되고 드디어 자신의 과거를 반성하며 인민위원장에게 이제야 인민들의 참모습을 알았다고 고백한다. 그때 인민위원장이 허선화에게 하는 말이 멋지다.

"동무는 인민을 알았다는데 인민들은 동무를 아는가 묻는 거요."

책임이 큰 일꾼일수록 대중들의 신뢰를 더 많이 획득하기 위해 노력해야 한다는 일갈이다. 뜨끔해진다.

우여곡절 끝에 허선화는 뜨거운 눈물을 흘리고 새사람이 되어 자신의 고향인 소천군의 부위원장으로 떠나게 되는데 영화에서 허선화를 사람 만드는 일꾼 배역은 공훈배우나 인민배우의 몫이라는 게 주목할 만하다. 시 인민위원장 류진옥 역의 문정애와 사람의 정을 얻는 것이 황금을 얻는 것보다 낫다는 구두수선공 함철봉 역의 김명문은 공훈배우, 상수도 수리공으로 사회주의 노동자의 모범을 보여주는 우창식 역의 리영호와 가끔 등장하면서도 뼈 있는 말로 사람 되기 전 허선화를 열 받게 만드는 할머니 역의 김영희는 인민배우다.

호주의 환경활동가 안나 브로이노스키Anna Broinowski는 대중 선전 영화를 만들기로 결심한다. 시드니에 불어닥치는 탄층가스 개발바람을 막아내기 위한 최후의 수단이었다. 그녀는 강력한 자본주의자들과 싸우기 위한 새로운 무기로 선전 선동 영화의 원조인 북한 영화를 선택했고 북한의 영화 기법을 배우기 위해 2년여의 노력 끝에 평양에 도착했다. 외국인이 평양에서 북한 영화를 배우고 그 과정을 다시 영화로 만든 것은 세계 최초의 일이다. 그렇게 완성된 <안나, 평양에서 영화를 배우다>는 2018년 남한에서도 상영되어 관심을 끌었다. 그녀에게 영화를 가르친 북한의 영화인들 중에는 윤수경, 리경희 등 당대 최고의 배우들을 아무렇지도 않게 혼내고 얼차려까지 주며 연기를 지도했던 연출가 박정주(1944~2018)가 있다. 작달막한 키에 희끗한 머리, 카리스마 넘치는 창작단의 사령관 박정주 감독의 불호령과 너털웃음은 영화 촬영의 현장을 순식간에 얼어붙게도 했다가 부지불식간 모든 스태프들을 웃게도 만드는 마력이 있었다.

전라도 광주에서 태어나 1964년 평양연극영화대학을 졸업한 그는 아직도 북한 영화의 교과서라고 불리는 <자신에게 물어보라>(1988)를, 1991년부터는 <민족과 운명>에서 '최덕신', '최홍희' 편 등을 만들었던 북한 최고의 영화감독이다. 2018년 9월 문재인 대통령이 평양 방문 때에 관람했던 대집단체조와 예술 공연 <빛나는 조국>을 연출했던 것도 그이다. 북한에서는 처음으로 3D 입체 화면 영상 기법을 동원했던 그 공연의 마지막 자막에는 그의 이름도 나온다. 박정주는 2018년 10월 2일 사망했다. 원인은 과로사. '밤정주'라는 별명이 붙을 정도로 일에 몰두했던 그는 사망 전 구급차에 실려 갔다 복귀하기를 여러 차례, 제발 일을 그만하라는 주위의 만류를 뿌리치고 또 컴퓨터를 들여다보았다. 9월 19일 <빛나는 조국>의 마지막 공연을 마친 뒤에야 입원했고 열흘 후 사망했다.

늙은이에게 젊은이란 햇살과 같다던 그였지만 언제나 젊은이보다 먼저 일어나 창작을 독려했던 연출가 박정주를 《노동신문》은 인민을 위해 한생을 살았던 실천적 혁명가였다고 보도했습니다. 물론 후배 영화인들도 하나같이 안타까워했고요. 김일성상 계관인이며 노력영웅, 인민예술가인 그의 사망 소식은 그해 10월 3일자 《노동신문》 1면에 실려 북한 전역에 알려졌습니다. 북한 영화의 내용은 짜증날 만큼 교훈적이고 착하지만 영화보다 더 착한 영화인이 있었습니다.

한 편의 영화를 완성시키기 위해 주인공의 삶보다 더 치열하게 살았던 그의 생은 아마도 햇살과 같다던 젊은 후배 영화인들에 의해 다시 기록될 것입니다.

4 북녀北女들에게 이상적인 남성상이란?

북한 영화에 나오는
여성들의 이상형

남남북녀南男北女라고 했던가요. 남쪽의 사내들은 돈 잘 벌고 북쪽의 여인네들은 미끈하다 정도로 해석한다면 큰일 나지요. 넋 나간 마초Macho 근성의 소산이라 어디 가서 입도 뻥긋하기 어려운 이야기인데 그래도 남쪽 사내들은 제 못난 건 생각지도 못하고 북쪽 여자들이 이렇네 저렇네 평을 늘어놓는 사람들이 있기는 합니다. 남남북녀까지는 모르고요, 남성과 여성 누가 더 우월한가에 대한 질문은 어리석기는 해도 그치지는 않는 것인데 북한의 예술영화에 나오는 여주인공의 모습을 보면 적어도 사람을 보는 안목과 사회에 대한 이상에 관한 한 북한 남자보다 한 끗발 높은 것은 틀림없습니다. 똑 부러지고 영민하며 제 할 말 다 하고 말에 책임도 지며 상대방을 설득시키는 마력의 영화 장면을 한번 훑어보자구요.

<먼 훗날 나의 모습(Myself in the Distant Future)>(1997)에 나오는 수양이는 속도전 청년 돌격대의 미장 소대장이다. 평양에 규모 있는 아파트 공사를 처녀의 몸으로 손수 해냈다. 7년간의 돌격대 생활을 마치고는 상급학교 추천을 마다하고 청춘을 인민을 위해 살겠다며 고향인 대홍단의 종합농장으로 자원해 간다. 수양이를 마음에 품은 신준은 천하 한량이

다. 아버지는 건축 노력영웅에 국기 훈장 제1급 수여자, 어머니는 대학교수이고 할머니는 전쟁 노병, 할아버지 또한 애국열사릉에 묻혀 있다. 그야말로 북한에서는 더 이상 바랄 것 없는 특권층 중의 특권층, 금수저 중의 금수저다. 부모에 엎혀 평양의 고급 아파트에 살면서 다니던 기계대학 통신도 그만두었고 돌격대 나가 단련하는 것도 싫고 그저 부모 배경이나 믿고 거들먹거리며 허송세월하는 신준에게 수양이의 돌격대원 신분이 맘에 찰 리가 없다. 어머니에게 수양이의 번듯한 일자리를 부탁해보다가 거절당하고는 대홍단에 가 있는 수양이를 찾아가 대놓고 말한다.

"수양 동무, 뭣 하러 이 추운 산골에서 고생하고 있소. 우리야 청춘인데 골짜기에서 썩는 건 아깝지 않소. 나와 함께 평양에 갑시다. 평생 고생이란 모르고 살 것이오."

가뜩이나 신준을 한심하게 여겼던 수양이 조심스럽게 그러나 강단지게 쏘아붙인다.

"신준 동무, 동무가 사는 집은 우리가 지었어요. 우리가 저 집을 왜 잘 지어야 하는가. 당과 혁명을 위해 끊임없이 헌신한 사람들, 중학교 때 책에서 배운 훌륭하고 존경하는 분들이 이 집에서 살게 된다는 것 때문이었어요. 그분들에 대한 보답이 이것밖에 없었지요. 그러나 신준 동무, 추운 겨울 미장소대 돌격대복을 입은 한 처녀가 그렇게 불행해 보였나요? 나에 대해 애정을 보여주어서 고마워요. 그러나 나는 동무에게 동정이 가요. 동무가 사는 집, 존경 속에 바라보는 그 집에 과연 동무의 것이 무엇인가. 부모님들의 불같은 한 생만 엿보였을 뿐 동무의 얼굴은 단 한 짝 그 어디에도 없었어요. 어제는 훌륭한 부모를 모신 긍지와 보람이 동무의 행복이지만 오늘 우린 그것만 갖고 살 때가 아니에요. 부모 공적만 보지 말고 작고 보잘것없어도 자기 얼굴을 가진 참된 인간이 돼주세요. 사람은 작아도 커도 후대한테 넘겨줄 무엇이 있어야 한대요."

<도시 처녀 시집와요>(1993)에서 전형적인 도시 처녀이자 고급 재단사, 화가이기도 한 리향이의 남자 보는 눈도 선명하다.

"난 향기가 있는 사람을 리상해. 앞날에 대한 큰 포부와 높은 리상을 가지고 끊임없이 생활을 창조해 나갈 줄 아는 인간, 사람들에게 기쁨을 주고 존경과 사랑을 받는 인간, 하지만 나는 아직 자기의 사랑을 바칠 수 있는 사람을 찾지 못했어. 하지만 그런 사람이 나타나면 어디든 따라갈 거야."

늘 이렇게 말하는 그녀 앞에 협동농장 농촌 총각 성식이 나타나고 서로의 연심戀心은 밀당의 형태로 극을 채우게 되는데 결과는 물론 해피엔딩이지만, 사랑하는 여인 앞에서 하모니카를 불고 모내기 전투에서는 가장 땀을 많이 흘리는 등 온갖 폼은 다 잡으면서도 결정적인 순간마다 쭈뼛대는 성식이는 답답하기 이를 데 없고 그때마다 소탈한 웃음으로 당차게 고백하는 리향이의 대사는 극의 재미를 더한다.

"리향이 날 용서해주오. 난 여기서 일생을 농사짓기로 결심한 사람이오. 난 동무를 사랑하오. 사랑하기 때문에 떠나보내는 거요."

답답하기가 물 없이 고구마 세 개쯤 먹은 듯한 성식의 말에,

"뭐라구요? 내가 뭐 동무가 좋아서 여기를 찾아온 줄 아세요? 난 제 고향을 열렬히 사랑하고 꽃피우는 그런 청년을 찾아왔지 인정머리 없는 동무 같은 사람을 찾아오지 않았어요."

에둘러 자존심을 지키면서도 사랑을 고백하는 리향이의 대사는 칼칼한 목구멍을 시원하게 해주는 사이다.

<축복합니다>(2001)는 북한에서 매년 1월 1일에 방영한다는 영화다. 친구에게 사촌 동생 맞선을 주선하다가 그만 대상이 바뀌어 해프닝을 겪는 코미디이다. 주인공 대복이는 서른두 살의 노총각, 돌격대를 마치고 금성정치대학을 추천받았지만 화력발전소 보일러공으로 자원한 신심 있는 청년인데 무엇이든 급히 서두르는 게 탈이고, 대복이의 벗 준학이

는 제대한 전우들이 대홍단으로 떠날 때 어머니 때문에 귀가 제대한 것이 자책감으로 남아 모양 좋은 직장인 평양 대외건설사업소를 버리고 대홍단으로 떠나는 준수한 청년이다. 이 영화에 등장하는 여성들의 남성관도 뚜렷하다.

대복이의 사촌 동생 새별이는 중환자실 환자 때문에 며칠 밤을 새우고도 끄떡없는 적십자 병원 간호사다. 스물여덟에 노처녀 취급받는 그녀의 이상형은 군사 복무 경력이 있고 집단과 남을 위해 자신을 바칠 수 있는 성실한 사람인데 청년영웅도로 건설장에서 돌사태가 났을 때 소대원을 구하고 두 눈을 잃은 돌격대 소대장과 백년가약을 맺는다. 밤 새워 간호하던 소대장이 실명 전 마지막으로 기억하는 사람인 자신이야말로 일생의 길동무가 되어야 한다는 이유가 뭉클하다.

대복이와 먼저 맞선을 보았던 철쭉이는 시대 앞에 고지식하며 순박한 열정을 가진 청년동맹 간부인데 직장에서 고아가 된 복남이를 키우는 처녀 엄마이고, 얼떨결에 준학이와 선을 보는 목단이는 대홍단 현실체험을 통해 감자 농사 혁신의 필요성을 절감하는 중앙기관연구사 청년지식인이다.

목단이가 남긴 대사가 아릿하다.

"사람은 자기가 서고 싶은 곳에 서는 게 아니라 가장 필요되는 곳에 서는 것이 행복이에요."

7부작 연속극으로 제작된 <불길>(2008)에서 주인공 철영은 자기 일에 몰두하면 주위를 전혀 보지 않는 외골수다. 기술혁신 명수로 자동연료 절약기를 창안하는 등 공장 혁신 기계 발명 사업에 없어서는 안 될 일꾼이지만 제 앞길(목표)을 세우지 못하고 동료들과 술 먹고 흥청대기 좋아하는 시원치 않은 구석도 있는 인물이다. 그를 사람 만든 것은 누이동생 현심이다. 현심이는 연구사였던 남편을 간석지 건설장에서 사고로 잃었지만 아무 내색 없이 늘 웃으며 일하던 여성이었다. 제대 군인의 명예를 지키며 직장에서도 존경을 받는 그녀는 공장 내 가장 힘든 일인 석탄 인수원을 자처한다. 석탄이 있어야 공장을 가동하니 현심은 한 주먹의 석탄이라도 더 확보하기 위해 이 광산 저 광산을 찾아다닌다. 그러나 벌써 바닥난 석탄을 구할 길 없어 절망하는 그녀는 석탄도 공급받지 못한 채 공장으로 돌아오는 빈 트럭에서 과로로 숨을 거둔다.

"오빠, 난 오빠가 조국의 부름 앞에선 서슴없이 자신의 심장을 바치는 사람이 되었으면 좋겠어요. 그러자면 대학공부를 해야 해요."

자신을 위해 입학원서까지 준비했던 동생의 말을 동생의 영정사진 앞에서 되뇌며 동생 현심이 목숨 바쳐 찾아다니던 석탄을 한 톨이라도 아끼기 위해 혼신의 힘을 다한다. 이전의 못된 짓(기껏해야 술, 담배)을 끊고 무서운 열정으로 저열탄의 효율을 극대화하기 위한 보일러 개조 연구에 몰두한다.

철영이 다니는 명천 식료공장 지배인은 서른이 넘은 노처녀 경옥이다. 연애에 대한 욕심보다는 언제나 일에 대한 열정이 앞선 사람이다. 배우자 문제도 공장을 본때 있게 일으켜 세운 후에야 선택할 결심을 한 경옥은 공장의 트럭을 직접 몰고 다니며 빈틈없는 일처리로 주위의 신망을 받는데 연속극이 횟수가 거듭되면서는 독불장군, 애물단지에 다른 사람들의 연구 실적을 비판만 하는 사람인 줄 알았던 철영의 진심을 확인하고는 끝내 자기 마음을 고백하게 된다.

"전 철영 동무를 존경합니다. 인간적인 면에서 진심으로 전 숨기고 싶지 않습니다. 지배인으로서가 아니라 녀성으로서 동무의 애국심과 인간됨에 반했어요. 지배인은 노동자를 사랑하면 안 됩니까. 노동자는 지배인의 사랑을 받으면 안 됩니까."

북한 여성들의 마음을 휘어잡았던 남자들의 노력도 만만치는 않다.

금수저, 특권층 신준은 수양이의 말에 자극받아 아예 대홍단 협동농장에 들어가고 목탄으로만 움직이는 트랙터 개발에 몰두한다. 이듬해 뿌릴 감자 종자를 자신이 개발한 트랙터에 싣고 험난한 신덕봉 고개를 넘는 데 성공하고 새벽까지 그를 기다린 마을 사람들은 그의 성공을 축하한다. 물론 수양이와도 잘 엮였다.

답답한 고구마 대사를 읊어대던 성식이는 오리 똥을 발효시켜 메탄가스를 생산하는가 하면 오리농법을 개발해 식량증대 사업의 간판이 된다. 성식이는 북한 영화에서는 드물게 여주인공 리향이와 포옹하는 마지막 장면을 연출하는 행운아다. 철영이는 저열탄 열효율 100퍼센트에 가까운 "다공 아치식 끓음층 보이라" 개발에 성공, 노력영웅 칭호와 함께 열관리 노동자 박사학위를 받는데 그 대가로 강한 결막 화상증으로 인한 실명 위기를 겪는다.

눈물이 많아지는 건 나이를 먹었거나 술을 먹었거나 둘 중의 하나일 터인데 북한의 예술영화를 보면서는 아무렇지도 않게 울컥할 때도 생기는 것이다. 영화의 여주인공들이 이상理想에 맞는 좋은 짝을 만나는 과정은 짜릿하지만 모든 북한 여성이 그런 이상을 가지고 있다면 그것도 걱정스러운 일이다. 북녀北女들의 이상형이 될 북남北男 혹은 남남南男은 또 얼마나 될지가.

북한 영화에 대홍단이 많이 나옵니다. 주로 주인공들이 대홍단 못 가서 안달 나지요. 왜 그런지 대충 짐작하시겠습니까? 혜산 만포선과 백두산 청년선의 기점 혜산만 해도 골짜기 중에 골짜기인데 혜산서도 버스를 타고 비포장도로를 한참 올라가야 도착하는 곳이 대홍단입니다. 어지간하면 일제 때 철도를 깔았을 텐데 철도 깔아봐야 나올 게 별로 없는 동네이기도 해서 철도도 없습니다. 그런데도 다들 가겠다고 하니 이상하지요? 대단하다고 표현하는 게 더 맞을까요?

5   북한은 왜
예수를 버렸을까

평양에서 예수 믿으세요, 를 외친다면

막연하고 뜬금없는 상상을 해봤습니다. 평양 거리에서 지나가는 사람들에게 예수 믿으세요, 해보면 어떤 반응이 올지 말이지요. 아마도 보위부원들이 오기도 전에 시민들에게 항의를 받거나 뺨을 맞을지도 모릅니다. 북한의 종교에 대한 무지에서 온 예의 없는 행동일 테니까요. 그래서 다른 상상을 또 해봅니다. 한번 들어보실래요?

시민들의 발걸음이 활기찹니다. 영하 15도를 오르내리는 차가운 날. 두툼한 외투에 장갑, 털모자를 쓴 사람들은 추위를 털어내듯 뜨거운 입김을 뿜으며 활보 중이구요. 때마침 오후에는 눈 예보가 있었는데 거기에 맞춰 얇은 눈발이 거리를 덮기 시작했습니다. 구름이 짙게 깔려서인지 해가 지기 전인데도 대동강 유람선은 반짝이는 조명을 켜고 양각도 쪽으로 방향을 선회하고 강가의 의자에 앉은 연인은 서로의 어깨에 기대며 그 광경을 감상하고 있습니다. 어둠이 내리는 속도를 따라 눈발이 굵어지면 멀리 유경호텔의 벽면 위로 수백만 개의 등불이 밝혀지고 거대한 호텔은 그새 크리스마스트리로 변신합니다.

'성탄을 축하합니다'

한 글자 한 글자씩 새겨놓은 화사한 조명이 대동강 물속으로 스며들면 그때 먼 데 아득한 곳으로부터 들려오는 가느다란 노랫소리, '고요한 밤

거룩한 밤 어둠에 묻힌 밤'. 유경호텔의 크리스마스트리가 긴 그림자가 되어 대동강변에 닿을 때쯤 유람선도 그림자가 낸 길을 따라 선착장으로 들어오고 어느새 모인 시민들이 노래를 합창합니다. 노랫소리가 더 귀해서였을까요. 눈발은 더욱 굵어져서 함박눈. 장난기 많은 아이가 이리저리 눈망울을 굴리더니 강변으로 뛰어나가 아무도 밟지 않은 눈밭 위에 큼지막한 글씨를 쓰네요.

'아기 예수님 어서 오세요'

상상을 하다 보니 점점 더 범위가 넓어집니다. 화이트 크리스마스에 평양의 대동강가에서 벌어진 캐럴 플래시 몹은 '평양발 평화의 메시지'가 되어 전 세계 언론의 헤드라인을 장식하고 이를 중계한 각 언론사의 웹사이트는 접속 폭주로 잠시 서버가 다운된다는 것까지.

그저 막연한 상상을 해보았을 뿐 현재의 평양에서는 당연히 있을 수 없는 일이지요. 이런 상상이 실제가 될 날이 있을까 기대도 해보지만 굳이 실제가 아니어도 큰 상관은 없습니다. 성탄 트리가 없어도 눈발은 나뭇가지 위에 쌓이고 성탄 축하 카드가 없어도 아이는 엄마의 손을 놓고 강변의 눈밭을 뒹굴 테니까요.

포탄은 아이와 군인을 구별하지 않았네

그들이 퍼붓는 포탄은 병원과 군수공장을, 전차와 교회를 구별하지 않았다. 그들이 난사해댄 기관포는 군인과 아이를 구별하지 않았다. 낮이면 무너진 집채를 배회하는 어린아이의 울음조차 용납하지 않았고 밤이면 숨죽이며 깜빡이는 호롱불까지도 가만두지 않았다. 눈에 보이는 모든 건물, 움직이는 모든 생명체가 그들의 표적이었고 그들이 뿌려대는 포탄은 한겨울을 견디고 봄을 기다렸던 어린 새싹들마저 초토화시켰다. 1951년 1월 미군의 공습을 받은 평양에서 살아 움직이는 것들은 거의 모두가 사라졌다.

난리통에 피란을 가던 한 가족이 폭격을 당했다. 작은 시골 교회 장로였던 아버지가 피난처로 생각한 것이 교회였다. 미국은 기독교의 나라이 니 교회는 폭격을 안 할 것이라는 믿음이 있었다. 그러나 그 교회는 가장 먼저 폭격을 당했고 생존자는 거의 없었다. 겨우 피를 흘리며 살아 나온 한 아이가 칠십의 노인이 되어 대동강변을 걷는다. 그이에게 미국과 기독교는 어떤 존재인가를 묻는 일은 어리석다. 그 노인에게 교회나 기독교는 평생을 가족 없이 살게 한 증오의 이름 '미국'과 동일하다.

황해도 신천의 리명희 할머니는 양팔이 없다. 신천리 학살사건 당시 음식을 구하러 나왔던 어린 소녀는 미군의 무차별 사격을 받았다. 전쟁이 끝나고 결혼을 한 그녀는 3남매를 낳았다. 큰아들 이름이 '복수' 둘째가 '하' 셋째가 '리라'이다.

복수하리라. (최재영, 「북한의 교회를 찾아가다」, 《통일뉴스》 2015년 12월 21일)

북한이 신천 대학살이라고 부르는 신천 사건은 1950년 10월 평양으로 진격하던 미군이 황해도 신천을 비롯 안악, 은률, 재령 등지에서 자행한 민간인 학살사건으로 당시 신천 인근 인구의 4분의 1인 35,000명이 희생되었다고 기록되었다. 1958년 개관한 신천박물관은 한국전쟁 당시 가장 많은 민간인 학살이 벌어진 현장을 생생히 묘사한다. 2016년 한 해에만 72만 2,000명이 관람했다. 작가 황석영은 2001년에 발표한 소설 『손님』으로, 스페인 내전의 참상을 그린 <게르니카>의 화가 피카소는 1951년 다시 <한국에서의 학살(Massacre en Corée)>로 이들의 죽음을 고발한다. 신천 사건은 황해도 내 기독교 우익 세력과 해방 후 사회주의 세력이 부딪친 첨예한 갈등의 결과였다는 게 역사학계의 중론이다. 모든 죽음은 다 아프다. 죽어 마땅한 죽음은 세상에 없다. 그 단순한 명제에 수긍하지 않는 것은 모든 생명의 탄생과 소멸을 주관하는 신의 영역에 반기를 드는 일이다. 신천 사건에서 어느 편이 먼저, 또 누가 더 많이 학살을 자행했는가는 중요하지 않다. 다만 학살이 있었고 그 이유가 신을 지키기 위해서 또는 사상을 지키기 위해서라는 부끄러운 사실만 남았다.

토지 개혁의 피해자 중에는 기독교인들이 많았다

해방 당시 북한 지역엔 약 3,035개의 교회가 존재했으며 그중 2,349개는 평북, 평남, 황해도 등 북한의 서부 지역에 있었다. (이찬영, 『해방 전 북한 교회 총람』) 전체 기독교 인구의 60퍼센트가 넘고 약 20만 명에 달하는 숫자다.

1946년 3월 5일 북한 최초의 중앙권력기관인 북조선 임시 인민위원회는 '북조선토지개혁에 대한 법령'을 공포했다. 일본인 토지 소유와 조선인 지주들의 토지 소유 및 소작제를 철폐하고 몰수된 토지를 농민의 소유로 넘기는 것이 주된 내용이었다. 북한 전체 182만 98정보 중 55.4퍼센트에 해당되는 100만 8,178정보가 몰수되었다. 몰수된 토지는 고용 농민, 토지 없는 농민, 토지 적은 농민, 이주한 지주 등에게 평균 1.35정보씩 분배되었다. 총 농업 호수 112만 호 가운데 토지 분배를 받은 농가 수는 72만 호로 약 70퍼센트가량이 토지개혁의 혜택을 받았다. 당시 북한 인구의 80퍼센트가 농업에 종사했고 그중 80퍼센트가 소작인이었으며 4퍼센트의 지주들이 약 58퍼센트의 토지를 소유하고 있었다. (『토착 질서를 뒤흔든 '혁명', 토지개혁』, 한국역사연구회, 2004)

큰 사찰이나 성당 명의의 땅도 몰수되었으나 공동의 재산이었으니 큰 저항은 없었던 반면 1만 5,000평 이상의 토지를 소작으로 부려먹던 개인은 지주 계급이 되었고 땅을 빼앗겼다. 그중에는 기독교인들이 많았다. 그들은 사회주의의 반대편에 서야만 했고 그것이 민족주의였다. 같은 민족주의라도 일제 강점기에 대항했다면 좌익으로 몰렸을 테지만 그들이 저항한 대상은 사회주의였다. 그들은 스스로 우파가 되었다. 기독교인들이 많았던 황해도와 평안도를 중심으로 반공운동이 거셌다.

해방 후 1953년까지 약 7만~10만의 기독교인들이 남쪽으로 내려왔고 장로교와 감리교의 교권을 장악하며 개신교의 여론을 주도했다. 그들 중 대부분이 극단적 반공주의자가 되었다. 한국 예수교 장로회의 큰 어른으로 추앙받는 고 한경직 목사의 증언은 1948년도부터 벌어진 한반도 남녘의 민간인 학살을 기억하는 사람이라면 섬뜩해진다.

> "그때 공산당이 많아서 지방도 혼란하지 않았갔시오. 그때 서북청년회라고
> 우리 영락교회 청년들이 중심되어 조직을 했시오. 그 청년들이 제주도 반란
> 사건을 평정하기도 하고 그랬시오. 그러니까니 우리 영락교회 청년들이 미움
> 도 많이 사게 됐지요."
> —윤정란, 『한국전쟁과 기독교』, 한울, 2015

해방 당시 남한의 기독교 인구는 전체의 1퍼센트 미만이었다. 2018년
엔 약 20퍼센트를 상회한다. 세계 50대 교회의 반이 한국 교회다. 전 세
계의 모든 기독교인이 놀랄 만한 부흥의 성과가 있었다. 신앙이라는 소
중한 열매의 자양분이 전쟁과 분단 그리고 반공이었다면 이제는 대립이
아니라 남북의 화합을 위해 그 열매를 나누어야 할 때다.

성가대장 김성주, 훗날의 김일성

잘 알려진 것처럼 김일성 주석의 일가는 모두 기독교를 신앙한 사람들
이다. 아버지 김형직 장로는 숭실학교 출신이다. 숭실학교는 1897년 미
국 북 장로교 베어드 선교사를 중심으로 세워졌다. 그는 항상 조국을 어
떻게 해방시킬 것인가를 눈물로 기도했던 신실한 신앙인이었다. 1918년
조선국민회 사건으로 옥고를 치를 당시 그와 무력항쟁을 도모했던 사람
들은 숭실학교 출신들을 중심으로 한 기독교인들이었다. 그는 석방 이후
만주 독립운동 과정에서 서른셋의 나이인 1926년 6월 사망했다. 어머니
강반석 여사는 기독교 계통의 학교인 창덕학교 교장으로 명망 높은 교
육자인 강돈욱 장로의 딸이다. 둘은 미국인 선교사 넬슨 벨의 중매로 결
혼했다. 넬슨 벨의 사위가 미국 침례교의 저명한 부흥사였던 빌리 그레
이엄 목사다. 빌리 그레이엄 목사는 1973년 6월 여의도 광장(당시 5.16 광

장)에서 무려 110만 명이 모이는 전도 집회를 이끌었고, 1992년과 1994년엔 평양에 초청을 받았으며, 김일성대학에서 강연도 했다. 외할아버지의 형 강성욱 선생은 서당을 운영했고 육촌 동생 강량욱 목사는 평양 신학원을 졸업했다. 해방 후 토지개혁에 앞장섰던 조선 기독교 연맹의 초대 위원장과 국가 부주석을 역임했다. 어린 김성주(김일성 주석)는 어머니의 손을 잡고 만경대 상가 근처의 '송산교회당'에 출석했다. 가끔은 외가가 있는 대동군 용산면의 '하리교회'에도 어머니를 따라다녔다. 만주에서 일제에 의해 투옥당했던 아버지가 석방된 후에는 조선으로 건너와 양강도 '포평교회당'을 다녔다. 작은아버지와 동생들을 포함해 온 가족이 함께 다녔고 이곳은 주민들의 항일교육의 장이 되었다. 부친 사후 김 주석은 중국 길림의 육문중학에 편입했다. 그곳에선 정동 제일교회 제6대 담임목사로 교회를 크게 부흥시키고도 민족운동을 위해 만주로 떠났던 손정도 목사의 헌신적인 지도를 받았다. 소녀 유관순은 이화학당 시절 정동교회에서 손정도 목사의 지도를 받으며 독립운동의 불씨를 지폈다. 손 목사는 아버지 김형직 장로의 숭실학교 동문으로 일본 총독 데라우치 암살 모의혐의로 옥고를 치렀고, 상해 임시정부 임시의정원 의장과 교통부 총장을 지낸 후 민족 교육을 위해 만주에 터를 잡은 대표적인 독립운동가이다. 김 주석은 손정도 목사가 시무하던 '길림조선인교회'를 다녔다. 그의 공산주의 학습이 본격적으로 시작된 시기였다. 그곳에서 성가대장도 하고 주일학교 교사로도 봉사했다. 그는 손 목사의 사택에 머물며 가족들과도 형제처럼 지냈는데 손 목사의 큰아들은 대한민국 초대 해군 참모총장 손원일 제독이고, 그의 동생이 미국 유학 후 의사가 된 손원태 선생이다. 김 주석과 손원태 선생은 1991년, 60여 년 만에야 평양에서 다시 만나 해후의 정을 나눴다. 남한에서 손정도 목사는 1990년 건국훈장 애족장에 추서되었고 북한에서는 김 주석의 생명의 은인으로, 민족을 위해 헌신한 애국자로 기록되고 있다.

건물 없이 십자가 없이도 캐럴은 울려 퍼진다

북한 주민 열에 아홉은 무감하거나 모르고 지나가지만 북한에도 크리스마스가 있다. 전 세계 어디든 십자가를 신앙하는 이들이 있는 곳에 울려 퍼지는 찬송이 거기에도 있다. 북한의 기독교를 대표하는 조선 그리스도교 연맹(조그련) 소속으로 보통강 지류 봉수산 기슭에 봉수교회, 만경대 구역 룡악산의 일곱 번째 골짜기엔 칠골교회, 그리고 교회 건물은 없이 각 지역의 기독교인들이 모여 예배를 드리는 가정교회(처소교회)가 있다. 한국전쟁 후 벽돌 하나 남아 있지 않았던 교회의 흔적은 1972년 즈음, 전후 복구사업의 성과를 토대로 북한 경제의 재도약 시기에 들어서서야 재건의 찬송을 부르기 시작했다. 해방 이후 존재했던 소규모 가정교회들이 정비되고 1988년엔 기독 신앙인들의 간절한 소망이었던 평양 봉수교회가 건립된다. 국가로부터 토지를 임대받은 교인들은 자발적인 헌금과 해외 기독단체의 지원을 토대로 당시 25만 달러를 모금해 11월 6일 감격적인 입당 예배를 드린다. 천주교에서는 같은 방식으로 오랜 신앙을 유지했던 교인들이 봉수교회보다 한 달 먼저인 같은 해 10월 2일 장충성당 창립 미사를 올린다. 평양에 광복거리가 생기기 전 인근의 기독교인들은 가정예배 처소에서 주일을 지켰다. 1980년대 말 광복거리에 새 아파트촌이 건설된 후에 많은 신자들이 새 집을 받고 생활하면서부터 주변의 신자 수가 늘어나게 되었고 자연스럽게 교회 건설의 요구가 생기게 되었다. 큰 가정예배 처소만 다섯 곳이 넘고 신자 수도 560명 정도가 되었다. 칠골교회는 마침 1989년 5월 광복거리 현지지도를 나왔던 김일성 주석이 유년 시절 다녔던 옛 '하리교회'의 기억을 떠올렸고 기독교인들의 요구가 있다면 그곳에 예배당을 지으라는 승인에 의해 1989년 착공됐다. 당시 현지지도에 동행한 김정일 위원장은 전후 40년이 지나 흔적이 사라진 하리교회 터를 찾는 일부터 교회당 건축을 진두지휘했다. 처음 완공된 교회당은 창고형이었다. 흔히 종교의 자유가 없는 북한의 교회라는 것이 세계의 이목을 끌게 되고 좀 더 세련된 교회당의 재건이 필요했다. 1992년 11월에 두 번째 건축을 했고 현재 건물은 2014년 7월에 세계교회협의회(WCC)와 남측 감리교 교단의 협력으로 세 번째 지은 것이다. (최재영, 위의 글,《통일뉴스》) 이 과정에서 손정도 목사 기념학술원 원장인 재미 통일운동가 최재영 목사의 수고가 있었다. 그는 남북의 화해와 통일을 위한 모든 일에 헌신한다.

칠골교회는 옛날 하리교회 터를 그대로 물려받았고 1899년, 민족의 위기 속에 창립된 하리교회의 맥을 잇고 있다. 칠골 혁명사적관과 김 주석이 다녔던 창덕소학교와 함께 위치해 있다.

어린 소년 김성주의 손을 잡고 하리교회를 다녔던 어머니 강반석譽石이라는 이름은 주춧돌이라는 의미이다. 지금은 나라가 기둥이 없어 허물어진 집이니 너희들은 이 나라의 기둥이 되라는 아버지 강돈욱 장로의 가르침에 자신은 기둥을 받치는 주춧돌이 되겠다 하여 받은 이름이다. 1905년 겨울이었다. 그 전까지는 '작은 녀'가 그의 이름이었다.

봉수교회는 노후화된 기존 건물을 허물고 2007년에 재건축되었다. "백 년이 지나도 끄떡없는 교회를 세우자." 남측 예장 통합 측 남선교회 전국연합회가 큰 도움을 주었다. 남과 북의 신앙인들은 이듬해 4월 공동예배를 드림으로 예수 부활의 기쁨을 함께 나누었다. 600여 평의 대지에 3층 건물로, 2층에 1,000석 3층에 200석 규모의 예배실을 갖추었다. 매주 300여 명의 신도들이 모여 찬양과 교제를 나눈다.

아기 예수는 누구의 편을 들어줄까

사막에도 꽃이 핀다. 전후의 폐허 이후에도 신앙의 전통을 품었던 사람들이 삼삼오오 모여서 예배를 드렸다. 빛 하나 없는 가난한 마을에도 주일이면 소박한 찬송이 울려 퍼졌고 그것이 가정교회다. 이들은 당연히 북한 당국의 승인에 의해 법에 의한 보호를 받고 자연스러운 북한 주민으로 살아간다. 평양으로만 따지면 낙원동 처소교회, 경상골 예배처소,

대동강 구역 예배처, 성천 구역 예배처, 남산 구역 처소교회 같은 것이다. 신도 수가 적은 건물 없는 소박한 교회다. 이런 형태로 평양에 30개소를 비롯해 남포에 30개소, 개성 30개소, 평안남도에 무려 60개소 등 현재에도 약 515개의 가정교회가 있고 1만 5,000여 명의 신앙인들이 드리는 기도가 존재한다. 그들이 드리는 찬송은 내가 부르는 그것과 동일하다. 그들이 부르는 주님은 우주의 창조주로 고백하는 나의 주님과 동일하다. 다만 그들이 드리는 기도의 내용이 동일하지는 않다. 나는 미국의 자본주의식 교회에 익숙해 있고 첨탑이 높은 건물에 익숙해 있다. 그리고 오직 한 분인 '하나님'을 전하기 위해 땅끝까지도 마다하지 않는 열성으로 타 종교를 묵살하는 데도, 또한 주일날 한 번의 뜨거운 기도로 한 주간의 온당하지 못한 행위를 죄 씻음 받는 데도 익숙하다. 내가 쌓은 재산이 타인의 눈물과는 무관하며 순전히 성전에 바친 헌금의 대가라는 사실에도 익숙하다. 내가 종교의 자유가 한 치도 없는 북한의 비참함을 주님께 기도하는 동안 그들은 자본주의의 불평등으로 인해 고통받는 미국의 혹은 한국의 '인민'들을 위해 기도할지도 모른다.

아기 예수가 태어난 날, 불어오는 바람에 흩날리는 소복한 눈 알갱이 몇 개가 날아와 성에가 자욱한 유리창에 붙어 집 안을 둘러본다. 십자가도 없는 집 안의 작은 방 안에는 몇몇 가족이 성탄 축하 예배를 드리며 웃고 있다. 갓 평양 신학원을 졸업한 전도사가 성탄 축하 설교를 하는 동안 50여 년 이 예배처소를 지킨 노부부가 깊은 묵상을 하고 신앙의 대를 이을 어린 아기의 칭얼거림을 아기 엄마가 찬송을 부르며 달랜다. 북한에 있는 515개의 가정예배소는 해마다 이렇게 성탄을 맞을 것이다.

이들의 신앙을 선전에 의한 가짜라고 얘기할 사람들이 있을 것이다. 가난한 어부 베드로를 사람을 낚는 어부로 삼고 사마리아 여인의 눈물을 닦아주었으며 앉은뱅이를 일으켜 세우고 거지 나사로를 구원한 아기 예수에게 심판을 구한다면 그이는 누구의 손을 들어줄까.

사실 높은 곳은 다 위태롭다. 보기만 해도 까마득히 솟아 있는 대형 교회의 십자가도, 어둠의 군주 사우론의 성城을 닮은 주상복합 아파트 꼭대기도, 나도 좀 살려달라고 하루에도 몇 명씩이나 오르려 한다는 한강대교의 아치도 모두 위태롭다. 어떤 이들은 자신들만의 호화로운 삶을 위해 높은 곳으로 가고 어떤 이들은 가난한 삶에 종지부를 찍기 위해, 아니면 더 이상 추락하지 않기 위해 높은 곳으로 간다. 나는 신이 있다면 하늘에는 계시지 않았으면 좋겠다는 생각을 한다. 도대체 인간들이란 자기가 믿는 신을 가장 위태로운 하늘 꼭대기에 매달아놓고 신의 대리인을 자처하며 같은 종족들을 얼마나 많이 착취해 왔는가 말이다. 나는 다시 신이 있다면 지구의 가장 중심부에서 더 낮은 곳을 향해 진지하게 기도하는 그 무엇이어야 한다고 생각한다. 지구상의 모든 생명체는 중력에 의해 삶을 보장받고 중력은 모든 만물을 존재하게 하는 힘이기 때문이다.

—이지상, 『스파시바, 시베리아』, 삼인, 2014

북한 사회주의 헌법 5장 68조는 '공민은 신앙의 자유를 가진다. 이 권리는 종교 건물을 짓거나 종교의식 같은 것을 허용하는 것으로 보장된다'고 명시하고 있습니다. '종교를 외세를 끌어들이거나 국가 사회질서를 해치는 데 리용할 수 없다'로 규정하고 있기도 합니다. 주체적 사회주의의 입장을 견지하고 있는 북한의 체제에서 자본주의는 극복해야 할 대상이라는 걸 주목해야 합니다. 따라서 자본주의 식의 기독교를 전파하는 일은 종교를 외세를 끌어들이거나 국가 사회질서를 해치는 데 이용할 수 없다는 북한 헌법에 전면적으로 위배됩니다. 자국민이면 국가 반역죄에 해당되지만 외국인 신분이면 간첩죄가 적용됩니다. 정도가 심한 경우는 국가 전복 음모죄가 될 수도 있습니다. 북한이 소위 '지하교회'를 금지하고 있는 이유입니다.

6 선물들의 백과사전
자랑할 만하네

묘향산

국제친선전람관

북한의 5대 명산으로 오르는 사람들마다 끝없는 격정에 가슴 설렌다는 묘향산엔 특급호텔 시설로는 어디에도 빠지지 않는 향산호텔이 있고, 주변 향산천을 따라 20여 분을 걸으면 최고봉인 비로봉을 뒤로 두고 국제친선전람관이 나타난다. 총 면적 4만 6,000㎡에 6층 건물로 본관과 1, 2관으로 구별되어 있는 이 건물은 보현사, 상원암, 향산호텔 등과 더불어 빼놓을 수 없는 국제적인 탐방 코스가 되었다. 우선 건축양식이 특이하다. 전통 한옥 양식으로 나무를 거의 쓰지 않은 콘크리트 건물인데도 기둥과 단청, 장식 부각 등 세밀한 부분까지 나무의 질감이 그대로 드러난다. 큰 지붕을 중심으로 보조 지붕을 결합시키고 푸른 기와를 얹어 현대화된 옛 고구려 궁전의 풍모를 살렸다. 김일성화가 새겨져 있는 무게 1톤짜리 청동문을 스르르 열면 6층까지 100여 개의 전시관이 자리 잡고 있는데 외부에서는 창문이 있는 것처럼 보이지만 실제로는 창문이 없고 그럼에도 빛과 온도, 습도가 원활히 조절되도록 만들었다. 이 건물은 1962년에 설립된 백두산 건축연구원에서 설계했고 평양의 랜드마크인 유경호텔과 창광거리 등도 이들 작품이다.

한 점당 1분씩만 봐도 1년 반이 걸린다

북한에서는 이 건물을 "독특한 민족건축술이 집대성되어 있는 표본으로 민족적 특성과 현대성의 요구가 가장 옳게 구현된 기념비적 건축의 본보기"로 표현하고 있다. 또 주목해볼 만한 것은 이곳이 박물관의 형태를 가진 선물관이라는 것이다. 김일성 주석이 세계 각국의 교류 인사로부터 받은 선물을 보관하는 장소로 1978년 8월 26일에 개관했다. 총 179여 개 나라의 정부 수반과 각계 인사들이 보낸 22만 1,400여 점의 선물이, 그 옆에 1989년 3월에 개관한 김정일 위원장 선물관은 역시 콘크리트 한옥 구조의 2층 규모로 약 5만 4,400여 점이 보관 전시되어 있다. 북한의 표현으로는 억만금에도 비할 수 없는 귀중한 선물들을 인민의 재부로 넘겨준 대표적인 사례로 '위인칭송의 보물고' 또는 '태양친선의 만년재보'로 부른다. 전시의 양이 방대해서 이 선물들을 다 보려면 한 점당 1분씩만 할애해도 1년 반이 걸린다. 다시 북한식으로는 최고 존엄의 위엄이 살아 있는 곳이라 자칫 지나가는 말이라도 "웬 선물을 이렇게나 많이 받았나"라던가 "이 선물이 다 값으로 치면 얼마 되나" 같은 말을 흘렸다가는 '심장과 뇌수를 잃은 사람'이라는 핀잔을 듣기에 딱 좋은 장소이다. 전시 선물이 많은 이유는 약 50여 년에 달하는 김일성 주석의 집권 기간과도 상관이 있지만 어쩌면 하찮다 할 수 있는 세계 변방 지도자나 북한 주민들의 자그마한 선물까지도 허투루 다루지 않는 세밀함도 한몫했다고 볼 수 있다.

> 로대 위에 올라서니 천하절승 예로구나
> 묘향산 절경이야 태고부터 있는 것을
> 전람관 여기 솟아 푸른 추녀 나래 펴니
> 민족의 존엄 빛나 비로봉 더욱 높네
> 만산에 붉은 단풍 가을마다 붉었으리
> 노동당 새 시대에 해빛도 찬란하니

단풍도 고와라 더욱 붉게 물들면서

산천에 수놓누나 이 나라 새 역사를

사대로 망국으로 수난도 많던 땅에

온 세계 친선사절 구름같이 찾아 든다

5천년 역사국에 처음 꽃핀 이 자랑을

금수강산 더불어 후손만대 물려주리

1979년 10월 현지지도를 나온 김일성 주석이 직접 지었다는 이 시는 2000년 10월 시비詩碑로 세워져 입구에서 관객들을 맞이하고 건물 안엔 선물들의 백과사전이라 일컬을 만큼의 전시물이 방대하다.

일단 전시물의 내용을 보자. 우리가 익히 아는 유명 인사로는 소련 서기장 스탈린으로부터 받은 검은 세단 승용차 '지스', 베트남의 호 아저씨 호치민이 선물한 은차 그릇 일식이 있고, 중국의 붉은 별 모택동이 통 크게 선물한 기차의 차량, 국가주석 장택민의 은화 꽃병과 대형 양면 수예, 쿠바혁명의 아버지 피델 카스트로가 보낸 악어가죽 서류 가방 등이 있고, 리비아의 대통령 카다피는 1미터짜리 금제 장검을 보냈다.

김일성 주석의 사망 직전인 1994년 6월 14일부터 이후 끊임없이 들어오는 선물들과 2002년 2월절(김정일 위원장 생일, 후에 광명성절로 이름이 바뀜) 하루에만 들어온 선물 660여 점은 각기 단독 전시관에 전시되어 있고, 라오스 인민혁명 청년동맹에서 보낸 은 꽃병, 내몽골 자치구 서기의 소뿔 은 술잔과 소뿔 은장도, 콩고인민공화국 대통령의 상아조각품이나 이집트공화국 특명대사의 사무용품, 튀니지 주체사상연구 대표의 김일성 주석을 형상화한 조각 등 제3세계 지도자들의 선물 등은 각 나라별로 전시가 되어 있다.

북한과 외교적 교류가 활발했던 나라들에 비해 미국 인사들의 선물은 약소하다. 사이가 안 좋을수록 선물은 무거운 것이 일반적 관례라고 보면 다소 의외다. 1994년 한반도 전쟁 위협이 극에 달했을 때 평양을 방문했고 북미 대립의 관계 해소와 남북 정상회담까지 확약받았던 지미 카터 전 대통령은 감사 편지를 보냈고, CNN 설립자 테드 터너^{Ted Turner}는 시계와 CNN 로고가 새겨진 커피 컵을, 2000년 방북한 클린턴 정부의 올브라이트 국무장관은 마이클 조던 사인이 들어간 농구공을 선물했다. 북한을 "종교가 필요 없는 종교국가"라고 평했던 침례교 부흥사 빌리 그레이엄^{Billy Graham} 목사의 박제 두루미와 미국 대통령 빌 클린턴이 동생 로저 클린턴을 통해 전달한 은제 접시도 주요 전시물이다.

총탄이 오고 가던 시절에도 선물은 주고받았다

남한 주요 인사들의 선물도 상당수가 전시 품목에 있다. 먼저 대한민국 대통령으로서는 최초로 평양을 방문해 6.15 공동선언을 이끌어낸 김대중 대통령은 나전칠기 자개함과 남한의 방송시청이 가능한 대형 TV, 수예 장식 옷장을, 노무현 대통령은 자기 차 그릇 일식과 통영 나전칠기로 만든 12장생도 병풍 등을 선물했다. 남한 기업인들의 선물도 상당해서 정규 생산라인을 3개월이나 중단하고 모든 것을 수작업으로 완성했다는 에이스 가구 회장의 가구 세트 333종이 규모로는 가장 크고, 현대아산 현정은 회장은 동 공예 '옥류동'을, 《중앙일보》 홍석현 사장과 호암미술관 홍라희 관장 남매는 고급 손목시계를 선물했다. 이건희 삼성그룹 회장이 보낸 은수저, 정주영 현대 명예회장이 선물한 다이너스티 승용차도 한자리를 차지하고 북한을 방문했던 각 기업인들의 선물들도 전시되어 있다.

신기하게도 북한만큼은 절대로 선물 따위 주고받지 않을 것 같은 사람들, 반공을 국시로 북한을 주적으로 만들고 틈나는 대로 간첩 등을 제작하며 분단 상권의 최대 수혜자로 살았던 분들의 선물도 거기에 있다. 박정희 대통령은 은 담배함, 은 재떨이, 은자 그릇장식과 은 칠보꽃병 등을 선물했고 전두환 대통령은 청자기 꽃병, 금장식 은수저, 금장식 은세공 그릇 일식 등을, 노태우 대통령은 금장식 주전자 세트, 문방구 일식, 옷감 등을, 김종필 자민련 총재는 은수저 세트를 선물했는데 특히《동아일보》김병관 회장은 남한의 근현대사에서는 찾아볼 수 없는 (오히려 언급하면 불온시 했던) 1937년 보천보 전투《동아일보》호외판 기사를 순금 원판으로 만들어 선물하기도 했다.

2002년 방북 당시 북한으로부터 국가 수반급의 예우를 받았던 한국미래연합 박근혜 대표가 들고 간 선물은 칠보 보석함과 삼성전자 제품이었고, 3년 후인 2005년 7월 한나라당의 대표였던 그녀가 김정일 위원장에게 보낸 편지는 대한민국 18대 대통령이었던 2016년에 공개되었다. 그 내용은 김정일 위원장에 대한 안부와 방북 당시 느꼈던 한민족이 하나됨과 진한 동포애에 대한 회상 그리고 북한과 함께 만드는 유럽-코리아 재단의 사업에 관한 논의와 검토를 정중히 부탁하는 것이었다. 외교문서라기보다는 친근한 사업 파트너에게 보내는 것 같은 분위기의 이 편지는 당시의 또 다른 선물이긴 했으나 사실 국가보안법 제2장 '죄와 형'의 거의 모든 조항에 위반되는 사항이기도 했다. 누구도 그를 종북으로 몰지는 않았다.

북한은 2012년 8월 1일 평양 인근의 룡악산 기슭에 부지 29만㎡에 건물 6,500㎡ 규모의 국가선물관을 새로 개관했다. 남한의 주요 인사들과 북한 주민들 그리고 해외 동포들의 선물과 김정은 위원장에게 전달된 세계 각국의 선물들을 주로 보관 전시한다. 위에 언급한 남한 인사들의 선물도 묘향산에서 평양 국가선물관으로 이사를 했다. 이곳에 보관된 선물은 약 2만 1,000여 점이고 그중 8,400여 점이 전시 중이다. 그중 남측의 선물은 600여 점쯤 된다.

남한의 역대 대통령들 선물은 어떻게 관리되고 있을까. 1983년에 제정된 공직자 윤리법에 의해 공직자가 시가 100달러 이상 되는 선물을 받은 경우에는 신고와 함께 국고에 귀속하는 것을 의무화하고 있다. 현재는 2007년 4월에 제정된 대통령 기록물 관리에 관한 법률에 의해 국가기록원 내의 대통령기록관에서 선물을 보관하고 있는데 2019년 현재 총 4,053점의 선물을 관리하고 있고, 그중 일부는 청와대 사랑채, 김대중 도서관 등이 국가기록원으로부터 대여받아 전시회를 열기도 한다. 공직자 윤리법 제정 이전의 대통령이 받은 선물들은 유족 등 소유자들이 선의로 국가에 기증하는 것 이외에 행방을 찾을 방법은 없다. 2019년 6월 현재 대통령기록관에 보관된 이승만, 윤보선 대통령의 선물은 없고 법이 제정된 당시의 대통령이었던 전두환은 217건으로 국가재건최고회의 의장 시절부터 수집된 박정희 대통령의 275건보다 적다. 노태우 대통령 141건. 김영삼 대통령으로 넘어가면 707건으로 부쩍 늘어나고 이후 김대중 대통령 657건, 노무현 대통령은 615건이다. 이명박 대통령 시절은 809건이, 박근혜 대통령은 602건이 보관되어 있는데 2016년 12월 국정농단 재판 당시 검찰은 최순실 씨 자택에서 압수한 선물을 국정농단의 증거물로 제출했다. 각국의 외교 사절로부터 받은 대여섯 점의 선물엔 대통령께 드린다는 문구 "your excellency"가 새겨져 있었다.

가는 게 있으면 오는 게 있고 주는 게 있으면 받는 게 있는 것이 외교 관례입니다. 보신 것처럼 북한 지도자에게 선물을 주었으니 남한의 지도자들도 무언가를 받기는 했을 겁니다. 또 그것이 무엇인지를 공개했으면 좋겠지만 선물도 국가 비밀이라면 굳이 알 것까지는 없을 듯합니다. 비방과 욕설을 주고받는 것보다야 백 번 천 번 나은 일 아닙니까. 다만 남북이 총탄을 주고받았을 시절에도 선물을 주고받았다는 게 다소간의 위안이라면 위안입니다. 지난 4.27 판문점 선언과 9.19 평양 선언으로 남북의 정상은 더 이상 한반도에 전쟁이 없음을 선언했습니다. 그러니 서로 간에 선물을 주고받는 데에도 인색해서는 안 될 일입니다. 마땅히 건넬 선물이 없다면 따뜻한 말 한마디도 큰 선물이 될 겁니다. 그렇게 조건 따지지 않고 주고받는 선물의 시대가 평화의 시대입니다.

7 단군 신화인가
단군 실화인가

평양은 진짜로 단군을 믿는다.
단군릉

일연一然은 하필 한반도 최초의 고대국가 고조선의 개국을 신화로 적었을까요. 환웅이 무리 3천을 끌고 태백산 신단수 아래 신시를 열었다는 것도 좋고 홍익인간의 이념으로 360여 가지의 인간사를 다스렸다는 것도 좋은데 왜 다음 대목에서 마늘과 쑥이 나오고 곰과 호랑이가 나오는가 말이죠. 100일 동안 마늘 스무 쪽만 먹고 사람으로 환생해서 최초의 끈기의 여왕이 된 웅녀가 환웅의 시혜를 입어 단군을 낳고 그 자손들이 무려 3,000년이나 뒤에 일연을 낳았으니 그 또한 신화의 자식일 텐데 스스로를 곰의 후손으로 못 박는 건 무슨 의미였을까요. 그는 자신이 적은 『삼국유사』의 「고기古記」 편이 고조선 건국을 기록한 최초의 문서란 사실을 알았을까요. 고대국가의 시작을 찾다 찾다 못 찾아 차라리 내가 쓰자 결심했다면 고마운 일이지만 풍문으로 들려오는 얘기를 황홀한 판타지로 엮으려 했다면 아직도 신화의 감옥에 갇혀서 현세의 역사에 발 딛지 못하는 『삼국유사』 속의 인물들, 단군도 그렇지만 경주 남산의 신, 상염무霜髥舞를 춘 상심祥審, 북천신北川神의 도움을 받은 원성왕, 역신疫神과 바람난 여자의 남편 처용이나 남편 박제상을 그리워하다 죽어 신이 된 치술신모鵄述神母, 또 용성국龍城國의 임금 함달파 들은 일연을 원망하지 않을까요.

아예 신화로 쓰는 역사책이라는 단서를 확실히 달아주었다면 역사와 신화 사이에서 갈팡질팡하는 후대 사가들의 노력이 안쓰럽지는 않았을 텐데. 단군이 실화냐 신화냐 논쟁이 벌어질 때마다 내가 궁금한 것은 사실 진위의 문제가 아니라 바로 이것이었습니다.

역사를 소재로 한 신화인가, 신화로 형상화한 역사인가

사실 일연의 잘못은 없다. 『삼국유사』에서도 "단군왕검이 즉위한 지 50년인 경인년에 평양성平壤城에 도읍하고 비로소 조선이라 칭하였으며 도읍을 백악산아사달白岳山阿斯達에 옮겼으니 그곳을 궁홀산弓忽山 또는 금며달今彌達이라고도 한다. 나라를 다스리기 1천 5백 년이었다"고 명시했으니 사가로서의 몫은 다한 것이겠다.

오히려 사실을 신화에 빗댄 작가의 문학적 상상력을 사실이 아니라는 이유로 박대하는 후세 사가들에게 화를 내야 할 일이 아닐까 싶다. 일반적으로 주류는 거대한 발상과 추진을 통해 소수의 반대자를 소외시키면서도 자신들의 정통성을 공고히 하며 목표를 획득하는 집단이고, 비주류는 소수화 된 자신만의 정체성을 지키며 주류가 추구하는 목표 지상주의적 광폭 행보에 반대하는 세력이라면 단군이 역사의 실제 인물이며 벌써 기원전 3000년대 동양 최초의 고대국가를 세운 민족의 시조라는 게 주류의 논리여야 하는데 이상하게 그들은 그 반대의 주장을 한다.

단군 실화 편에 선 비주류들은 1530년에 완성된 『신증동국여지승람』과 1626년 편찬된 『강동지』에 "현의 서쪽 3리에 둘레가 410자나 되는 큰 무덤이 있는데, 민간에서 단군묘라고 한다"는 기사가 적혀 있다는 사실을 밝히고, 『숙종실록』과 『영조실록』, 『정조실록』에는 평양감사에게 단군묘를 순시하고 부근의 백성들로 묘지기를 정하며 매해 봄과 가을에 직접 묘를 돌아보는 것을 제도화하도록 지시한 내용이 실려 있다고 지적한다. (박경순, 『새로 쓰는 고조선 역사』, 내일을여는책, 2017) 또한 근대

엔 1786년(정조 10년)부터 단군릉을 국가적으로 보존하면서 제사를 지냈는데 1945년 해방 전까지 이어졌으며,《동아일보》'향토예찬 내 고을 명물'이란 코너에「우리 강동에는 단군릉의 고적이 있는 것은 세상이 다 아는 터」기사(1926년 12월 25일)와 1931년엔《동아일보》사회부장이던『운수 좋은 날』의 소설가 현진건이『단군 성적 순례』라는 글을 연재했다는 사실도—조정훈,「북, 단군을 왜 중요시하는가」,《통일뉴스》2014년 10월 12일— 덧붙인다. 그 외에도 수많은 사실들을 적시하며 단군 실화를 주장하지만 단군 신화의 입장에 흔들림 없는 주류의 대답은 요약하자면 '믿을 수 없다'거나 '증거가 안 된다'는 한마디이다. '역사란 철저한 고증을 통해 추출된 사실의 나열'이라는 짐짓 훈계조의 역사관까지 들추어내며 비주류의 주장을 근본도 모르는 치기 어린 행위 정도로 여긴다. 고조선은 기껏해야 기원전 5~7세기쯤에 세워진 부족국가로 국가의 형태를 갖추었다고 보기 어렵고, 단군은 신화 속의 인물이라는 게 기본 입장이다.

내가 아는 고조선은 기원전 2333년에 단군이라는 신화적 존재에 의해 세워졌고, 중국 상나라의 기자에게 넘어갔다가 연나라의 위만에게 또 넘어가 기원전 108년에 한나라 무제에게 멸망한 뒤 그 자리를 네 개로 나누어 한사군이 설치됐다는 게 거의 전부였다. 주류 역사학계가 교과서에서 가르쳐준 지식이었다. 대한민국 역사학계의 주류들은 백제 의자왕과 삼천 궁녀 같은 소설을 믿도록 강요했고, 통일신라처럼 대국에 기대지 않으면 살 수 없는 민족이었다거나 조선시대는 당쟁만 일삼아 분열된 시기였고 역사 이래 931번씩이나 침략만 당했던 나라였다는 것, 구한말 외세와 일본의 만행보다는 무력하고 초라했던 대한제국의 행태 따위를 더 많이 가르쳤다. 그러니 고조선 건국 논쟁의 주류와는 결이 다르겠지만 믿을 수는 있으나 안 믿어도 그만인 주류 역사학계보다는 왠지 안 믿으면 손해 볼 것 같은 비주류의 주장에 마음이 더 가는 게 사실이다.

고대국가 고조선, 중국 왕조보다 900년 앞선다는 북한의 주장

단군 신화냐 실화냐 논쟁에 있어서 북한은 단연 단군 실화파이다. 사실 1990년대 이전까지만 해도 북한에서도 단군은 신화였다. 북한의 고조선 연구의 대가로 북한 학계를 대표했던 리지린도 단군을 고조선의 지배계급이 미화해 만들어낸 상징으로 여겼다. 신화였던 단군이 실제 인물인가에 대한 궁금증은 1991년 단군릉의 위치를 찾기 위한 전국적 지명조사로 이어졌고, 평양시 강동구 문흥리 대박산 동남쪽 기슭에 단군동이 있다는 것과 예부터 단군릉이라고 전해오는 작은 무덤을 발견했다. 정조 때부터는 해마다 제를 지내왔다는 사실도 밝혀냈고 더욱이 무덤 앞에 있는 단군릉 기적비는 1932년 일제가 단군릉을 파괴하자 강동과 평양의 유림들을 중심으로 단군릉 수축기성회를 만들고 모금운동을 전개하여 1936년 보수공사를 마친 뒤 세운 것이어서 단군릉의 존재에 대한 확신을 갖게 했다.

그렇게 연구의 초점을 이곳에 집중했고 발굴 조사 사업을 진행한 결과로 남녀 한 쌍의 유골과 금동왕관 앞면의 세움 장식, 돌림띠 조각, 금동띠 표쪽, 여러 개의 도기 조각, 관에 박았던 관못 등을 출토하게 된다. 유골의 검증은 더욱 세밀하게 이루어졌다. 실제 단군인가 하는 문제와 연도 측정에 대한 신뢰성 때문이다. 북한에서는 200만 년 전의 지질학 혹은 몇만 년 전의 인류학과 몇천 년, 몇백 년 전의 인골과 유물, 토기 연대를 측정할 수 있는 전자 상자성 공명(EPR) 연대 측정 방식을 사용했다. 유골의 당사자는 단군과 그의 아내였고 유골의 나이는 5,011±267로 측정되었다. (박경순, 위의 책)

기존의 기원전 2333년 고조선 건립설보다도 무려 660년이나 앞선 것이다. 이에 따르면 고조선은 하, 은, 주로 상징되는 중국 왕조보다도 약 900년 먼저 생겼고 동양 최초의 고대국가이며 황하 문명 이전에 존재했다는 고조선 중심의 요하 문명설을 뒷받침하는 주요 근거 또한 되는 것이다. 북한은 이 사실을 1993년 10월 개천절을 앞두고 발표했다. 이어

10월 20일 김일성 주석이 '단군릉 개건방향에 대하여'를 선언함에 따라 개건改建 일정에 착수해 1년 일정의 건축사업을 진행한다. 애초 동명왕릉 이나 고려 태종 왕릉처럼 적석 토분(돌을 쌓고 그 위에 흙을 덮음) 방식으로 진행하려 했으나 민족의 시조인 만큼 더 큰 정성을 들이라는 김일성 주석의 지시에 따라 광개토대왕의 무덤으로 추정되는 장군총의 세 배 크기인 화강암 석분으로 조성됐다.

장군총보다 세 배나 큰 단군릉

전체 총 70미터 높이에 사각면 하단 한 면의 길이는 50미터, 높이는 22 미터에 9층 계단형으로 1,994개의 화강암으로 만들었는데 1994년 10월 11일 준공식의 해를 기념하기 위한 숫자다. 단군릉을 오르는 279개의 계 단 옆으로 5개의 돌기둥이 있고 위 계단 양옆으로는 네 아들과 여덟 신 하가 단군을 호위한다. 무덤의 사각 모서리엔 92톤에 달하는 조선 범돌 네 개가 능을 지키고 고조선 시대에 가장 많이 쓰였던 비파형 청동검을 형상화한 검탑이 그 아랫단에 있다. 문 한쪽의 무게가 1.2톤이 되는 육중 한 돌문 두 개를 지나 무덤 칸에는 단군과 그 아내의 유골이 안치된 두 개의 유리관이 댓돌 위에 놓여 있다. 관 안에는 아르곤 가스가 채워져 부 패를 막고 빛과 습기로 인한 손상을 막기 위해서는 나무 관을 덧씌웠으 며 정면에는 단군화상이 걸려 있다.

1993년 10월 단군릉 개건과 관련한 협의회에서 김일성 주석은 교시를 통해 남조선 사람들이나 해외 동포들이 단군릉을 보러 와서 제사를 지 내겠다고 할 수 있으므로 상돌을 만들어놓는 것이 좋겠다고, 지금 남조 선에 단군을 숭배하는 대종교인이 몇십만 명 된다고 하는데 그들이 단 군릉을 보러 올 수 있으며 앞으로 북남 래왕이 실현되면 대종교인들이 단군릉에 찾아올 수 있다고, 우리가 단군릉을 잘 꾸려놓으면 대종교인들 이 평양에 와서 단군릉을 보고 좋아할 것이라고, 「조국통일을 위한 전민족대단결 10대강령」이 실현되면 대종교인들뿐 아니라 남조선의 각계각층 사람들이 공화국 북반부에 많이 올 수 있다고, 남조선 인민들과 해외 동포들이 와보아도 손색이 없게 잘 꾸려야 한다―《통일신보》 2015년 11월 5일―고 강조했다.

북한에서는 매년 개천절에 단군제례를 성대하게 올린다. 단군제례는 2016년에 고려인삼 재배술, 화침요법, 단군술 양조기술 등과 함께 국가 비물질 문화유산으로 등록됐다. 남한으로 치면 무형 문화재 격이다. 민족의 전통 공예와 전통 수공예, 전통 의술, 사회적 관습과 예식, 구전문학 유산과 전통 식생활 등의 분야로 나누어 매년 항목을 추가하고 있는데, 재밌게도 국가 비물질 문화유산 70호는 평양 물도 팔아먹었다는 봉이 김선달 이야기다. 집필자 윤성배 노인은 한평생 김선달과 관련된 일화만 수집하고 살았다.

사실 단군이 신화냐 실화냐의 논쟁은 우리의 일상에서 큰 관심을 가질 만큼 주요한 사안은 아닙니다. 내가 신앙하는 존재가 주는 메시지를 따라가기에도 버거운 판에 굳이 미지의 역사에까지 손을 뻗쳐야 할 이유는 없습니다. 다만 '지도자의 영생관'을 통해 종교가 필요 없는 종교국가로 불리는 북한에서 종교적인 영역이었던 단군을 역사적 사실로 인식하고 있다는 사실과 매년 올리는 성대한 제례는 꽤 주목해볼 만한 것이 아닌가 싶습니다. 참 남한은 개천절이 공휴일이지요. 북한은 아닙니다.

8   사람들이여
삼가 옷깃을 여미라

특권층을 만나려면 이곳을 먼저 들러야.
북한의 국립묘지

오래도 걸렸지요. 짧게는 몇 달 길게는 몇백만 년. 그렇게 긴 시간을 쉬지
않고 달려왔는데도 지친 기색 하나 없이 빛나는 영롱한 저 별들. 그 빛을
사모하는 이들은 짙은 어둠을 만들어놓고 고립되어 오랜 기간 빛의 속도
를 감내하며 찾아온 손님들을 가슴으로 맞이합니다. 헤라Hera의 젖줄은 인
간은 감히 상상할 수 없는 머나먼 우주의 공간에 한 줄기로 흘러 은하수
(Milky Way)를 만들었습니다.

　빛 하나 없이 가난한 사람들의 마을에서 길 잃은 나그네는 은하수 흐르
는 강물을 따라 걸었고 달빛이 숨어 들어간 저녁이면 용이 꿈틀거리다 만
들어낸 파도를 보기도 했으며 1년에 한 번은 견우와 직녀가 만난다는 오
작교를 기다리기도 했습니다.

별빛은 오랜 우주가 만들어낸 과거가 지구라는 작은 행성의 소년에게 전
하는 안부였습니다. 소원을 빌라고 부추기는 여린 촛불이었고 꿈꾸라고
재촉하는 신의 음성이었습니다. 별빛의 끌림에 물든 소년들은 별빛이 지
구에 도착하는 몇백만 광년의 시간을 쌓아 역사가 되었습니다. 인류의 역
사란 늘 꿈꾸는 자들의 몫이었지요. 별빛이 꿈을 이끌었다면 곧 인류의 역

사는 별을 바라보는 소년들의 것이었습니다. 별빛을 밤하늘에서 몰아낸 것은 인간이 만들어낸 불빛이었습니다. 결국 어둠을 밝혀내는 위대한 발견이라고 자화자찬하는 사이 별빛이 이끄는 소년의 꿈은 점점 왜소해져 갔습니다.

별빛의 가치를 대신한 것은 사람이었지요. 먼저 지구에서 살았던 선조들의 이름이었습니다. 소년들은 이른바 위인이라는 이름의 생애를 배웠고 그들의 업적을 배웠지요. 백성들의 손에 칼을 쥐어주고 자신의 야망을 채우기 위해 타 종족의 백성을 정복하는 이름도 더러는 있었지만 대개는 함께 사는 이들의 안위를 위해 재능과 노력과 목숨도 아끼지 않았던 이름들이었습니다.

전 세계에는 현존하는 65억 개의 이름들이 있고 그보다 더 많은 이름들이 지나온 역사를 만들어왔습니다. 그중 꿈꾸는 별빛을 대신해 소년들에게 소원을 빌게 해주는 대표적인 이름들을 모아 특화된 추모공간을 만들었는데 그것이 각 나라마다 있는 국립묘지입니다. 과거 속에 묻힌 이름이 별빛이 되어 미래를 안내하는 나침반이 되고 있다는 얘기입니다.

사람들이여 삼가 옷깃을 여미라

한국전쟁이 끝난 1954년 평양 대성산 자락의 미천호美川湖 부근에 자리 잡았던 평양 혁명열사릉은 북한의 가장 권위 있는 국립묘지이다. 1975년 10월 13일 노동당 창건 30주년을 기념해 현재의 주작봉으로 이전 재개장했다. 총 9단으로 구성되어 있으며 각 단에는 15명에서 18명의 인물이 안치되어 있다. 안치된 순서는 사망한 날짜를 기준으로 한다. 평양 혁명열사릉에는 160여 명이 안장되어 있는데 이들은 모두 조선민주주의인민공화국 창건의 정신적 근간이 된 항일 빨치산들이다.

2008년 5월 11일자 《노동신문》은 "대성산 혁명렬사릉에는 피바다, 불바다를 헤쳐야 했던 준엄한 폭풍의 시절에 조국의 해방을 위하여 항일 혁명전에 몸 바쳐 싸운 혁명렬사들이 엄숙히 안장되어 있다"고 적고 있다. "떠나간 나이와 고장은 저마다 달랐어도 돌아와 안긴 품은 하나인 대성산 혁명렬사릉. 항일전에서 쓰러진 렬사들 여기 고이 잠들고 있나니 사람들이여 삼가 옷깃을 여미라." 혁명열사릉 입구에 적힌 헌시는 혁명열사릉의 성격을 간명하게 설명하고 있다.

최희숙(1909. 12. 16~1941. 3. 12)은 조선인민혁명군 부녀 부대원. 1932년 그의 나이 23세에 남편 박남춘과 함께 입대했다. 일제의 만주 대토벌 당시 시부모를 잃었고 이후 세 살배기 딸도 잃었다. 남편은 항일운동의 대가로 서대문 형무소에서 옥고를 치렀다. 최희숙은 정찰 자료를 숨기고 안도현의 사령부로 돌아가던 중 연길현 룡신구에서 일제에 체포되어 고문으로 사망했다. 그의 시신에는 두 눈이 없었다. "지금 나에게는 두 눈이 없다. 그러나 나에게는 혁명의 승리가 보인다. 삼천만이 만세를 부르며 해방을 기뻐하는 그날이 보인다." 서른두 살 항일 여전사의 유언이었다. 그의 일대기를 그린 <혁명의 승리가 보인다>라는 영화가 제작되었고 함흥 제1교원대학의 이름 앞에는 최희숙이란 이름을 붙인다.

림춘추(1912. 3. 8~1988. 4. 27)는 1934년 항일 유격대에 입대했다. 작가이기도 했고 군의이기도 했다. 입대 전 이미 의사로서 각 마을을 돌아다니며 환자들을 치료하는 한편 각 현縣 사이의 연락을 담당했고 그로 인해 4개월간의 옥고를 치렀다. 18세의 어린 나이 때부터 항일 혁명 투사였다.

"동무들도 의술은 인술이라는 말을 알고 있겠지요. 이 말은 의학기술은 단순한 기술이 아니라 사람의 생명을 구원하는 것을 목적으로 하는 훌륭한 일이라는 뜻에서 전해오는 말입니다. 그러나 세상에서 가장 악독한 야만이고 인간의 탈을 쓴 일제 놈들은 사람의 생명을 구원하는 것을 목적으로 하는 의술을 가지고 사람을 도살하는 천추에 용서 못할 야수적 만행을 서슴없이 감행하였습니다. 그 악귀 같은 일제 놈들은 최희숙 동무도 사람의 생명을 구원하는 의술을 가지고 잔인하게 학살했습니

다." (《노동신문》 2008년 5월 11일자)

최희숙과 함께 연길 지방에서 지하 혁명 투쟁을 벌였던 림춘추의 회고다. 북한은 미국을 '백년 숙적'이라고 부르는 반면 일본은 '한 하늘 아래서는 절대 동거할 수 없는 자들'이라고 표현한다. 일제에 항거하다 참혹하게 쓰러져간 동지를 사무치게 그리워하는 사람들만이 표출할 수 있는 분노의 표시다.

최광(1918. 7. 17~1997. 2. 21)은 청년의용군을 거쳐 조선인민혁명군으로 로흑산 전투와 라자구 전투를 비롯한 수많은 전투를 치러낸 항일 혁명 투사이다. 김책(1903. 8. 14~1951. 1. 31)은 일찍이 반일 지하단체 활동을 하다가 1927년 가을 서대문 형무소에서 수년간의 옥고를 치렀고 이후 만주에서도 여러 차례 감옥 생활을 하면서 항일 운동을 지휘했다. 한국전쟁 중 과로와 심근경색으로 사망했다. 김책시, 김책제철련합기업소, 김책공업종합대학 등에 그의 이름이 새겨져 있다.

장철구(1901. 3. 2~1982. 4. 9)는 항일 유격대 작식作食대원이었고 마동희(1912. 10. 9~1938. 1. 9)는 동북 항일 연군의 최초 국내 진공 작전이었던 보천보 전투의 주역으로 혜산 경찰서 감옥에서 사망했다. 그는 일제의 고문으로 사령부의 위치를 자백할 것을 염려해 스스로 혀를 깨물었다. 오중흡(1910. 7. 10~1939. 12. 17)은 돈화현 류과송 전투에서 사망했다. 그가 연대장을 맡았던 7연대의 깃발은 1990년대 고난의 행군 당시 <오늘도 7련대는 우리 앞에 있어라>라는 노래로 만들어졌고 오중흡7련대 칭호 쟁취운동이 인민군 내에서 벌어지기도 했다.

김정숙(1917. 12. 24~1949. 9. 22)은 조선인민혁명군의 작식대 재봉대원으로 로령전투, 서강전투를 비롯한 수많은 전투에서는 빛나는 사격술을 지닌 저격수로 항일 운동에 참여했다. 1940년 김일성 주석과 결혼했다.

김일성 주석의 동생 김철주(1916. 6. 12~1935. 6. 14)는 안도현 처창즈 근방에서 19세의 나이로 전사했고 삼촌인 김형권(1905. 11. 4~1936. 1. 12)도 1930년 9월 일제 경찰에 체포되어 15년형을 언도받고 복역 중 사망했다. 서른이 갓 넘은 나이였다. 박록금, 오일남, 김학송, 김확실, 김진, 김주현, 장길부, 박수만, 강상호, 리봉수, 김명숙, 전희, 오준순, 박두경, 최순산, 김려중, 조정철, 한창봉, 심윤경, 오준옥, 김중동, 한익수, 전창철, 안정숙, 리두찬, 박락권, 김봉석, 심태산, 리철수, 최장만, 김만익, 김병수, 박장춘, 권영벽, 리제순, 박달, 리동걸, 지태환, 박길송, 김혁철, 지봉손……. (자유아시아방송 2018년 8월 7일 김주원의 글 중에서) 이들 160여 명이 잠들어 있는 대성산 혁명열사릉은 김일성 주석이 집무했던 금수산주석궁에서 가장 잘 보이는 곳에 위치하고 있다.

북한 정부는 김일성 주석 사후 그의 금고 안에 있던 유품을 공개했다. 항일 혁명의 동지였던 김책의 사진과 혁명열사릉을 자세히 볼 수 있는 포대경(망원경)이었다. 그도 자신보다 먼저 간 항일 혁명 열사들을 바라보았고 그곳에 묻힌 1세대 혁명 열사들도 매일 김 주석의 집무실을 바라보았다. 생전에 김 주석은 평양 혁명열사릉에 옛 동지들과 함께 묻히기를 바랐다고 한다. 그 바람은 이루어지지 못했다. 그의 집무실은 금수산 태양궁전이 되고 방부 처리된 그의 몸이 그곳에 잠들어 있다. 크렘린궁에는 레닌이 그렇게 누워 있고 레닌 묘소를 둘러싼 벽면에는 독소전쟁 당시에 목숨을 잃은 소련의 무명용사 묘가 있다. 베트남 하노이 바딘광장에는 일생을 민중과 함께 산 지도자 호치민이 같은 방식으로 누워 있다.

평양에는 김일성 주석, 김정일 국방위원장 부자가 누워 있는 북한 혁명의 성지 금수산 태양궁전이 있고 대성산 혁명열사릉 외에 형제산 구역 신미리에 애국열사릉, 연못동에 조국 해방전쟁 참전열사릉과 룡성 구역 룡궁동에 재북인사릉, 역포 구역 룡산리에 해외 동포 애국자묘역이 있다. 량강도의 혜산에는 1959년에 조성된 혜산 혁명열사릉이 있다. 항일 무장 투쟁의 본거지였던 만주에서 가장 가까운 곳이다. 조선인민혁명군에 소속된 혁명 투사들과 백두산 기슭과 조선과 중국의 국경 일대에서 활동하던 조국광복회와 그 관련 하부조직에 소속되어 싸웠던 반일 애국 투사들 95기가 안장되어 있다. (최재영, 「평양 혁명열사릉과 혜산 혁명열사릉」, 『최재영 목사 방북기』, 《통일뉴스》) 그 외에 사리원, 해주, 원산, 강계, 청진, 함흥 등 북한 전역에 걸쳐서 열 개의 애국열사릉이 있다. 모두 국립묘지의 격을 갖추고 있는 곳이다.

2018년 9월 22일자 《노동신문》은 신미리 애국열사릉에 새로운 유해 안치 소식을 알렸다. 조선인민군 장령 김연주와 2중 노력영웅이자 여성 혁명가 변창복, 김일성정치대학 교수 옥봉린, 조선인민군 군관 리병도가 그들이다. 북한은 애국열사릉에 묻히는 것을 '영생의 언덕'에 올랐다고 표현한다. 한 사람의 삶과 죽음을 평가하는 무게로 결코 가볍지 않다. 김시권(1929. 11. 16~1993. 10. 12)은 영예군인(군 복무 중 부상으로 제대한 군인으로 특별한 사회적 지위를 갖는다)이자 시인이다. 한국전쟁(북한식 표현은 조국 해방전쟁) 때 척추에 총상을 입어 평생을 하반신 마비로 살았다.

　　내 노래에 애수가 흐른다고 누가 말하랴
　　나는 울 줄을 모른다
　　나는 다만 내 심장이 시키는 대로 쓸 뿐

　　나의 한 글자는 하나의 투사
　　시행은 지나간 모든 힘을 다시 모아
　　내 못 다 한 일 심장을 불태워
　　그는 내 가슴속에서 뛰며 다시 나온다

　　나는 시인도 가수도 아니다
　　나는 넓은 세상도 많은 일도
　　아직 못 보았노라
　　나는 아직 젊은 나이에 사랑도 모르노라

　　그러나 나는 내 심장으로 시를 쓴다

이 모든 것 때문에
나의 조국은 이 아들을 두고
얼마나 괴로워하는가
나는 시를 쓰노라 그 때문에
　　　　　　—김시권, 「나의 노래」 전문

사랑을 모르고 청춘을 "당과 인민을 위해"—북한의 거의 모든 인터뷰에서
들을 수 있는 사회주의식 화법— 살았던 시인은 자신의 시가 실린 《평양신
문》을 보고 한달음에 찾아온 여인을 만나 30여 년을 해로(偕老)했다. 아내
권순희와의 순애보는 유명하다. 김시권의 붓은 권순희의 사랑을 만나 창
작의 굴진기가 되어 700여 편의 시로 완성되었다. 그의 유해는 애국열
사릉에 안치되어 있다. 『소설가 구보씨의 일일』의 소설가 박태원, 『백두
산』의 시인 조기천과 이찬, 『임꺽정』의 홍명희, 『두만강』의 이기영, 북한
문학의 최고봉 한설야, 조선작가동맹의 박팔양 등 혁명 1세대 시인들이
묻혀 있으며 재미 통일운동가 홍동근 목사, 선우학원 박사와 재일 총련
서만술 의장, 박희덕 고문, 부의장 로재호, 재일 조선 교육회 초대 회장
윤덕곤, 전 조선대학교 학장 남시우 등 재외 동포들도 그곳에 있다.

　1955년 재일 조선인 연합(총련)이 결성된 이후 북한이 1957년부터
1970년대 중반까지 1억 2천만 엔의 교육비를 총련에 지원해왔다는 사실
은 이미 알려져 있다. 현재 총련 의장과 부의장은 조선 최고인민회의 대
의원이다.

　1959년 평화통일을 주장했다는 이유로 사형당한 진보당 당수 조봉암
은 망우리 공동묘역에 무덤이 있으나 신미리 애국열사릉에도 가묘가 있
고 제주 4.3의 지도자 김달삼, 이덕구와 지리산 최후의 빨치산 사령관
이현상, 남로당 지하총책 김삼룡, 통혁당 서울시 위원장 김종태 등도 비
문에 새긴 이름만으로 그곳에 안장되어 있다.

해방 정국에서 독립투사는 자랑스러운 이름이 아니었다

윤경자(76세) 씨는 전쟁통에 아버지를 빼앗겼다. 1950년 8월 북으로 간 아버지로 인해 평생을 납북자 가족으로 살았다. 그는 1942년 임시정부가 있었던 중경에서 태어났다. 아버지가 나이 50에 얻은 늦둥이 첫딸이었다. 누가 말해주지 않아도 아버지가 어떤 일을 하는지 알았다. 아버지는 중경 임시정부 의정원 의장이었다. 아버지가 납북된 후엔 오히려 경찰들의 감시를 피해 피란 생활을 했다. 손아래 동생을 잃었고 초등학교를 겨우 나와 식모살이를 오래 했다. 어렵사리 따낸 은행 전화교환원 자격으로 한 생을 버텼다. 끼니를 구걸했으나 아버지를 원망한 적은 없었다. 이승만 정부는 일제 때인 1912년 만든 '조선 민사령'을 근거로 호적을 발부했다. 일찍이 민족 교육운동에 투신한 아버지는 그때 이미 만주로 망명한 뒤였다. 일제의 기록에 남을 리가 없으니 거의 평생을 아버지 없는 자식으로 살며 아들 둘을 키웠다. 그게 그의 유일한 자랑거리였다. 그가 아버지와 함께 호적에 등재된 건 아버지 망명 100년에서 한 해 빠지는 해인 2010년 2월이었다. 아버지의 이름은 규운 윤기섭(1887~1959)이다.

신흥 무관학교는 우당 이회영 6형제와 석주 이상룡, 백마 탄 김 장군 김경천과 지청천, 대한통의부 사령장 신팔균 등을 스승으로 모시고 의열단장 약산 김원봉, 석정 윤세주, <아리랑>의 김산을 비롯한 약 3,500여 명의 열혈 애국 투사를 배출한 독립운동의 산실이다. 삼원보三源堡, 합니하合呢河, 고산자孤山子 등지에서 주린 배를 움켜쥐며 총칼을 연마했던 청년들은 1920년 봉오동과 청산리 전투의 승리의 주역이었고, 이후 조선 의용대로, 중국 팔로군으로, 동북 항일 연군으로, 중경의 임시정부로 스며들어 이름 없는 전사가 되어 조국 광복의 방아쇠를 당겼다. 그 학교의 교장이 윤기섭이다.

임시정부 요인들이 귀국길을 서두르던 1945년 가을 그는 함께했던 동지들을 먼저 고국으로 보내고 이듬해인 1946년 4월에야 부산에 도착한다. 35년 망명의 청춘을 다 바친 독립운동의 흔적은 미군정에 의해 거세당했고 오로지 개인 자격의 입국이었다. 그를 기다린 것은 감옥. 망명지에서는 어느 누구도 가둘 수 없었던 반백이 넘은 노 투사를 해방된 조국이 가둔 것이다. 일경이었던 자들의 손에 끌려간 곳은 일제 때와 같은 모습의 감옥이었다.

해방 정국에서 독립투사는 자랑스러운 이름이 아니었다. 언제든 빨갱이로 몰려 죽음을 각오해야 하는 선명한 징표였다. 만주에서 일제가 그림자조차 보지 못했다는 임정 군무부장 김원봉은 수도경찰청 수사과장 노덕술에게 끌려가 죽을 만큼 맞았다. 노덕술은 해방 전 동네 아이들도 두려워할 만큼 악독한 친일 고문 경찰이었다. 백의사나 서북청년단 같은 우익들이 판치는 세상이었다. 그들은 빨갱이라면 당장이라도 목을 벨 듯이 달려들었다. 몽양 여운형이 죽고 김구도 죽었다. 그즈음 반도의 남녘에서는 좌익으로 몰린 수많은 백성들이 서서히 죽어가고 있었다. 한국전쟁이 일어난 1950년 8월 윤기섭은 납북되었고 1959년 파란만장한 72년의 생을 평양에서 마감했다. 그는 김규식, 최동오, 조소앙, 조완구, 엄항섭, 이용, 유동렬 등 그와 같은 역사를 살았던 동지들과 함께 신미리 애국열사릉에 잠들어 있다.

북한에서 재북 인사란 "지난 조국해방 전쟁 시기 민족적 량심을 지켜 리승만 괴뢰도당을 따라가지 않고 공화국을 찾아온 사람들이다"라고 규정하고 있다. (자유아시아방송 2018년 9월 4일)

재북인사릉은 1957년 12월 대한적십자 부총재를 역임하고 2대 국회의원이었던 백상규 선생의 유해를 안치하기 위해 만들어졌고 2004년 3월에 현재의 룡성 지역 룡궁동에 새로이 조성되었다. 한국전쟁 당시 납북된 인사들이 묻히는 곳으로 1950년 9월 황해도 서흥에서 폭격으로 생을 마감한 양명학의 대가 정인보와 고려대 총장 현상윤, 신흥 무관학교 출신의 국방경비대 총사령관 송호성, 2대 국회부의장이었던 김약수를 포함한 당시 전·현직 국회의원 42기 등 총 65기의 유해가 묻혀 있다. 전쟁의 와중이었던 1950년 10월 25일 결핵으로 인한 심한 각혈로 만포병원으로 이송 중 만포읍 고개리 산 중턱에서 눈을 감은 춘원 이광수의 묘비도 그곳에 있다.

"6·15 시대만 해도 그동안 남조선에서 2백여 명 정도의 후손들이 참배하러 왔었는데 리명박과 박근혜가 대통령 된 이후로는 발길이 아예 뚝 끊겼습니다. 남북 관계가 적대적으로 경색된 것 때문에 조상을 섬기는 인륜의 도리마저 끊긴 현실이 안타깝습니다."

2015년 당시 이곳을 방문했던 NK VISION 2020(미주 통일운동 단체) 대표인 최재영 목사에게 35년간 재북 인사 묘역만 담당했던 현영애 해설사가 푸념한 내용이다.

나는 건국훈장 애족장의 집안사람입니다. 외조부께선 1907년 척박한 동두천 연천에서 의병으로 떨쳐 일어난 열혈 청년이셨습니다. 반드시 그것 때문만이 아니라 평소 관심이 많아서 그런지 사실 여기에 들르기 전 우리 남한의 국립묘지에 대한 이야기도 많이 준비를 했습니다. 하지만 말씀드리지는 않겠습니다. 그래도 좀 아쉬운 게 있으니 대신 이 한 말씀으로 저의 의견을 대신하고 싶습니다.

지구로부터 멀어져 가는 북극성도 아직은 빛나고 있습니다. 그 빛에 의존해 아직도 길을 걷는 나그네가 있구요. 북극을 가리키는 나침반의 끝은 항상 떨고 있는데 초침의 떨림이 끝나는 순간 나침반의 수명도 끝납니다. 국립묘지의 이름들은 추앙받기 위해서가 아니라 그들이 살았던 날들의 방식으로 미래를 비추고 있는 것입니다. 북한에서 특권층이라고 하는 사람들은 지금도 초침이 떨고 있는 나침반, 국립묘지에 묻혀 있는 이름들의 후손입니다. 출신성분도 좋고 기관의 요직도 맡아 속칭 출세도 합니다. 우리 남한의 특권층은 어떤 사람들인가요.

감호에서
미역 감고
두만강에서
첫눈 맞으면

강릉에서 두만강으로, 동해바다 800킬로미터
느릿느릿 바다를 걷다 솔밭에 몸 누이면
달빛과 연애하며 잠드는 하루
어디서든 차별이 없는 태양이 다시 떠오르고
파도소리만 따라가면 길을 잃을 걱정도 없다.
그 길에 서면
언제나 새날이다

제3여정

1 초대한 자의 겸양과
초대받은 자의 예의

남북의 예법은 차이가 없다.
공연으로 보는 예법

모래라도 씹어 삼킬 나이였던 학창 시절 친구의 집에 놀러 가면 친구의
어머니가 꼭 하시던 말씀 다들 기억하시지요? "차린 건 없지만 많이 먹
어라." 실제로 차린 게 없는 건 아니었습니다. 넉넉지 않은 살림에도 먹고
먹고 또 먹어도 뭔가 계속 나왔고 불뚝 나온 배를 두드리며 그만 먹으려
해도 어머니의 음식을 나르는 손은 멈추지 않았지요.

"차린 건 없지만 성의를 봐서 많이 드세요." 집들이하는 신혼부부 집에
가도, 칠순 잔치하는 노부부의 식탁에서도 으레 빠지지 않는 말입니다. 언
제부터인지는 몰라도 귀한 손님을 맞이하는 우리 고유의 겸양어가 되었
습니다. 그 말을 듣고 "가난한 살림 뻔히 아는데 상 차리느라 애 좀 썼겠
네" 하는 사람은 없지요. 그런 말 했다가는 큰일 납니다. 북한 말로 '짠수
(눈치) 없는 잔말쟁이(잔소리꾼)나 탁 없는(터무니없는) 꽝포쟁이(허풍쟁이)'
로 몰리기 십상이지요.

2018년 9월 19일 백화원 초대소로 문재인 대통령 내외를 초대한 김정은
위원장은 이렇게 말했다. "대통령께서는 세계 여러 나라를 돌아보시는데
발전된 나라들에 비하면 우리는 초라하지 않나. 지난번 5월 달에 문재인

대통령께서 우리 판문점 지역에 오셨을 때 장소와 환경이 그래서 제대로 영접을 못 해드린 게 그게, 그리고 식사 한 끼 대접 못 해드린 게…… 우리 비록 수준은 낮을 수 있어도 최대 성의를 다해서……." 이 장면은 곧바로 남측으로 생중계됐고 주요 신문들은 타이틀을 뽑아댔다. '김정은 위원장 솔직 화법 숙박시설 초라해'. 솔직 화법으로 북한 경제의 열악함을 인정하고 독재자 이미지를 상쇄하기 위한 포석이라는 해석도 곁들였다. 백화원은 대동강변의 인공호수를 앞에 두고 100가지의 꽃을 피우는 정원을 가진 곳이다. 이태리에서 직수입한 통 대리석에 고급 카펫과 샹들리에, 귀빈의 접대 공간으로는 세계적으로 빠지지 않는 고급스런 곳이다. 남측 언론의 데스크 중에는 탁 없지는 않아도 짠수 없는 이들이 좀 있다.

남녘의 겨레에게 북녘 동포의 인사를 전합니다

2018년 2월 7일 13년 만에 남측을 방문한 평창동계올림픽 북측 응원단 오영철 단장의 첫마디는 "남녘의 겨레에게 북녘 동포의 인사를 전합니다"였다. 우락부락한 중년의 사내도, 더 정확하게는 권위적이고 사나울 것 같았던 북한의 사내도 저렇게 따뜻할 수 있구나 싶었다. 그의 한마디는 분단의 두려움과 만남의 기대 사이의 경계를 허무는 데 충분했다. 선수단 응원을 위해 방남한 삼지연 관현악단의 구성도 심상치 않았다. 만수대 예술단 산하 삼지연 악단과 북한 대중음악의 교과서 모란봉 악단 그리고 사상의 척후대, 혁명의 나팔수 청봉 악단, 조선국립교향악단, 공훈국가 합창단 등 북한을 대표하는 최정예 연주자들의 연합체였다. 그야말로 북한에서는 한몫한다는 예술가들의 총출동이라고 봐도 무방하다. 북한 최고의 지휘자로 육군 중장의 군사칭호를 받았고 북한 음악가들의 최종 목적지라고 일컬어지는 인민예술가 장룡식 공훈국가 합창단 단장과 칠보산 전자악단 시절부터 남쪽 노래들을 편곡했던 삼지연 악단의 윤범주가 공연 파트별로 지휘를 맡은 것도 주목할 만한 일이지만 애초 모태가 된 삼지연 악단의 규모가 50여 명이었던 것에 비하면 84인조 팝스 오케스트라 편성을 포함한 총 140여 명의 구성 또한 남다른 일이었다. 남측 관객들이 불편해할 만한 노래 가사를 바꿔 부르는 것도(두 번째 곡 <설눈아 내려라>를 <흰눈아 내려라>로, 세 번째 곡 <비둘기야 높이 날아라> 2절 네 자란 보금자리 '평양'이 하도 좋아를 '이 땅이' 하도 좋아로, 일곱 번째 발표곡 <달려가자 미래로> 3절 '로동당 세월 우에'를 '이 땅의 번영 위해'로, 현송월 단장이 부른 <백두와 한나는 내 조국> 3절 '태양조선' 하나 되는 통일이어라는 '우리 민족으로') 좋았고 삼지연 관현악단장 현송월이 직접 무대에 서는 것도 좋았지만 '우리네 평양 좋을시구, 사회주의 건설이 좋을시구'라는 가사가 포함된 노래 <모란봉>은 아예 선곡에서 제외시킨 반면 기악 연주를 제외한 21곡의 노래 중 <우리의 소원은 통일>을 포함한 열세 곡이 남측의 노래였다는 것이다.

초대받은 자의 예의

모란봉 악단의 김옥주, 청봉 악단 중창조의 김성심, 김주향, 김청, 송영, 리수경, 로경미, 권향림. 이 공연에 참가한 모든 음악인들은 어릴 적부터 음악 수재로 자라 사회주의 혁명음악 즉, 사상성과 예술성이라는 음악의 양대 축을 오랫동안 교육받고 훈련받고 인정까지 받은 사람들이다. "음악은 정치에 봉사해야 하며, 정치가 없는 음악은 향기가 없는 꽃과 같고 음악이 없는 정치는 심장이 없는 정치와 같다"는 김정일 위원장의 교시를 한 치의 오차도 없이 충실하게 실천하는 예술 선전대의 최전선에 선 이들이 "한마디로 말하여 썩고 병든 사회이며 전도가 없고 멸망에 가까워 가는 사회"(《노동신문》 2018년 10월 18일)라고 여기는 자본주의 노래를 부른 것이다. 손님으로 찾아왔으니 손톱만큼의 흠도 남기지 않겠다는 예禮의 표시다.

초대자의 입장을 고려하고 초대받은 곳의 관객들에게 호응을 더 많이 받을 수 있는 노래를 선곡하는 건 배려이자 성의이고 모든 가수들이 갖춰야 할 혹은 이미 갖추고 있는 덕목이다.

　만약 이들이 생면부지의 땅 남측 서울의 공연장에 와서 평소의 레퍼토리인 강성대국, 선군정치의 노래만 부르고 거기다가 북한 인민들은 다 아는 이 유명한 노래를 모른다느니 몰라서 호응하지 못하는 관객을 두고는 박수조차 잃어버린 경직된 기계라느니 평했다면 남한 국민들의 반응은 어땠을까. 참고로 2018년 4월 1일 평양 대동강 지구 동평양대극장에서 열린 남측 예술단의 공연 <남북 평화협력 기원 남측 예술단 평양공연 '봄이 온다'>에서 남측 가수들이 부른 20여 곡 중에 북한 노래는 공동 사회자 소녀시대의 서현이 부른 <푸른 버드나무>(전동우 작사, 황진영 작곡, 김광숙 노래) 한 곡이었다.

평양 예술축전과 캐스팅 크라운즈 Casting Crowns

2018년 4월 11일 동평양대극장에서는 어김없이 4월의 봄 친선 예술축전의 막이 올랐다. 김일성 주석의 탄생 70년을 기념하고 자주 평화 친선의 무대를 세계의 진보적인 예술인과 함께하기 위해 만들어진 이 행사는 1982년 시작해 1985년부터 정례적으로 열리고 있다. 31회째를 맞는 올해에는 '로씨야 월리나야 스쩨삐 까자크예술단, 벨라루씨국립음악아까데미야극장 고전발레단, 라오스국립예술단, 몽골전군협주단, 에스빠냐 플라멘꼬민속음악단, 재일조선인예술단, 프랑스 알베리크 마냐르 명칭 실내악단과 타이 요술단, 볼스까와 쿠바의 연주인'들이 참여했다. 30회였던 2016년 4월 17일자《노동신문》은 32년 동안 1080개 국가에서(참가국 중복을 포함) 1,800개 예술단 1만 7,000명이 참가했으며 관람객은 239만 명에 달한다고 보도했다. 그중 가장 눈길을 끄는 예술단은 2007년 제24회 참가자인 미국의 CCM 그룹 캐스팅 크라운즈Casting Crowns다. 복음성가로는 드물게 450만 장의 음반을 팔았으며 그래미상을 수상했고, 미국 복음주의 음악협회(Gospel Music Association)가 주관하는 비둘기 상(Dove Awards)을 세 차례 받은 그들은 애틀랜타 근처의 이글스랜딩 제일침례교회(Eagle's Landing First Baptist Church)에 적을 두고 있는 신실한 기독교인들이다.

"평양공연에서 북한 관객들에게 <반갑습니다>를 처음 선사했습니다. 북한 관객들이 처음에는 우리가 미국인이라는 사실에 놀라고, 두 번째로 한국말로 북한 노래인 <반갑습니다>를 부르니까 더더욱 놀라더군요. 서로 간의 마음의 장벽이 깨지니까, 박수까지 쳐주면서 함께 부르더라구요. 참 멋있는 경험이었어요." (2007년 자유아시아방송 인터뷰) 팀의 리더인 마크 홀Mark Hall 목사의 말대로 2007년 4월 11일 동평양대극장에 울려 퍼진 그들의 노래는 단아하고 정갈하고 쓸쓸하기도 한 영성의 기도였다.

푸르른 하늘가에 희망의 나래 펴고
한없이 자유로이 춤추며 날으네

비둘기야 비둘기야
더 높이 날아라
내 조국의 푸른 하늘
흐리지 못하게

High up in the blue sky
Wings of hope are spreading wide
A white dove is dancing
Flying free and happily

White dove White dove
Flying higher and higher

Lest my country's clean and blue skies
Should be cloudy and grey

White dove White dove
Flying higher and higher
Lest my country's clean and blue skies
Should be cloudy and grey
―<비둘기야 높이 날아라(White Dove Fly High)>

마크 홀과 메로디 디베보Melodee Devevo의 노래는 여린 기타 솔로의 반주에 실려 조선어와 영어를 넘나들며 춤추었다. 느릿하고 무겁게 흐르는 간주의 바이올린 선율은 국제사회로부터 고립된 북한이란 나라의 설움을 느끼기에 충분했지만 더 많은 사람들은 소위 독재 정권의 폭압 아래 신음하는 북한의 민중들을 떠올렸을 것이다. 어쨌든 북한의 여성 가수라면 누구나 한 번쯤 부른다는 북한 최고의 명곡 중 하나인 <비둘기야 높이 날아라>는 그렇게 미국으로 날아갔다. 노래는 평양의 한 스튜디오에서 녹음했고 캐스팅 크라운즈는 미국으로 돌아간 후 곧바로 자신들의 음반에 이 노래를 수록했다. 복음성가를 부르는 그들의 주요 레퍼토리에서 빠지지 않는다. 그들은 내슈빌을 기반으로 한 애니 모세 밴드Annie Moses Band와 함께 2009년 제26회 4월의 봄 친선 예술축전에도 초청받았다.

평창동계올림픽이 개막하기 꼭 일주일 전 저는 강릉 KTX 역사에서 열렸던 평창동계올림픽 성공 기원과 동해 북부선 연결을 위한 문화제 '한 그리움이 다른 그리움에게'의 현장에 있었습니다. 제가 일했던 (사)희망래 ※일을 통해 만든 행사입니다. 남녘의 그리움을 북녘의 그리움과 섞어 손 끝만 닿아도 찌릿하기만 한 통일의 연애戀愛를 만들어보자는 취지였습니다. 동해 북부선 강릉부터 제진 구간 104.7킬로미터 구간은 아예 철로가 없습니다. 일제 때 건설 계획이 있었는데 그만 전쟁에서 지고 만 것이지요. 거기는 순전히 남쪽 구간입니다. 우리가 맘만 먹으면 언제든지 연결할 수 있습니다. 돈이 좀 들긴 합니다만 어차피 사회간접자본(Social overhead capital, SOC)을 남쪽에 투자하는 일이라 크게 문제 될 것도 없고요. 이 선만 연결하면 부산에서 포항, 영덕, 동해, 강릉에서 감호, 금강산, 원산, 청진을 통해 러시아로 연결되는 꿈의 철도가 복원되는 것입니다. 여름이면 푸른 감호의 호수에서 멱 감고 겨울이면 원산의 송도원 솔밭에서 첫눈을 맞이하는 일이 실제로 벌어집니다. 함흥, 청진에서 북녘의 어부들이 잡은 명태가 대관령 추위에 얼었다 녹았다 하면서 마르면 동해 바다의 황태가 되고요. 남녘에서는 익숙하지 않은 이름들, 금강산 청년선, 강원선의 금봉강, 동정호, 평강 옥정이나 평라선에 묻혀 있는 금사金沙나 려호麗湖 같은 살가운 역의 이름을 고스란히 불러내는 일이고요. 마찬가지로 북녘에서는 낯선 동해 남부선의 풍경을 눈앞에서 바라보는 일입니다. 그때 북한의 선수단 응원단들은 경의선 육로를 통해 왔지만 우리는 동해 북부선 타고 금강산 가는 꿈을 꾸었더랬습니다. 내가 초대한 북녘의 친구가 그 기차를 타고 내려오면 강릉이나 속초 어디쯤에서 만나 "차린 건 없지만 많이 듭시다" 하면서 30첩 반상의 횟집에 들어가 배 터지게 마시는 상상도 했습니다. 그런데 사람 마음이 다 같지는 않은 것 같습니다. 사람을 초대한 사람들의 예의라기엔 듣기 민망한 소리를 해대는 사람들이 있었지요. 그 때문에 심사가 불편했던 적이 몇 번 있었습니다. 우리는 이 기차를 타고 안변, 원산, 함흥 지나 라진까지 동해안을 타고 반도의 끝을 갔다가 다시 내려옵니다. 오는 길에는 다시 그리워할 기행의 끝을 감호에서 맞을 겁니다. 무조건 모두 감호역에서 내릴 거고요.

아름다운 석호가 보이는 마을에 들어가 저녁을 먹을 겁니다. 호수와 바다에 비치는 달빛을 보면서 술도 한잔 기울이고 노래도 한 자락 뽑아대구요. 그리고 아침에는 평화의 나라 동해의 바다에 떠오르는 태양을 맞이하면서 더 크게 올 평화를 기도할 겁니다. 제가 약속 하나 하지요. 이날 저녁부터 아침까지의 비용은 전부 제가 쏩니다. 진짭니다.

2 설움으로 밥을 짓고
눈물로 간을 맞추었네

그해 금강산
이산가족 만남의 식탁

하찮은 음식이라도 입맛에 당길 때가 있다던가요. 옛날 고릿적 이야기해 드릴까요. 어느 임금이 갑자기 삶은 달걀이 먹고 싶어진 거라. 시녀에게 "잘 삶은 달걀 몇 개 가져오너라" 시켰더랍니다. 금세 물 팔팔 끓이고 삶아 껍질 예쁘게 벗긴 달걀 몇 개를 은어기銀御器에 올려 뛰듯이 임금께 달려가던 시녀가 그만 달걀 하나를 떨어뜨려 마룻바닥에 데구루루 구른 거라. 당황한 시녀가 달걀을 손으로 문지르고 옷깃으로 닦아봐야 어디 먼지가 쉬이 떨어지나. 살짝 사방을 훑어본 시녀, 제 입에 쏙 넣었다 빼니 먼지가 말끔히 없어지는데 편전을 어슬렁거리던 임금이 하필 그 광경을 보고 짐짓 못 본 체 넌지시 물어봤더랍니다.

"여봐라 음식은 어떤 것이 제일 깨끗하더냐?"

시녀가 아차 싶어 오금저리며 답할 말을 못 찾다가 에라 모르겠다 하는 심정으로 "황송하오나 안 본 음식이 제일 깨끗한 줄 아뢰옵니다" 하였더니 황당하기도 하고 재기 넘치는 그 대답에 임금은 그저 껄껄 웃고는 달걀 몇 개를 맛있게 먹었고 편전을 나온 시녀 그제야 오금이 풀려 털썩 주저앉으며 "이 주둥이가 나를 살렸네 이 주둥이가 나를 살렸어" 했더라네요.

음식은 안 볼 때가 제일 깨끗하고

전기가 들어오고 얼마 되지 않은 여름밤 봉당에서 저녁을 먹으며 어머니가 들려주신 얘기다. 그때 내가 똑똑히 봤었다. 음식은 안 볼 때가 제일 깨끗하다 하는 대목에서 멍석 위로 떨어진 감자를 슬며시 상 위로 올려놓으시는 것을.

어떤 음식이든 평가하지 않았다. 지저분하니 깨끗하니 어느 집은 어느 음식이 맛있고 맛없고 등등의 하마평은 대부분 흘려들었다. 내가 내놓은 음식에 평가받는 일이 즐겁지는 않을 터이므로 남이 내주는 음식도 타박할 일은 아니었다. 음식은 내 입에 맞추는 게 아니라 음식에 내 입을 맞추는 거라는 걸 안다. 배곯지 않는 최선의 방법이다. 없는 살림 뻔히 아는 자식 놈이 반찬 없다고 투덜대면 엄마한테 귀뺨 맞고 물려준 것 하나 없는 시애비가 며느리 손맛 탓하면 쫓겨난다. 음식 타박은 그 일을 감행할 만한 충분한 이유가 있을 때만 가능하다. 밥을 먹었으면 밥값을 해야 하는 것처럼 밥값을 냈으니 내 입맛에 맞추라는 투정의 방식이 음식 타박이다. 어쩌다 한 번씩은 식대로 지불한 돈이 아까운 밥집이 있긴 있었다. 재료와 솜씨가 아니라 기본적 성의가 문제인 경우였다.

국물은 뜨끈하고 간 맞으면 다 맛있다. 냉이가 들어가면 냉잇국이요 무가 들어가면 뭇국이다. 얼큰하게 끓이면 매운탕이고 심심하게 끓이면 맑은 탕이다. 음식은 손맛이 좌우한다고 하지만 재료가 알아서 다 맛을 낸다. 음식이 싱거우면 김치를 많이 먹으면 되고 반찬이 짜면 밥을 더 먹으면 된다. 공짜 밥 먹는 사람들은 죄다 이렇게 먹는다. 차려주는 이의 고마운 마음까지 그득히 담는다. 남이 차려주는 밥상이 제일 맛있는 이유다.

얻어먹는 밥상이 제일 맛있다

어머니가 차려주었던 밥상이 맛있다고 생각하며 먹어본 기억은 무척 드물다. 신 김치와 군내 나는 된장, 고추장에 찍어 먹는 고추나 오이가 전부인 적이 많았다. 김치찌개엔 돼지고기가 없었고 더더욱 뭇국엔 소고기가 들어가지 않았다. 읍내 나가셨던 아버지가 자전거 뒤꽁무니에 돼지고기 한 근 달고 오실 때가 있었다. 거나하게 취한 아버지의 술주정이 끝날 때쯤에야 고기를 구웠다. 맛있었다. 그야말로 어쩌다 먹는 맛이었다. 소고기는 누구네 집 소가 죽었을 때나 먹었다. 지금은 큰일 날 소리지만 병으로 죽은 소를 신고하지 않았다. 신고하면 소 주인은 아무런 보상을 받지 못했다. 죽은 소를 잡아 동네 사람들끼리 나누고 그 값을 소를 잃고 손해를 본 주인에게 지불하는 일종의 부조扶助 풍습이었다.

그때 왜 달걀이나 소시지 타령을 그렇게나 했는지 세월이 지나 후회한 적이 많았다. 투정 부리는 어린 자식에게 맛난 것 하나 해 먹이지 못하는 지금의 나보다 훨씬 어렸던 어머니의 가난을 생각하며 술에 취해 운 적도 몇 번 있다. 천국의 시민이 되신 어머니가 그리울 때면 늘 떠오르는 것이 음식이었다. 어머니의 손맛. 화로 위에서 국물이 졸아들었던 고등어조림도 그립고 고기 없이 호박과 부추만 들어간 만두도 그립고 밥에 상추에 고추장만 얹어 어린 아들 입에 우겨 넣어주던 상추쌈도 그립다. 이제야 가장 맛있는 음식을 찾으라면 그 맛을 찾겠다. 다시는 먹을 수 없는 세상 어디에도 없이 오직 나의 머릿속에만 있는 유일한 맛. 나에게 최고의 음식은 언제나 추억 속에만 존재한다.

남측에는 두고 온 고향을 그리는 맛이 있다. 어머니, 형, 언니, 사랑하는 동생과 더 사랑하는 자식들의 이름을 두고 온 사람들은 옛 고향 마을 구불구불한 길과 언덕과 뒷동산의 나무와 벗들, 그리고 가난했으나 아무것도 부럽지 않았던 그 시절을 떠올리며 음식을 찾았다.

평양의 랭면, 삼수갑산의 아바이순대, 북청의 가재미식해, 평남 하단의 메밀 냉 칼국수, 개성의 굵직한 만두. 일일이 열거할 수 없을 만큼의 그리움이 고향의 맛이 되어 실향민들의 아픈 기억을 보듬었다. 그렇게 70년이 훌쩍 넘었다. 한국전쟁 이후 남쪽으로 피난 온 젊은이는 어느새 일가를 이룬 할아버지가 되고 자식과 손자들이 푼푼이 건넨 용돈을 모아 고향 맛을 찾는다. 어머니의 손맛. 70년 넘게 잃어버렸으나 단 한순간도 잊은 적 없는, 어디서 어떻게 죽었는지도 모를 어머니의 흔적을 후루룩 후루룩 우물우물 목구멍을 넘어가는 고향의 맛 속에서 찾는다.

"이 맛이 아니야 그때 그 맛이 아니야."

70년 동안 분단도 진화했고 시대도 진화했고 그들의 삶도 진화했다. 당연히 음식도 함께 진화했으니 그때의 그 맛이 날 리는 없다. 그때의 그 맛은 두고 온 고향에 있다. 지금이라도 옛 고향 마을에 돌아가면 그네 매던 느티나무가 있을 것이고 물고기 잡던 개울이 있을 것이고 어쩌다 아직도 살아 있는 친구도 있을 것이다. 아픈 세월을 걸어오느라 다 해진 무릎을 움켜쥐고 뒷산에 오르면 살아생전 보지 못했던 부모의 무덤이 있을 것이고, 다시 무릎 꿇고 절하고 통곡하고 음복주 몇 잔에 취해 벌러덩 누워 이제 여기서 눈감아도 되겠다 싶을 때쯤 그때쯤에야 그 맛은 찾아질 것이다. 당신이 그토록 찾던 어머니의 손맛, 고향의 맛.

짭조름한 눈물 맛. 잊었던 고향 맛

2018년 4월 27일 공동선언 이후 남과 북은 제21차 이산가족 상봉을 금강산에서 진행했다. 2015년 10월 이후 3년 만에 이루어지는 행사였다. 2018년 8월 20일부터 26일까지 2차에 걸쳐 열린 이 행사의 참여자는 전체 이산가족상봉 신청자 132,603명 중 170가족 534명이었고 이들에게 만남의 시간은 2박 3일 총 열한 시간이었다. 첫날 단체 상봉의 식사는 북측이, 둘째 날은 남측이 준비했다. 피난길에 어미의 손을 놓친 아들은 67년이 지나서야 구순이 넘은 어미의 손을 움켜잡고 다시는 놓지 말라고 울고, 배 속에 있는 줄도 모르고 피난 나온 아비는 생전 처음 보는 예순일곱 딸의 주름을 쓰다듬으며 먼저 간 아내의 모습이 떠올라 울고, 눈물마저 말라버린 100세 노인은 먼저 떠난 아들 대신 나온 며느리와 손녀의 오열을 가슴으로 안으며 울었던 날이었다. 저녁은 말 그대로 진수성찬이었다.

팥소빵(팥앙금 빵), 떡합성(모듬 떡), 닭튀기(튀김), 밥조개(가리비) 깨장무침, 청포 종합 랭채(청포묵 냉채)가 올라왔고 돼지고기 완자탕, 생선튀기 과일 단초즙(생선 탕수육), 소고기 다짐구이(떡갈비), 버섯 남새 볶음(버섯 야채 볶음) 등의 요리와 오곡밥과 얼레지 토장국이 식사로 제공됐으며 수박, 단설기(달콤한 빵류), 은정차가 후식이었다. 다음 날 점심 도시락도 북측이 준비했는데 메뉴는 삼색 찰떡, 오이소박이, 닭고기 편구이, 낙지(오징어) 후추 구이, 오이절임, 삼색 나물, 숭어 완자튀기, 돼지고기 빵가루튀기, 금강산 송이버섯 볶음, 소고기 볶음밥, 사과, 가시오갈피(가시오가피)차와 금강산 샘물이 제공됐다.

언뜻 봐도 어색할 것 하나 없는 이름의 음식을 서로의 입에 넣어주고 난생처음 아들의 술잔에 30도짜리 인풍주와 대동강 맥주를 따라주며 울고 웃던 그날의 맛은 어땠을까요. 만남이 마지막일 수도 있다는 절박함은 자칫 말이 씨가 될까봐 쉽게 말하지 못하고 깊숙이 감춰둔 아쉬움의 속내가 드러날까봐 가끔 두렵기도 했던 저녁을 물들였습니다. 고향 산천을 그득 담은 북녘의 동생 얼굴에 자신의 얼굴을 부비다 누구의 것인지도 모르게 입속으로 들어온 짭짜름한 눈물의 맛. 그 맛이 그리움에 절여진 가슴을 가진 당신이 그토록 찾던 어머니의 손맛, 고향의 맛이 아니었을까요.

3 뜨끈허니 좋은 온천
북한에서는 치료약

북한의 온천과
고려의학

"뜨끈허니 어디 몸 좀 지져보자. 인생 뭐 있나 이런 게 행복이지."

두툼한 뱃살 툭툭 두드리며 사우나에 들어가면 앗 뜨거 할 만큼 후끈거리는 온도에 살갗이 따끔거리고 땀이 비 오듯 흘러내립니다. 모래시계 엎어놓고 네놈이 이기나 내가 이기나 한번 해보자 심산으로 덤볐다가 모래시계 알이 딱 떨어질 때까지 뜨거움을 견딜 수 있으면 나이 든 이고 잠깐 들어갔다 앗 뜨거 하고 나오면 젊은이겠지요.

모래시계를 뒤집는 것처럼 인생의 시간을 뒤집을 수 있다면 얼마나 좋을까 이런 생각 하는 사람은 십중팔구 간밤의 술이 덜 깬 몽상가입니다. 뜨끈한 탕 속에 들어가 다리 쭉 뻗고 늘어지면 나이 든 축이고, 수줍은 듯 수건으로 가리고 들락날락하면 젊은 축이고요. 몸에 화상을 입을 만큼 뜨거운 욕탕에서 목욕을 즐겼다는 로마의 네로 황제급의 향락적인 목욕은 아니더라도 아침 해장국으로 쓰린 속 풀듯 뜨끈한 탕 속에서 몸을 누이는 건 조선 13도 사람이면 누구라도 마다할 일이 아닙니다.

남한에 유명한 온천이 많으니 북한에도 많습니다. 전체 면적의 80퍼센트가 산악 지역이고 백두산은 고작 1,200년밖에 쉬지 않았다는 휴화산이니 온천 또한 많을 수밖에 없는 거지요. 그렇다고 백두산에만 몰려 있는 게 아닙니다. 북한 전역에 골고루 퍼져 있습니다.

일단 여기 강릉, 속초, 제진 지나 고성 건너 가까운 금강산으로 가봅시다. 그 봉우리 다 헤아릴 수 없이 아름다운 금강산이 있고 또 삼일포며 장전항, 그 풍광이 얼마나 차고 넘치면 이름도 해금강이라 했을까요. 산 금강과 바다 금강이 다 모여 있는 곳. 따뜻한 우물이 있는 동네라고 해서 붙인 이름 온정리溫井里에 금강산온천이 있습니다. 2008년 금강산 관광이 중단되기 이전에 이곳은 금강산을 찾아오는 남측 손님들이 꼭 들러야 하는 필수 코스였지요.

고려의학의 한 축軸을 담당하는 치료약 온천

총 부지 면적이 8,300평, 연건축면적이 2,300평인 금강산온천장은 실내 온천장과 야외 온천장으로 나누어져 있다. 1층에는 2개소에 냉탕, 온탕, 안마실이, 2층에는 냉탕, 온탕, 봉사시설, 관리시설이 들어서 있다. 물론 야외 온천장에도 냉탕과 온탕이 있다. 어느 계절이든 상관없다. 금강산 찾아가 일만이천 봉은 다 못 보더라도 천하제일의 풍광 몇 개쯤 눈에 담고 내려와 온천에 몸을 담그면 등줄기의 땀은 고스란히 사라지고 아릿한 옛 기억만 현재 진행형이 되어 가슴을 채운다. "수수 만년 아름다운 산 더럽힌 지 몇몇 해 오늘에야 찾을 날 왔나"(〈그리운 금강산〉 소절 중에서) 노래를 흥얼거리다가 아차 싶을 때가 있으면 좋다. 이런 노래는 남북 화해에 도움이 안 되겠구나 싶다면 더더욱 좋다. 야외 온탕에 들어앉아 동해안에서 불어오는 바람과 비로봉 정상을 넘어온 햇살이 만나는 지점을 감상하다 보면 아마도 생애 처음 맞이하는 이렇게 좋은 날 이렇게 맑은 날을 실감하게 될 테니까.

'온정온천'으로도 불리는 금강산온천은 37℃~44℃의 온도에, 약한 방사능을 띤 '라돈천'으로 특별히 맑고 투명한 온천수로 유명하다. 각종 신경계통의 기능장애, 신경염, 외상후유증, 고혈압, 류머티즘성 관절염, 동맥경화, 만성부인병, 비만, 난소기능장애, 불임증, 만성습진, 피부염, 만성산업중독증, 만성소대장염, 만성위염, 위장신경증, 알레르기성 호흡기병, 물질대사병 등의 치료에 효과가 좋다고 알려져 있다.

백두산 줄기가 아래로 펼쳐져 백두고원(개마고원)을 만들면 그 중간 자락에 남포태산(2,431m)이 있고 가림천이 흘러 압록강의 지류가 된다. 천지에서 땅 위로 분출된 용천수는 고원지대의 계곡을 타고 흐르고, 땅 밑으로 숨어 대동맥 핏줄처럼 얽힌 지하수맥은 백두의 천년 묵은 용암을 다독이며 흐르다 솟아오를 공간을 찾는다. 1937년 보천보 전투로 유명한 백두고원 보천면엔 그렇게 지하 수천 미터의 어둠을 헤매다 비로소 솟아난 온천이 있다. 내곡온천이다. 집집마다 사연이 있고 동네마다 설화가 있을 터이니 이곳도 이야기가 없을 리 없다. 내곡온천에 전해져오는 이야기는 북한의 소설가이자 『평양전설』(사회과학출판사, 1990)의 저자 김정설이 쓴 『내곡온천』이란 콩트식의 작품을 통해 확인할 수 있다. "옴쟁이"니 "병신"이니 남측에서는 조심하는 비인권적 용어들이 고개를 젓게 만들지만 읽다 보면 어느새 고개를 끄떡이다가 따뜻한 온천물처럼 마음이 덥혀지기도 한다.

미신도 몰아냈다는 전설의 여인

백두산의 용암으로 덥혀진 물이 땅속의 차고 넘치는 자연 약재들을 온전히 품고 솟아 주변의 수많은 사람들을 살린다는 전설도 있다. 평안남도 양덕군에는 대탕지온천이 있다. 고래古來적부터 믿어왔던 미신을 쫓아냈다는 전설이 있는 곳이다. 애기인즉슨 이렇다.

한 마을의 뜨거운 물이 나는 골짜기 앞에 룡신당과 애기소를 만들어놓은 약삭빠른 노파가 있었다. 그러곤 룡신당에서 기도를 하고 애기소에 돈 꾸러미를 던져 넣으면 없던 애기도 생기고 온갖 병이 다 낫는다는 소문을 퍼뜨렸다. 대를 잇지 못해 구박 받던 여인네들, 사지가 쑤시거나 아픈 사람들이 몰려왔고 애기소에는 금세 돈 무더기가 쌓였다. 룡신당과 애기소에서 간절히 기도하고 돈을 던졌던 사람들은 근심과 설움을 털어내기 위해 뜨거운 물에서 목욕을 했고 신기하게도 태기가 생기고 병도 나았다. 어느 날 헛소문 퍼뜨려 돈 버는 재미에 들린 노파가 동네 사람들을 모아놓고 일장 연설하는 것을 웬 여인이 웃음을 머금으며 듣고 있는데 북한식으로는 "준수하고 자애로우면서도 어딘가 위엄이 느껴지는데 그 미소에서 흘러나오는 눈부신 빛발에 주위가 온통 환해지는 것만 같았다"고 표현한다. 어쨌든 그 여인은 노파를 향해 그 효과가 룡신당 기도와 애기소 때문이 아니라 뜨거운 물 때문 아니냐고 넌지시 따지고 잠시 설전이 벌어지다가 이윽고 노파가 무릎을 꿇고 자신의 거짓을 고백한다.

"그분께서는 그것 보라고, 지난날 착취자들이 대탕지에 '애기소'를 만들어놓고 애기를 못 낳는 녀성들이 거기에 돈을 넣고 빌면 애기를 낳는다고 한 것은 그들을 속여 착취하기 위한 것이라고 하시였다. 그러시면서 지난날 우리 녀성들은 어려서부터 남의 집 종살이를 하면서 그 추운 겨울날에도 옷과 신발이 없어 추위에 떨지 않으면 안 되였고 얼음장같이 찬 방에서 주린 배를 안고 쪽잠을 자지 않으면 안 되였다. 그러다 보니 우리 녀성들은 랭병을 비롯한 여러 가지 병에 걸려 애기를 낳을 수 없었다. 결국 애기를 못 낳던 녀성들이 애기를 낳게 된 것은 '신'에게 빌어서가 아니라 여기 와서 온탕을 하였기 때문이다, 라고 알기 쉬운 말로 일깨워주시였다." (「온천마을의 성황당 이야기」,《우리민족끼리》 2014년 9월 20일)
　그녀의 쉬운 풀이로 인해 성황당의 미신까지도 사라졌고 온천은 모든 사람들이 자유롭게 이용할 수 있었다는 이야기다. 그녀는 당연히 '백두산 녀장군 김정숙 동지'인데 지도자에 대한 이런 유의 전설은 각처에 꽤 많이 있다.

좋은 물은 동물들도 살린다

온천은 사람만 살리는 게 아니라 죽어가던 동물들도 살린다. 황해남도 달천온천은 종달새가 내려앉다가 그만 다리가 부러져 죽은 줄로만 알았는데 며칠 동안 퍼덕이더니 멀쩡히 날아갔다 하여 종달온천이라 부르고 백로도 부러진 다리를 고쳐 날았다는 신천온천은 백로온천이 별명이고, 학들이 날아들다 다친 다리를 고쳤다는 곳은 봉천온천, 옹진온천, 송화온천 등 10여 곳이나 된다. 동지섣달 그 추운 날 나무하러 간 나무꾼이 때 아니게 핀 칡꽃을 발견하고 찾은 곳은 갈산온천이 됐고 함경북도의 경성온천은 모래층을 뚫고 솟아 찜질 효과까지 더한 귀한 온천으로 여겨진다.

남포시의 평강(룡강)온천은 광물질 함량이 가장 많은 데다가 수온이 뜨겁고(45도~50도) 브롬과 요오드 성분이 고혈압 특효라 이용가치가 높고 운산온천, 삭주온천, 신온온천, 원흥온천, 소무온천을 비롯해 평안북도와 자강도의 온천들은 대체로 수소탄산염천, 유황천, 라돈천들이며 만성위염을 비롯한 위장병과 호흡기질병, 심장질병, 부인병 등의 치료에 좋은데 특히 운산온천은 여성들의 부인병 치료에 좋은 작용을 하는 것으로 알려져 있다. 양덕의 대탕지온천 옆에는 유황천인 석탕온천, 함경북도 명천군에는 황진온천, 평안남도에는 유승온천, 온양온천이 있고 이밖에도 유황천, 염화염천, 수소탄산염천들이 각처에 있다. 북한이 매끈하니 반지르르한 피부의 감촉과 시원하게 스트레스를 날리는 온천욕에 국한하지 않고 각종 질병에 대항하는 주요 치료 방안으로 온천을 강조하는 이유는 서양의학보다 고려의학(한의학)을 강조하는 북한의 의료 시스템과 무관하지 않다. 각 온천마다 요양소가 설치되어 있고 치료소도 병행한다. 평안남도 성천온천엔 김일성종합대학 평양의과대학 성천온정 요양소가 자리할 정도다.

돌 우에도 꽃을 피울 정성이면 이 세상에 못 고칠 병이 없다

"거긴 진짜 뭐가 없어. 모자라는 의약품이 뭐다 뭐다 할 것 없이 다 모자라고 첨단기기는 말할 것도 없고 보통 의료기기도 있는 게 별로 없고 시설은 우리 보건소 수준이야, 참 걱정이야. 거기 애들 어떻게든 살려야 하는데…… 빨리 어떤 지원책이라도 세워야지 이거 원. 아니 세상에 남아도는 돈이 천지라는데 어떻게 이런 걸 두고 보는지 말야. 평양 가면 우리보라고 종합병원 몇 군데 보여주는데 그것도 우리에 비하면 한참 멀었어."

2018년 10월 북한의 의료시설을 보기 위해 방북했던 이일영 박사는 전화기에 대고 한스러운 말을 쏟아냈다. 그는 1970년대 말 한국에 재활의학이라는 개념을 심은 선구적 의사이고 평양에 어린이 재활병원 건립에 큰 힘을 쓰고 있는 통일운동가이다. 그의 안타까움은 "불쌍해 죽겠어 그 어린애들, 빨리 해야 돼. 늦기 전에 교류든 지원이든 빨리 해야 돼." 전화를 끊고도 사라지지 않는 여운에서 느낄 수 있다. 평양 문수 지역에 옥류아동병원이 생기고 류경안과종합병원이나 조선적십자종합병원, 평양의대병원 등 40여 개의 종합병원과 7,000여 개의 지역 병원이 있어도 약이 없고 장비가 없으니 북한이 자랑하던 사회주의 무상의료 체계가 제대로 작동할 수가 없다.

북한의 의사들은 전 세계 의사들이 다 신봉하는 히포크라테스의 선서에 기대지 않는다. 그들에게는 1961년 7월에 마련된 '정성선언'이라는 게 있다. '국가는 전반적 무상 치료제를 공고히 발전시키며 의사 담당 구역제와 예방 의학 제도를 강화하여 사람들의 생명을 보호하며 근로자들의 건강을 증진시킨다'는 북한 사회주의 헌법 56조나 '보건일꾼들은 정성운동을 힘 있게 벌여 환자들을 자기의 육친처럼 아끼고 사랑하며 온갖 지혜와 정성을 다 바쳐 치료하여야 한다'는 인민 보건법 제40조를 실천하는 의료인들의 다짐이다. 1960년 11월 13일 3도 화상에 화상 면적이 48퍼센트나 되는 소년이 흥남 비료공장 병원에 들어왔다. 의학적으로는 가능성 제로에 가까운 환자를 병원 의료진과 실습 나왔던 함흥 의과대학 학생들이 자신들의 피부를 이식해 살려냈다. 이 일을 기화로 정성선언에 이어 북한 의학계에 정성운동이 자리를 잡게 된다. 환자를 위해 의사가 수혈을 한다든가 화상 환자를 위해 의사의 허벅지 살을 이식한다든가 하는 예는 얼마든지 있다. 실제로 북한 의사들 중에는 허벅지 피부를 떼어낸 상처를 가진 사람들이 상당수 있다. 남편의 사망 소식에도 자신이 맡은 뇌출혈 환자를 먼저 살리고서야 남편의 무덤에 앉아 울었다는 여의사나 결핵병원에서 각혈로 막힌 환자의 기도를 자기 입으로 빨아내어 살렸다는 이야기 등 의료진의 헌신적 진료 사례에는 생명을 살리기 위해 생명의 희생을 두려워하지 않는 숭고함이 있다.

"돌 우에도 꽃을 피울 정성이면 이 세상에 못 고칠 병이 없으며 기적은 반드시 일어나게 됩니다. 우리는 환자의 소생만이 아니라 앞날까지도 무조건 책임져야 합니다." 화상으로 폐수종이 오기 시작한 세 살 환자의 소생을 위해 외치는 신의주종합병원 외과과장의 간절함이 정성운동, 지금은 정성 체질화의 표본이다. 북한 의사들의 명찰 맨 위에는 '정성'이란 글씨가 새겨져 있다.

그러나 먹어야 사는 환자에게 먹일 식량이 없고 수술해야 사는 환자에게 장비가 없었던 시절, 열의만으로는 아무것도 할 수 없었던 의료진들의 무력감은 절망으로 이어졌다. 그러나 완전 무상의료 체계라는 구호만 존재하는 상황을 극복하기 위한 노력은 계속되었다. 오죽하면 서양의가 환자를 위해 온 산을 뒤지며 약초를 캐러 다녔겠는가.

이러한 의료정성을 바탕으로 1950년대 한의학, 1960년대에는 동의학, 1993년에 '고려의학'으로 이름을 바꾸며 정진해온 전통 의학은 1990년대 소련과 동구권의 붕괴로 수입에 의존하던 서양 약 공급체계가 무너지면서 중요성이 배가되었다. 북한은 매년 4월~5월, 9월~10월을 '약초 재배 월간'으로 지정하고 이 기간을 통해 재배한 약초와 약초로 쓰일 식물들을 전국적으로 집중 채집한다. 군 단위 약초 보관소에서 말렸다가 각 지역의 제약공장으로 보내 공정 과정을 거치면 비로소 고려약이 만들어진다. '천연 심장교갑', '천연 간장 알약' 등 심장질환 치료제나 소화제, 간 기능 개선제 등 모든 질환 치료에 해당하는 내용약과 특발성 괴저(피 멈춤 약) 등의 외용약을 만든다. '조선 곰열'은 웅담, '안궁 우황환'과 '고려 인삼'은 만병통치약으로 외국에 수출될 정도로 인기가 높았지만 국제사회는 고려 약의 안전성에 대한 의문을 제기하기도 했다. 2019년 1월 8일 네 번째로 중국을 방문한 김정은 위원장은 중국의 전통약품 제조기업으로 1669년에 설립된 동인당을 시찰해 눈길을 끌었는데 이를 통해 품질면에서도 세계 으뜸이라는 자국 내 청정 지역의 질 좋은 약초재들을 보다 현대화, 고급화하는 일에 집중하고 있다.

의학과학 출판사에서 발행하는 『고려의학』은 북한의 의료 연구 수준을 엿볼 수 있는 의학 논문의 보고이다. 신의학과 고려의학의 접목 사례 연구 성과와 경험 사례를 연간 4회 발간한다. 한 호당 약 60여 편의 논문이 실리고 그 내용은 북한의 의학 정책에 반영된다.

「잔등 반사내 침혈부위 류주부항료법의 련속적용에 의한 혈압유지 효과」, 「몇 가지 고려약이 신상선 피질기능 저하증에 미치는 영향에 대한 실험적 연구」 등 전공자가 아니면 도저히 알아들을 수 없는 제목들은 고려 약과 전통 의료방식이라는 신뢰에 연구자들의 정성이 더해져 부족한 의료 현실을 노력으로 극복해 나가는 북한 의료계의 의지를 담고 있다. 『고려의학』은 2018년 누계로 186호가 발행되었으니 논문의 양도 상당하다.

가난할 때는 작은 병원, 지금은 관광지
미국 조지아 대학의 박한식 명예교수는 북한통이다. 1980년 이후 지금까지 50번을 넘게 방북했고, 1994년 클린턴 정부의 영변의 핵 시설 폭격 위협이 가해졌던 때에는 지미 카터의 방북을, 이어 올브라이트 국무장관의 방북을 성사시킨 주역이다. 가능할 뻔했던 김일성, 클린턴 양 정상의 만남을 위해 노력했던 인사다. 팔순의 노교수가 2015년 방북했을 때의 일화를 내게 들려준 적이 있다. 목이 칼칼해지고 몸이 오슬오슬 떨리더니 열이 오르기 시작했다. 감기 증상을 알아차린 북측의 간부가 의사를 붙여주었는데 서양의가 세 명, 고려의학자가 세 명이었다. 그들은 각자의 진찰 후 서로 의견을 교환하고 토의하더니 침을 놓고 약 몇 알을 주었는데 하루 지나니 몸이 확실히 좋아졌더라는 얘기였다. 서양의학은 돈이 많이 든다. 반면 일침, 이뜸, 삼약의 고려의학은 상대적으로 돈이 덜 들 뿐 아니라 약 또한 주변에서 구할 수 있으니 어지간한 질병의 치료가 수월하다.

"좋은 온천과 약수가 있는 모든 곳에 료양소와 정양소, 휴양소를 꾸리고 거기에서 많은 근로자들이 휴식도 하고 병 치료도 할 수 있게 하여야 하겠습니다." 생전 김일성 주석의 교시다. 온천을 고려의학의 한 분야로 삼아 돈 안 드는 자연치료 방안을 제시한 것이다. '피로는 온천에서 치료는 병원에서'가 이미 머릿속에 박혀 있는 우리의 사고로는 생소하다.

"원산 지구와 칠보산 지구를 비롯한 나라의 여러 곳에 관광지구를 잘 꾸리고 관광을 활발히 벌이며 각 도들에 자체의 실정에 맞는 경제개발구들을 내오고 특색 있게 발전시켜야 합니다." 2018년 하반기 각 곳의 온천지구 건설을 현지지도 하고 있는 김정은 위원장의 말입니다. 이제는 치료와 휴양 목적을 넘어 관광을 통한 경제성장의 한 축으로 삼겠다는 의미이지요. 풀죽 먹고 가난하게 연명했던 시절은 벌써 지나갔다는 뜻이기도 합니다.

내곡온천

김정설

보천보에서 대진평 방향으로 40리가량 가면 내곡이라는 오붓한 마을이 있다.

옛날 이 마을에 마음 어질고 부지런한 한 총각이 홀어머니를 모시고 살고 있었다고 한다.

총각은 어머니를 잘 모시는 효자라고 원근 마을에 소문이 자자하였으나 집이 가난하다 보니 나이가 차도록 장가를 들지 못하고 있었다.

그러던 어느 날이었다.

대진평에서 산다는 한 로파가 어머니를 찾아왔다.

그가 말하기를 대진평에 땅마지기나 가지고 있어 잘사는 한 부자에게 인물 잘나고 마음씨 고운 딸이 하나 있는데 좋은 사윗감을 고르려고 수소문하다가 이 집의 아들이 마음이 어질고 부지런한 데다가 효도도 으뜸이라는 말을 듣고 혼인을 청한다고 하였다.

이 말을 들은 어머니는 귀가 솔깃하였다.

대진평은 좁은 골 안인 내곡과 달리 땅이 넓은 고장인데 그런 곳의 며느리를 맞아들이면 그 집 덕을 입어 집안 살림이 좀 펴이리라는 생각에 어머니의 마음은 기뻤다.

"우리같이 가난한 집에 딸을 주겠다니 우리로서야 마다할 일이 있겠소이까."

어머니의 반승낙을 받아낸 로파는 앞으로 두 집이 좋은 날을 택하여 처녀를 보도록 하자고 약속하고는 돌아갔다.

그로부터 며칠 후 어머니와 아들은 험한 고개를 넘어 대진평으로 갔다.

처녀의 집은 듣던 바대로 대진평에서 손꼽힐 만한 부자집이었다. 선을 보이러

들어온 처녀도 키가 늘씬하고 인물도 잘생겨 나무랄 데가 없기에 어머니는 크나큰 기쁨에 휩싸이었다.

(우리 아들이 이런 처녀에게 장가들다니.)

아들도 만족하다고 하여 어머니는 혼인을 락착 짓고 잔치날까지 정하여 가지고 돌아왔다.

이웃집들에서도 이 집의 행운을 두고 기뻐하면서 잔치준비를 도와 나섰다.

그런데 잔치를 며칠 앞둔 어느 날이었다.

뜻밖에 대진평의 로파가 이 집에 나타났다.

처녀가 갑자기 앓고 있기에 잔치날을 얼마간 미루어야겠다는 사돈집의 의향을 전하기 위해서 왔다는 것이었다.

이 말을 들은 어머니는 더럭 겁이 났다. 사돈이 자기 딸을 가난한 집에 시집보내기 아쉬워 딴전을 부리는 것이 아닌가 하는 의혹이 들었다.

"처녀가 무슨 병으로 앓기에 잔치날까지 미루자는 것이우?"

"큰 병은 아니구 피부병으로 얼굴에 무언가 좀 생기여서 그러지요."

"피부병이요? 속탈두 아닌데."

"하지만 첫날 색시 얼굴이 그러면 보기에 좋지 않아서 그러겠지요."

"아이구 이미 제집 사람으로 다 정해놓았는데 습진이 좀 났다구 밉겠소?"

"하기야 피부병 같은 거야 화장을 좀 진하게 하면 나타나지도 않긴 하지요."

"그렇지 않구요. 사돈집에서 다른 생각이 더 없다면 제 날짜에 잔치를 치르자구 하시우."

로파가 기뻐하며 돌아간 뒤에 사돈집에서 제 날짜에 잔치를 하자는 기별이 왔다.

잔치를 제 날짜에 치른 그 이튿날 아침이었다.

"어머니, 웃방에 좀 올라오세요."

아들이 찾는 바람에 웃방에 올라갔다가 며느리의 얼굴과 팔다리를 보던 어머니는 놀라 그 자리에 풀썩 주저앉았다.

며느리는 얼굴만이 아니라 두 팔, 두 다리 그리고 온몸에 피부병으로 인한 상처로 뒤덮여 있어 어느 한 곳에서라도 성한 살갗을 볼 수 없었다.

한동안 넋을 잃은 채 며느리의 험상궂은 상처를 보고 난 어머니가 물었다.

"이게 어찌된 일이냐?"

그제야 며느리는 모든 사연을 실토하였다.

며느리가 이 병으로 앓기 시작한 것은 벌써 몇 년 전부터였다.

처음에는 손과 발에 생긴 상처 자리가 점점 퍼지더니 나중에는 온몸을 덮어버렸다. 겁에 질린 부모들이 이 병에 좋다는 약들을 구하여 치료하였으나 효험이 없었고 수많은 재산을 털어 능하다는 의원들을 찾아다녀보기도 하였으나 어느 의원도 고쳐내지 못하였다.

시집갈 나이가 된 처녀가 피부병을 고치지 못하고 있는 것은 집안의 큰 걱정이었다.

선을 보러 왔던 총각들이 피부병으로 옴쟁이처럼 온몸이 상처로 뒤덮여 있는 처녀를 보자 질겁하여 달아났고 이 소문이 퍼지자 청혼하러 오는 총각도 없어졌다.

귀한 딸을 피부병 때문에 시집을 보내지 못하고 처녀로 늙힐 생각을 하니 부모들은 기가 막혀 궁냥을 하던 끝에 집이 가난하여 장가 못 가는 늙은 총각을 하나 골라 속여서라도 맡겨버리자는 생각을 가지게 되었다.

그래서 총각에게 선을 보이는 날에는 처녀 대신 그의 동생을 들여보내는 놀음까지 꾸미게 되었다.

부모들이 꾸민 이런 놀음을 처녀가 모르지 않았으나 부모들은 그 계책이 드러날까봐 처녀를 독방에 가두어놓고 얼씬하지 못하게 하였던 것이다.

사연을 듣고 난 어머니는 기가 막혀 방바닥이 꺼질 듯 한탄만 하였다.

"아이쿠, 세상에 이런 일이 어디에 있다더냐. 아이쿠."

그러자 며느리가 난처하여 입술을 깨물더니 말했다.

"어머님, 걱정하시지 마소이다. 이 한 몸이 세상에서 사라지면 두 집은 다 무고할 것이오이다."

이 말에 아들이 엄하게 꾸짖었다.

"이 세상에서 사라진다니 그게 무슨 말이요. 인젠 우리 집 식구가 되었으니 살아도 이 집에서 살고 죽어도 이 집에서 죽어야 할 게 아니요."

치마폭에 얼굴을 묻은 며느리는 하염없이 흐느끼기만 하였다.

한편 계교를 꾸며 병신 딸을 시집보낸 부모들도 마음이 편할 수 없었다.

이제나저제나 딸이 쫓겨 오지나 않을지, 사돈집에서 행패하러 달려오지나 않겠는지 하는 생각을 하며 날을 보내자니 바늘방석에 앉은 듯하였다.

그러다 보니 집안의 둘째 딸이 느닷없이 방문을 벌컥 열어도 가슴이 덜컹하였고 누가 대문을 두드려도 가슴이 활랑거리곤 하였다.

그런데 시집을 보낸 딸에게서 한 달, 두 달이 지나고 반년이 넘도록 소식이 없자 부모들의 마음은 더욱 바질바질 타들었다.

소식만 기다리느라고 속을 더 태울 수 없다고 생각한 그들은 사람을 남몰래 보내 사돈집의 동정이라도 좀 알아오게 하였다.

동정을 살피러 갔던 사람이 돌아와서 하는 말이 그 집의 어머니와 아들은 여느 때와 다름없이 밭에 나가 일을 하고 딸은 보이지 않기에 이웃집 사람에게 물어보았더니 앓아누워 있다고 대답하더라고 했다.

이 소식을 들은 부모들의 마음은 더 불안해졌다.

(사돈이나 사위가 왜 아무 항의도 하지 않을까? 방에 혼자 누워 앓는 딸이 죽게 되지나 않았을까?)

"이거야 어디 그냥 앉아 있을 수가 있나."

딸의 아버지는 드디어 용단을 내렸다. 사돈 어머니에게서나 사위한테 어떤 된 욕을 먹고 또 그 동네에서 어떤 망신을 당하더라도 앓고 있는 딸의 정상을 보지 않고서는 그냥 앉아 있을 수가 없었다.

"에라, 이거야 죄를 짓고는 못 살겠구나."

딸의 아버지는 어느 날 사돈집을 향해 떠났다.

새벽에 떠난 것이 한낮이 되어올 때에야 사돈집을 찾아 뜰에 들어서니 조용하였다.

"계십니까?"

두근거리는 마음으로 두어 번 찾으니 부엌문이 열리며 후리후리하고 해말쑥한 한 녀인이 나와 "누구세요?"라고 했다.

딸의 아버지는 처음 보는 녀인인지라 머뭇거리며 물었다.

"이 집의 어머니가 안 계시오?"

그러자 그 녀인이 그 자리에 풀썩 주저앉으며 흐느꼈다.

"아버지…… 흐흑……."

(아버지라니? 내 딸이란 말인가?)

아버지는 주저앉아 흐느끼는 딸의 얼굴을 들여다보았다.

이마며 눈, 귀는 분명 어렸을 때 자기 딸의 모습이었다.

몇 년 동안 피부병을 앓고 있는 딸의 모습만 보아오던 아버지는 상처는 온데간 데없어지고 해말쑥해진 딸을 보고도 자기 딸이라고는 생각하지 못하였던 것이다.

"애야, 이게 어떻게 된 일이냐?"

아버지는 너무도 놀랍고 신기하여 딸을 붙안고 흔들면서 물었으나 딸은 너무도 반가워서인지 아니면 그동안 혼자 속 태운 것이 억울해서인지 어린아이처럼 "엉 엉" 소리 내어 울기만 하였다.

"애야, 울지 말고 어서 말하려마. 네가 그 병을 어떻게 다 털어버렸느냐? 이렇게 깨끗이."

아버지가 안타까이 독촉해서야 딸은 아버지를 방 안에 모시고 자초지종을 이야 기하였다.

시어머니와 남편은 처음에 험악한 그의 모습을 보고 놀랐으나 밤마다 상처 자 리가 가려워 자지 못하는 그에게 어디서 뜨끈한 물을 길어다 씻어주고 찜질을 하 여주니 가렴증이 점점 없어졌다. 그다음엔 남편이 큰 나무 물함지를 만들어놓고 거기에다 늘 뜨거운 물을 길어다 가득 채우고 그더러 밤낮 목욕을 하게 하였다. 반 년이나 하루와 같은 치료를 하였더니 온몸의 상처가 말끔히 없어졌다고 하였다.

마침 점심때가 되어 밭에 나갔던 사돈 어머니와 사위가 돌아오자 딸의 아버지 는 그들 앞에 머리가 땅에 닿도록 절을 하였다.

"이 사돈을 용서하시오이다. 병을 고치지 못한다는 딸을 이 아버지는 내버렸으 나 사돈 어머니와 사위가 이렇게 살려냈으니 이 은혜 무엇으로 갚으며 이 죄를 무 엇으로 씻겠소이까?"

딸의 아버지는 이런 말을 하며 엎드린 채 녀인처럼 눈물을 흘리었다.

"사돈님, 왜 이러십니까? 제집 사람의 병을 제집 사람들이 고쳤는데. 어서 일어나시오이다."

어머니와 사위가 진정시켜서야 바로 앉게 된 딸의 아버지는 눈물을 닦고 정중히 물었다.

"우리 딸의 피부병을 무슨 약으로 고쳤으며 그 값에 돈은 얼마나 쓰셨나이까?"

"약값은 무슨 약값이겠어요?"

"아니외다. 내 딸을 살렸는데 내 이제 무엇을 아끼겠소이까. 꺼려 마시고 말씀해주소이다. 그 값은 우리가 다 보상하겠소이다."

"그만두시우. 진정 사례를 표하시려면 저 우리 백두산 천지에다 하여주시오이다."

"백두산 천지라니요?"

의아해하는 딸의 아버지에게 시어머니가 차근히 일깨워주었다.

며느리의 피부병을 고친 것은 백두산 천지에서 흘러나오는 내곡의 온천이라고 하였다.

"그 온천이 어디 있소이까?"

딸의 아버지는 사돈 어머니와 같이 온천에 올라가보았다.

딸의 병을 고쳐준 온천은 바위틈에서 흰 김을 풍기면서 퐁퐁 솟아오르고 있었다.

"세상에 이런 신비한 온천이 있단 말이요?"

딸의 아버지는 절이나 하듯이 온천 앞에 꿇어앉더니 두 손으로 온천물을 뜨고 또 떠보았다.

이후에 딸의 아버지는 자기 집 재산을 털어 이 온천에 큰 집을 짓고 사위더러 관리하게 하였다.

이런 소문이 널리 퍼지자 이때부터 많은 사람들이 병 치료를 하러 이곳 온천으로 꼬리를 물고 모여들었다.

이 온천이 바로 오늘 내곡에 있는 내곡온천이다.

내곡온천은 백두산 천지에 근원을 둔 온천으로서 사철 물량이 많고 수질이 좋아 피부병, 관절염, 신경통, 만성위염을 비롯한 여러 가지 병 치료에 특효가 있다.

지금 내곡온천에는 고산지대의 지형적 특성에 맞게 현대적으로 꾸려진 휴양각과 료양각, 목욕탕, 문화회관, 식당 등이 일떠섰고 가림천 기슭에는 유보도와 인공못, 정각 등이 일떠서 근로자들의 건강 증진에 이바지하고 있다.

　관광객들은 온수평 휴양각에서 려장을 풀고 온탕에서 목욕을 하고 나면 그동안 쌓였던 피로가 가셔지고 새 힘과 젊음이 용솟는다고 기뻐하고 있다.

4   '씨'이 들려주는
위험한 카타르시스^catharsis

말이 같으니
욕도 통하네

기차가 북쪽으로 가면 갈수록 말투, 억양이 세지지요? 저는 원산 지나 옥
평쯤 오면서부터 확연히 느끼겠던데요. 옛날 텔레비전에서나 듣던 함경도
사투리가 재밌습니다. 제가 이야기 하나 해드릴까요. 여기 사투리만큼 재
밌는지는 잘 모르겠고요. 누구 삶은 계란 싸오신 분 계신가요? 이런 얘기
는 삶은 계란에 탄산단물 한 잔 쭈욱 들이켜면서 들으면 좋은데요.

언제였던가요. 전라도 광주에 공연을 가서 겪었던 얘기인데요. 욕이 한
다발 들어갑니다. 듣기 불편하시면 귀 막고 고개 돌려 오른쪽 동해 바다
감상하시면 됩니다.

"어따 야 이 씨이~벌 넘, 이걸 쳐부러야 이 개에 새끼가?"
한 음절 한 음절 입안에서 자근자근 씹어 올려 입을 비틀어대는 욕이 분
명히 큰 싸움이었습니다. 가볍게 촐싹거리는 음성도 아니었습니다. 거기
다가 그치들은 웬만해선 부러지지 않는 당구 큐대와 언제든 무기가 될 수
있는 당구공이 있지 않은가 말이지요. 순간 당구대를 일곱 개나 뛰어넘었
다는 전설의 파이터 시라소니의 무용담이 떠오르기도 하고 흔한 조폭영
화의 혈흔이 분출되는 장면이 연상되기도 해서 우리 일행은 모두가 동작

그만, 차후에 벌어질 긴장을 기다리며 파출소 호출용 손전화기를 만지작거리고 있었는데, 그다음이 가관입니다. 욕을 먹은 당사자가 헤죽헤죽 웃고 있지 않은가요. 거기다가 이죽거리기까지 하는 겁니다.

"그려 씨벌 넘아~ 이깐 느므 것도 못 치르는 150 다마가 아닌 것이제잉~"

전라도 특유의 억양에 사투리까지 질펀하니 은근 기대했던 활극 분위기는 어디로 가고 다시 살가운 당구공 부딪히는 소리만 투닥투닥합니다. 주위를 살펴보니 그 상황에 심장 오그라들었던 사람은 우리 일행밖에 없었습니다. 가만 들어보면 각 테이블마다 "어따 씨블 아따 씨벌" 추임새 같은 중얼거림이 차고 넘치더라고요. 그때가 거나한 1차 끝나고 2차 술자리로 향하기 전 잠깐 술 깨기 좋은 시간인 오후 아홉 시 반쯤, 질펀하기로는 둘째가라면 서러운, 그래서 더 정이 가는 도시 광주의 한 당구장 풍경이었습니다.

욕이란 게 상대방을 모욕하기 위한 경솔한 말이기도 하지만 내 안의 억하抑何를 외부로 토해내는 수단도 되고 친구 사이의 친밀도를 측정하는 잣대이기도 하거니와 자기 정화(catharsis) 효과로 따지면 타의 추종을 불허하니 우리말에 'ㅆ'이 없었다면 고단한 민초들의 속 터지는 가슴을 무슨 말로 달랠까 싶어 나도 어떨 땐 피식거리며 걷다가 "씨벌 씨벌" 혼잣말로 중얼거려보는 것이다.

우리말에 'ㅆ'이 없었다면

우선 남한의 『표준국어대사전』과 북한의 『조선말대사전』의 욕설에 대한 의미는 거의 같다 "남의 인격을 무시하는 모욕적인 말. 또는 남을 저주하는 말"(『표준국어대사전』)이거나 "남의 인격을 무시하고 마구 나무라거나 꾸짖는 것 또는 그런 모욕적인 말(『조선말대사전』)로 규정한다. 남한에서도 북한의 욕으로 일반화되어 있는 '간나'는 여자, 계집, 가시내 등의 뜻을 갖는데 정확히는 '간나히'가 맞고 평북 사투리로는 '간나지', 함북 사투리로는 '간나이'라고 쓴다. (『조선말대사전』) 애견가들에게는 참 미안한 일이지만 '개'에 빗댄 말은 남북 공통의 욕이다. '상'의 경음화인 'ㅆ'이 들어가는 말도 남북이 똑같다. '욕을 먹어야 오래 산다'거나 '욕을 밥 먹듯 한다' 같은 말도 같이 쓰고 '욕이 금인 줄 알아라'처럼 욕을 비판이라는 긍정적 대상으로 여기라는 금언도 같다. '빌어먹을'이나 '머저리', '오함마(hammer)에 맞아죽을', '식충(밥벌레) 같은' 따위의 표현도 남쪽과 비슷하고 보통 친구들끼리 '새끼', 여자들은 '이 간나히 봐라' 같은 말도 자주 쓴다. 또한 엄지를 검지와 중지 사이에 끼우는 손가락 욕질이나 이거나 먹어라 할 때의 팔뚝질도 남북이 같다.

다만 남쪽에 비해 북쪽의 욕은 신체 부위나 단어의 세밀한 부분을 파고들어 자신의 심경을 내보이는 경우가 많다. '니 혁명적으로 갈빗대 순서 바꾸고 싶니?'라던가 '혓바닥 뽑아 파리채로 후려치라', '저 인간 밥주걱을 입에 처넣어 휘저으라' 같은 욕은 다소 섬뜩하지만 '코밑에 붉은 깃발 휘날리게 해주랴', '면상에 꽃동산 만들어주랴', '울배재(울바자, 울타리로 쓰는 수숫대나 볏짚, 싸리나무 등) 몽땅 헐어버리갔다(이빨을 몽땅 뽑아버린다)' 같은 욕은 귀엽다. 북한은 계급이란 말 대신 군사칭호를 쓸 만큼 계급 타파에 열을 올리는 사회이다. 또한 프롤레타리아 독재를 표방하는 사회주의 국가이며 노동자, 농민이 사회의 주역이라고 여기는 사회이다. 그러나 그 사회에서도 역설적으로 욕에서만큼은 봉건시대 최하층 계급이었던 노비나 백정은 대접받지 못한다. 북한 하면 떠오르는 대표적인 욕 '종 간나히 새끼'의 종은 노비를 뜻하고 '백정 놈의 새끼'는 일상적인 상황에서 최대의 욕이다.

남과 북 욕 배틀, 누가 이길까

그러나 더 큰 욕은 따로 있다. 북한은 미국을 백년 숙적으로 여기고 일본은 한 하늘 아래에서 살 수 없는 족속으로 일컫는 만큼 '미제 놈 같은' 혹은 '일본 놈 같은' 수사가 들어가면 욕설을 주고받는 당사자끼리의 화해는 쉽지 않다고 보면 된다. '저 종 간나히 새끼래 일본 놈 간뎅이를 그대로 가져왔구나야(하는 짓이 일본군스럽다)'나 '볼따구래 희멀건 한 거 보니 미제 짓 하는구나(자기 잇속을 차리는 사람에게 던지는 경고)' 정도가 이 부류에 속한다.

북한이 해학과 풍자가 섞인 욕설을 목청 높은 사투리를 써서 한다고 해도 남과 북이 욕의 대결을 한다면 가볍게 남한이 이긴다. 북한에서 즐겨 쓰는 상스러운 말 '깔딱거리지 마라(까불지 마라)', '썩어질래? 밝은 해 보기 싫니?(죽어볼래?)', '대가리는 모자 걸개냐?(머리가 그렇게 안 돌아가니)' 따위를 아무리 외친다 해도 남한에는 그것을 상쇄하고도 남는 말 'CE8'이 있다. 남한의 파릇한 청소년들 한두 무리가 하굣길 버스 안에서 깔깔대는 대화를 들어본 사람들은 모두 고개를 끄떡거릴 것이다.

북한 형법 제192조, 193조는 퇴폐적인 문화 반입, 유포와 행위자를 처벌하는 조항이다. 이러한 행위는 형법 6항 사회주의 문화를 침해한 죄로 2년 이하, 정도가 무거울 경우 4년 이하의 로동단련형에 처하도록 규정하고 있다. 퇴폐적이고 색정적이며 추잡한 내용을 반영한 음악, 춤, 그림, 사진, 도서, 록화물과 유연성자기원판, 시디-롬 같은 기억매체를 허가 없이 다른 나라에서 들여왔거나 만들었거나 유포한 자 또는 위와 같은 행위를 한 자가 그 대상이다. 그런 사회 분위기 덕분에 남녀의 성기를 상징하는 단어로 된 욕이 없다. 남한에서 흔히 쓰는 'CE8'이나 '존나' 혹은 '주옥같은(빨리 발음해보면 안다)'이나 열십자의 경음화 현상 같은 말과 그로부터 파생된 수많은 종류의 욕 자체가 없다. 북한에서 욕을 하려면 나름 머리를 써서 어려운 비유들을 다 외워야 한다. 당연히 남한이 이긴다. 영화와 드라마 분야도 마찬가지다. 남한 쪽의 폭력이 가미된 영화들의 대부분은 질펀한 욕설이 등장하고 안타깝게도 북한과 가까운 조선족이 등장하는 영화들에선 살벌하고 심장 후들거리는 욕설이 필수다(이 부분은 관객의 입장에서라도 재중동포들에게 미안하다). 어지간한 드라마에서도 '개에 새끼' 정도는 가볍고 오디오로 삐이~ 처리하는 대목이 심심치 않다. 북한의 영화나 드라마는 욕에 관한 한 청정 지역이다. 북한은 영상매체를 대중교양 선전수단의 최고로 친다. 당연히 그런 매체에 욕이나 상스러운 말이 나온다는 것은 담당자가 혁명 교화 갈 일이다. 그래서 이 분야도 남한이 이긴다.

그러나 위의 분야에서 남한이 이긴다고 우쭐대거나 슬퍼할 이유는 전혀 없다. 남한의 어떤 욕으로도 절대 이길 수 없는 '넘사벽(넘을 수 없는 4차원의 벽)' 분야가 있기 때문이다. 남한의 언론은 대놓고는 욕을 하지 않는다. 정계나 정부도 마찬가지다. 가끔 일부 정치인들이 회의 중에 분이 안 풀려 육두문자를 구사하는 경우가 있으나 그 횟수가 미미하고 어쩌다가 '겐세이'나 '야지' 같은 외국어 또는 '어느 막노동판에서 온 수준 낮은' 등의 계급 폄하 발언을 욕 대신 쓰기도 하지만 그 정도면 양호하다. 그 분야에선 '심히 유감이다'나 '엄중히 항의한다' 정도가 꽤 무거운 욕에 속한다. 북한은 다르다. 북한의 조선노동당 공식 매체인 조선중앙통신에서 발표되는 담화만 하더라도 마치 싸움의 교과서를 쓰는 듯 욕설의 대상을 절대 비켜가는 법이 없고 욕의 수위도 받아 적기 민망한 수준이다. 북한이 대놓고 욕하는 대상은 미국과 일본 그리고 남한의 반북주의자들, 통상 그들이 말하는 적대세력들이다.

화낼 때 내더라도 그런 욕은 좀……

조선노동당의 입이라 불리는 조선중앙통신의 리춘희 아나운서는 1971년부터 약 50년간 북한의 주요 소식을 전해주던 베테랑 보도원이다. 김정일 국방위원장의 사망 소식을 눈물로 전 세계에 알렸고, 2017년 9월 북한의 6차 핵 실험 소식과 11월 대륙간탄도미사일(ICBM) 화성 15형 발사 소식은 특유의 선동적 어조로 방송했다. 주요 뉴스마다 등장하는 그 녀를 서방세계는 '핑크 레이디Pink Lady'라고 불렀는데 그녀의 방송 복장이 언제나 분홍 저고리에 검은 치마였기 때문이다. 노력영웅 칭호에 인민보도원, 그리고 김일성상을 수상할 만큼 북한을 대표하는 그녀가 2012년 4월 20일 평양 김일성 광장에서 열린 군중대회에서 한 연설은 우리말로 할 수 있는 욕의 종류가 이렇게 많은지를 실감케 할 만큼 가히 충격적이라 할 수 있다. "동지드을 ~~ 저 명박이××"로 시작하는 그녀의 적나라한 언행은 10만이 넘는 관중의 중간 박수까지 받으며 약 6분 넘게 이어졌는데 한 글자 한 문장마다 욕설과 비난이 아닌 것이 없을 정도였다. 대회 명칭이 '리명박 죽탕치기'였던 만큼 발언의 수위가 욕깨나 써봤다는 사람들조차 고개를 내저을 정도이니 여기에 옮겨 적는 것도 불가 판정. 어지간한 사람들은 태어나서 단 한 번도 입에 올려보지 못했던 말들의 나열 정도로 이해하면 된다. 전 세계에서 오직 북한만이 가능한 비난의 한 예이지만 그런 유의 욕설 상승 곡선은 박근혜 정부에 이르러 정점을 찍는다.

그래도 남한은 정전 후 70여 년 중 남북 관계가 좋았던 시절엔 욕을 덜 먹었지만 북한이 여기는 적대세력의 중심 미국은 최근까지도 심한 욕을 들어먹었다. 북한을 잔인한 나라이며 악의 축이라고 비난했던 부시는 악의 본령은 미국이라는 되치기를 당했고, 북한 인권을 힐난한 오바마는 악랄한 험담으로 도발적 악담을 줴쳐대는 고질병 환자로, 대북 제재에 열을 올린 트럼프는 늙다리 미치광이 호전광으로 묘사됐다. 영어에도 조선말 같은 욕이 있어 제대로 통역이 되었다면 홧김에라도 누군가는 책상 위의 핵 단추를 눌렀을지도 모를 일이다. 북한의 욕설이 '키 리졸브'나 '을지 프리덤 가디언' 같은 한미 합동 군사훈련 시기에 더욱 집중되는 것은 나름 이해할 만한 구석이 있다. 가난한 대학 시절 연탄불 때던 자취방의 방바닥이 갈라졌을 때도 청 테이프, 밥 그릇 깨졌을 때도 청

테이프, 심지어 최루탄 맞아 찢어진 이마에도 청 테이프라던 우스갯소리가 있었듯이 남한에서 사회의 온갖 청 테이프 같은 일은 119 소방대원이, 북한에선 군대가 같은 일을 한다. 사실 그보다 훨씬 더 많은 일을 한다. 김정일 위원장이 주창한 선군先軍 정치의 요지는 군대를 경제 재건 사업의 주체로 삼고 고생하는 군인들부터 챙기라는 것이다. 2018년부터 2019년 진행된 양강도 삼지연 문화도시 건설, 원산 갈마 해양 관광지구 건설과 단천 발전소, 양덕 온천지구 공사 등 북한 내 주요 건설현장에 군대가 동원됐다. 그런데 칼빈슨이니 조지 워싱턴이니 하는 막강화력의 항공모함이 영해 주변을 돌고 'RC-7B' 같은 정찰기나 F-16 전투기가 배회하고 참수부대를 실은 수송기가 어슬렁거리면 경제 재건의 일꾼으로 사소한 일도 도맡아 해야 하는 북한의 병사들이 그 일을 못 하고 전선으로 배치되어야 한다. 거기다가 아까운 기름까지 써가며 군사장비 동원해 방어 태세를 구축해야 하니 그야말로 '북침 도발을 노린 위험천만한 불장난 연습'으로 여길 만은 하다. 2019년 한·미연합군사훈련이 벌어진 7월 25일부터 8월 20일까지 북한은 6차례에 걸쳐 탄도 미사일 발사라는 무력시위를 벌였다. 그해 6월 30일 북미 정상이 판문점에서 만난 지 한 달이 채 안된 시점이었다. 북한이 이전처럼 그 기간에 재래식 방어훈련을 했었는지는 확인되지 않았다.

일본이 북한에 욕 안 먹으려면

다행히 지금은 평화협정으로 가는 시기, 북한의 미국에 대한 비난도 그 수위를 한참 낮추었고 서로 조심스런 얘기만 오가지만 일본, 특히 극 우경화된 정치 편향을 통해 군대 재무장과 보통국가(일본 평화 헌법 9조 개정을 통해 전쟁을 할 수 있는 국가)로의 전환을 시도하고 있는 아베 정권에 대한 북한의 욕설은 여전히 계속된다. '제 푼수도 모르는 미련한 친미 주구'라던가 '미제의 특등 삽살개'로 부르기도 하지만 과거사의 반성이 없는 일본의 태도에 대해서는 더욱 단호하다. "일본 반동들이 제아무리 생떼를 쓰며 후안무치하게 놀아대도 력사에 뚜렷이 새겨진 특대형 과거 죄악을 절대로 덮어버릴 수도 지워버릴 수도 없다"거나 "병은 입으로 들어가고 화는 입에서 나온다는 말이 있다. 아베는 혓바닥을 함부로 놀리기 전에 속이 시커먼 군국주의 부활과 아시아 재침 야망부터 버리는 것이 좋을 것이다" 같은 《노동신문》의 사설은 일본 군국주의자들에 대한 북한의 분노를 가감 없이 보여준다. 일본이 북한의 욕설을 듣지 않으려면 지난 과거사의 반성을 통해 대북 화해의 단초부터 제공해야 하는데 그게 쉽지 않을 듯하다. 1965년 6월의 한일협정과 2015년 12월 한일 위안부 합의를 통해 과거사가 정리되었다는 일본의 입장이 북한에는 먹힐 리가 없다. 또한 악마화시킨 북한을 지렛대 삼아 권력을 유지하고 있는 일본의 극우 이익 집단들과 북한, 중국, 한국을 전 세계에서 가장 싫어하는 나라 1, 2, 3위로 꼽는 국민들이 그대로 존속하는 한 북한의 대일본 욕설은 멈추지 않을 것이다.

"일본 반동들이 역사적으로 우리 민족에게 감행한 반인륜적 범죄 자료들을 보면서 놈들의 죄악을 반드시 결손하고 말겠다." 조선중앙통신이 아베 신조 일본 총리의 2019년 신년사를 듣고 난 후에 내놓은 논평이다. 꼭 6개월 뒤 전제 조건 없는 조일 수뇌회담 개최를 요구했던 아베 총리는 "낯가죽이 두텁기가 곰 발바닥 같다"는 직설적인 비난을 또 들었다. 이번엔 조선 아태 평화위원회 대변인의 논평(2019년 6월 2일)이다. 괜히 아베 총리는 북한과의 국교 정상화를 추구하겠다고 말 몇 마디 꺼내다가 욕만 바가지로 먹는다.

과거사에 관한 한 일본의 지도자가 무릎 꿇고 십 리+里를 기어 온다 해도 북한은 응하지 않을 기세다.

따라서 남북한이 욕설의 게임을 한다면 국가의 공식 기관을 통해 거침없는 분노와 풍자적이면서도 사나움이 있고 욕설의 대상을 정확히 짚으며 특히 나와 입장을 같이하는 대목인 일본에 대한 욕설에서는 카타르시스까지 느끼게 하는 북한이 WIN.

지금은 강원선을 타고 북쪽으로 가고 있습니다. 아까 금강산 청년선 안변역에서 강원선으로 합쳐졌지요. 이 강원선의 남쪽 끄트머리가 평강역입니다. 그렇습니다. 철원, 평강은 한국전쟁 때 가장 치열한 전투가 벌어졌던 격전지입니다. 평강역의 남쪽 다음 역이 '철마는 달리고 싶다'라는 팻말이 선명했던 남한의 월정리역입니다. 부서져서 녹슨 기차와 구부러진 철길은 이젠 추억이 되었지요. 그야말로 상전벽해桑田碧海의 시간을 달려왔습니다. 이게 어디 보통 일이던가요.

　잠시 뒤에는 북한에서 제일 긴 철도 노선이 우리를 맞이합니다. 평라선. 781킬로미터입니다. 평양에서부터 굽이굽이 돌고 돌아 라진까지 가는 기차입니다. 고원역이 평라선과 강원선의 사귐점인데요, 거길 지나고 나면 좀 더 센 억양의 사투리를 들으실 수 있을 겁니다. 그래도 걱정 마십시오. 말이 안 통하는 경우는 없을 거니까요.

5 투자왕 짐 로저스의 눈에
북한이 들어왔다

과욕은 금물,

그러나 투자할 만한 그곳

나는 그분을 잘 알지 못합니다. 함께 점심 한 끼 먹는 값으로 330만 달러를 내야 한다는 투자의 귀재 워런 버핏과도 어깨를 나란히 하는 전 세계 투자왕을 내가 어떻게 알겠습니까. 돈 벌려면 이분의 말을 들어라, 그것도 제3세계 자그만 도시 하나쯤은 사들일 만한 엄청난 돈을 벌려면 꼭 이분의 말씀대로 하라는 선명한 메시지가 그 이름에 새겨져 있으니 모르지는 않되 나와는 상관없는 분으로 여겼을 가능성이 더 큽니다. 그분의 엄청난 스케일에 비해 고작해야 집 한 채, 그것도 은행 이자 과도하게 물어가면서 유지하고 있는 내가 굳이 기억해서 모실 이름은 아닌 거지요. 투자投資라는 말 자체가 익숙치 않은 인생이었습니다. 돈을 던지고 싶어도 던질 돈이 없었던 시절을 보냈지요. 어렵사리 품 안에 들어왔던 돈은 대부분 품 안에서 소리 없이 사라졌습니다. 그나마 몸뚱아리는 언제든 쓸 수 있는 것이어서 나에겐 투자란 말보다는 투신投身이란 말이 훨씬 더 몸에 익습니다. 돈 없으니 몸으로라도 때우자는 것이 내 삶의 방식이었지요. 그런 이유로 자본금, 투자, 수익 같은 간단한 경제용어조차 큰 고기를 낚기 위한 밑밥 정도로밖에 해석하지 못하고 밑밥에 끌려온 고기의 날선 지느러미와 핏발 선 몸부림이 안타까워 낚시야말로 반생명적 유희라고 단정 짓는 판이니 그분의 이름은 모르기도 했고 알아도 스쳐 지나갔거나 했을 겁니다. 그런데 그 이름이 귀에 쏙 들어온 적이 있었지요. 그분 재산이 얼마쯤 되는지는 모르지만 전 재산을 북한에 투자하겠다는 뉴스가 신문의 경제면을 도배한 적이 있었습니다. 그만큼 잠재적 이익의 창출가치가 북한에 어마어마하게 존재한다는 것인데 그와 상반되게 남한 경제는 5년 안에 몰락할 거라는 그의 예견이 전제 조건이었지요. 다들 남한의 경제적 우위가 개방 후 북한 경제를 쥐락펴락할 꿈에 젖어 있을 때였으니 더 솔깃할 수밖에 없었습니다. 그분의 이름은 짐 로저스(James Beeland Rogers Jr.). 미국 월가의 대표적인 투자회사 로저스 홀딩스의 대표입니다.

짐 로저스는 투자가다. 현재를 통해 미래에 돈을 던지는 사람이다. 투자가란 직업은 과거와 현재, 미래에 관한 모든 사건들이 금융시장에 반영된다는 사실을 예측하기 위해 늘 한발 앞서야 한다. 30대 후반에 잘나가던 직장이었던 투자회사를 때려치우고 166개의 세계를 여행했다. 중국 사람들은 새벽부터 저녁까지 일했고 세계에 대한 호기심도 강했으며 성공에 대한 열망도 뜨거웠다. 베트남엔 풍부한 자원도 많았지만 그보다 젊은 청년들의 미래에 대한 지향이 더 선명했다. 투자를 할 만한 곳은 세계 어디든 직접 다녔다. 저평가되었지만 긍정적인 변화가 있는 곳, 청년들이 많은 곳이 그의 눈에 보였고 거기에 투자했다. 최근 10년간 투자수익률 4,200퍼센트라는 경이적인 기록을 세웠고 그는 월가의 전설이 됐다. 화려한 경력의 그의 눈에 북한이 들어온 것이다. 고작 1인당 국민 총소득이 1,327달러(2017년 기준)에 불과한 세계 최빈국에 세계의 투자왕이 전 재산을 던지고 싶다고 선언한 것이다. 그의 말은 남한의 경제계를 술렁이게 하기에 충분했다. 이를테면 그의 말은 북한이란 은행에 돈을 묻어두면 연 이자율 400퍼센트를 보장받을 수 있다는 투자 최고수의 심정적인 보증서로 여겼던 셈이다.

북한은 사회주의 국가이다. 북한의 주권은 노동자, 농민, 군인, 근로 인텔리를 비롯한 근로인민에게 있고 생산수단은 국가와 사회협동단체가 소유하며 세금이 없고 개인 소유는 개인적이고 소비적인 목적을 위한 것에 한정된다. 모두 북한 사회주의 헌법에 명시되어 있는 조항들이다. 따라서 투자라는 개념은 국가 혹은 사회 각 분야의 구성원들이 최고의 성과를 내기 위한 공동의 노력과 시간 정도로 이해되었을 뿐 자본資本의 투입을 통해 더 큰 재화財貨를 축적하는 시장市場으로서의 개념은 없었다. 최초로 외국인의 투자라는 말이 생긴 건 1984년 제정한 '합영법'을 통해서였으나 법이 의도했던 외국인 투자가 이루어지지는 않았다. 소련의 사회주의가 무너진 이후에야 비로소 북한 사회주의 헌법 37조 '국가는 우리나라 기관, 기업소, 단체와 다른 나라 법인 또는 개인들과의 기업 합영과 합작, 특수경제지대에서의 여러 가지 기업 창설 운영을 장려한다'는 조항을 근거로 '조선민주주의인민공화국 외국인투자법'(1992. 10. 5)이 만들어진다. 그리고 합영, 합작, 외국인 기업법까지 만들었다. 토지가 국유인 나라에서 토지 임대법을, 세금이 없는 나라에서 외국인 세금법도 제정했다. 외국인 투자라는 개념을 보다 명확히 하고 제도적 절차를 정비함으로써 외국의 자본이 안심하고 투자될 수 있는 조건을 마련한 셈이었지만 국제사회의 대북 제재와 북한 핵무기 개발 국면에서의 외국인 투자는 사실상 불가능했다.

2015년은 북한으로서는 외국인 투자를 위해 발 벗고 나선 특별한 해로 기억해도 좋을 듯하다. 그해 5월 27일 금강산에서는 원산-금강산 국제관광 투자 설명회가 개최되었다. 세계해외조선인무역협회를 포함, 중국과 홍콩 등 세계 여러 나라의 기업 관계자와 대사관원들이 참석했다. 이 자리에서 북한이 그동안 해외 투자유치를 위해 정비했던 관계 법령을 안내하는 순서도 있었다. 눈에 띄는 분야가 역시 세제이다. 우리로 치면 법인세에 해당하는 기업소득세의 표준 비율을 25퍼센트로 산정했는데 이는 과세표준 3,000억 원 초과의 국내 기업 세율과 동일하다. 북한이 산정한 기업소득세가 과할 수도 있고 남한의 법인세가 그만큼 약할 수도 있다. 참고로 유럽의 법인세 평균치는 30퍼센트이다. 북한은 북한 내에서 활동하는 기업의 조건에 따라 특혜 대상을 명시했다. 경제특구에 설립한 경우 세금은 14퍼센트로 줄어든다. 첨단 기술 등 장려분야 투자 기업은 10퍼센트, 장려분야 투자 기업이 15년 이상 되면 3년간, 생산분야 투자 기업이 10년 이상 되면 2년간 소득세가 면제된다. 외국인 투자법에 따라 기업 용지는 최장 50년 임대가 허용되고 비용은 각 상황의 하부규정을 따르면 된다. 라선 경제 무역지대의 경우 최초 토지 개발비가 북한 돈 53.80원/㎡, 남한 돈으로는 600원이 조금 안 됐고 개성공단의 경우엔 50년 토지 사용료가 총 1,600만 달러였는데 최초 10년까지는 무상이었다. 물론 남북 간 경제 협력은 상호 간의 특수성을 고려해야 한다.

김일성종합대 국제 투자학 강좌를 맡고 있는 리명숙 교수는 「외국투자기업과 외국인들에게 적용하는 세금의 종류」라는 글을 통해 북한의 세제가 "해당 나라들의 투자가들에게 공화국에 대한 투자활동에서 자기 나라의 정부적 담보를 기대할 수 있는 유리한 조건을 마련해주었다"고 적고 있는데 자국에 투자하는 나라들은 다른 나라의 조건에 비해 상당히 많은 특혜 조치가 있음을 설명하고 있는 것이다.

그럼에도 북한과 투자 장려 및 보호에 관한 협정을 맺은 28개국 중 뚜렷하게 돈을 댈 만한 나라나 기업의 이름이 눈에 띄지 않는다. 러시아, 덴마크, 중국, 싱가포르, 스위스와 2019년 2월 북미 정상회담을 유치했던 베트남을 제외하면 대부분 세계 경제 원조를 받아야 하는 나라들이다. 2015년 광명성절(2월 16일)에 김일성 주석 시절부터 북한과 긴밀한 관계를 맺고 있는 장카를로 엘리아 발로리 이탈리아 종합투자그룹 이사장이 《노동신문》에 북한 체제 찬양 글―「태양은 영원히 빛난다」, 《노동신문》 2015년 2월 20일―을 기고한 적이 있는데 이 사실은 세계 중심국가의 허락을 받지 않은 불순한 행동이 되어 몇몇 언론의 가십성 기사감이 되기도 했다. 핵과 숙청과 처형, 반인권적 행태가 차고 넘치는 중심축의 국가에 선뜻 돈 보따리 싸들고 갈 투자자가 나타나기는 쉽지 않은 일이었다.

2018년 말 기준으로 북한은 총 27개의 경제특구를 지정해놓고 있다. 경제특구에 투자하는 외국 기업은 각 사안의 법안을 지켜가며 수익을 올릴 수 있다. 이미 알려진 압록강 경제개발구나 신의주 국제 경제지대, 황금평 위화도 경제지대 등 6개 특구가 평의선과 만포선 라인의 국경에 있고 평양을 중심으로는 청남 공업개발구, 강남 경제개발구와 은정 첨단 기술개발구 등 7개 특구가 자리하고 있다. 동해안 쪽으로는 당연히 금강산 국제관광 특구와 원산-금강산 국제관광 지대가 포함되고 현동과 흥남엔 공업개발구가, 북청엔 농업개발구가 지정되어 있다. 어랑을 지나 청진 그리고 나진 선봉 경제 무역지대까지가 모두 경제특구로 지정된 곳이다.

짐 로저스의 북한에 대한 예견을 탁견이라고 하면 무리가 있을까? 벌써 외국인 투자유치를 위한 특구까지 확대 지정해놓았고 사업부지와 노동 인력을 포함하는 기업 인프라가 충분히 지원되는 데다가 수량을 헤아리기 어려운 자원까지 묻혀 있는 곳이니 사업가라면 당연히 눈독을 들여야 옳겠다. 북한은 모든 인민들이 남한으로 치면 공무원인 사회다. 국가 소유의 사업장에서 일을 하고 국가로부터 생활을 해결한다. 그러므로 당이 결정하면 그들은 무조건 따른다. 각 개인의 충성도는 별도로 치고 북한의 시스템 자체를 잘 활용하면 짐 로저스는 지난 10년간의 수익률 4,200퍼센트보다 더 높은 기록을 세울지도 모를 일이다. 지난 2019년 2월 하노이 2차 북미 정상회담의 미합의가 그에게도 예견치 못했던 일이 분명했다. 전 재산을 북한에 던지겠다는 그의 일정에도 상당한 차질이 있어 보였다. 그렇다고 북미 양자 간의 평화를 향한 여정이 멈춘 것은 아니다. 조금 늦어질 뿐이다. 북한의 비핵화 문제든 미국의 대북제재 문제든 어떻게 불리든 간에 북한이 핵 무력 완성을 선언한 순간부터 결국 화해로 귀결될 수밖에 없다는 사실은 누구나 짐작할 수 있다. 핵폭발로 지구가 멸망하는 사태까지를 바라거나 구경만 하는 국가는 전 세계에 하나도 없으므로.

이런 상상을 하게 됩니다. 원산에서 청진으로 가는 동해안 181킬로미터의 아름다운 해안선을 따라 첨단 디지털 단지가 만들어집니다. 거기에 제2의 실리콘 밸리가 들어서고 세계 유수의 투자기업, IT 산업의 인재들이 몰려듭니다. 구글 직원인 20대 미국 청년은 원산의 송도원 솔밭에 푹 빠져 있습니다. 틈만 나면 그곳에 나와 산책을 하면서 햄버거를 먹는 게 큰 행복입니다. 이베이의 한 임원은 느릿한 삶의 풍요가 가장 중요합니다. 그가 타고 다니는 비싼 승용차는 평라선 기차보다 빨리 달릴 수 있습니다만 그는 그렇게 하지 않습니다. 청진 시내를 지나면 한적한 길목에 차를 세우고 나진으로 가는 기차의 끄트머리를 바라보며 아메리카노 커피를 마십니다. 동해 바다의 파도 소리가 들리고 고층 빌딩이 가까이 보이는 시내를 벗어나면 길은 대부분 비포장입니다. 그가 자주 찾는 작은 마을엔 오두막 같은 소박한 공간에서 사는 순박한 사람들이 있습니다. 그들은 잘하지 못하는 영어로 반기기도 하고 감자를 구워 주기도 하고 소가 끄는 수레에 그를 태워주기도 합니다. 이곳만 한 '슬로시티Slow City'가 없습니다. 비싼 돈 들여 인도나 네팔, 스페인의 산티아고Santiago 순례길을 일부러 찾아갈 일도 없습니다. 자신이 일하고 있는 이곳이 그보다 더 좋은 곳입니다. 북미 평화협정이니 뭐니 굳이 만들 것도 없습니다. 이미 평화를 살고 있으니까요. 그렇게 된다면 짐 로저스 씨가 목표로 하는 4,200퍼센트의 수익률은 보장이 될지도 모릅니다만, 그 수익률에서 '0'자 하나 빼도 좋겠지요. 그 정도만 해도 굉장한 벌이 아닙니까.

한국은 고도성장으로 경제발전을 했다지만 중견국가에 머문다. 가장 큰 원인은 분단체제다. 국제무대에서 발언권이 없다. 무역 의존도가 높아서 해외에서의 국제 변동에 매우 민감하다. 10대 경제국이라고 하지만 아주 취약하고 외풍이 심한 경제다. 먹고살 길이 없는 것이다. 우리는 북한 문제를 해결하지 못하고서는 민주주의도 가망성이 없을 뿐 아니라 경제, 문화 등 복합적 문제가 풀리는 것이 하나도 없다. 지난 70년을 분단 고착화 정책을 썼지만 북한 문제는 풀리지 않았다. 그럼 이젠 어떤 정책을 써야 할까.

—황석영(소설가)

6   찰진 사투리
'할라꼬이'

재미진 함경도 사투리,
쓰는 곳에 따라 슬픈 언어가 되기도

흘러간 옛 노래 천둥산에 '울고 넘는'다는 박달재보다 더 기구한 사연들이 많은 그야말로 눈물의 고개가 있습니다. 양덕고개입니다. 평양에서 오던 기차도 이 양덕고개를 넘어야 고원역 사귐점에 도착합니다. 북한에서 이름난 석량온천도, 듣기도 무서웠던 요덕 수용소도 다 이 고개 언저리에 있습니다. 평안남도의 북쪽 끄트머리로 함흥 청진이 머리 쪽에 있고 서쪽으로는 평양이 멀지 않은데도 낭림산맥의 한가운데 있어 높은 산지에다가 척박하기 이를 데 없습니다. 북한에 대홍수가 닥친다면 언제나 피해지역 1순위였고 폭설이 내려도 가장 큰 피해를 보는 지역입니다. 1997년 겨울엔 한파로 많은 사람들이 얼어 죽었다 하고, 2006년엔 폭우로 마을 전체가 떠내려가 양덕 인구의 20퍼센트가 사망했다고도 하고, 2010년 7월 하루 강우량 350밀리미터의 기록적인 폭우에 산사태로 엄청난 피해가 생긴 이후에도 사고가 끊이지 않는 곳입니다. 이 높은 고원지대인 이곳을 평라선 열차가 지나갑니다. 평양에서 청진으로 가는 열차도 양덕고개만 오면 맥이 풀려 멈춰서는 일이 다반사였습니다. 정전이 되기도 하고 기름이 떨어지기도 하고 철로가 유실되어 급히 공사를 하기도 했습니다. 그래서 동해안 끼고 풍광 좋게 달리던 강원선 열차를 만나는 일이 그렇게도 어려웠답니다. 철로가 끊기면 사람들은 걸어서 이 고개를 넘기도 하는데 그래서 양덕고개를 넘었다고 하면 인생의 굴곡 몇 개쯤 넘은 것으로 칩니다.

이 고개를 기준으로 위쪽 그러니까 함경도에 사는 사람들의 말투는 아래쪽의 말투와 사뭇 다르다. 북한 사람들은 위쪽의 말투를 '할라꼬이'라고 부른다. (탈북민 홍강철 SNS 2019년 2월 3일) 『조선말대사전』에도 안 나오는 말이니 뜻은 거기 사는 사람들도 잘 모른다. 함경도 사투리의 다른 표현 정도로 이해하면 되는데 속칭 '전라도 깽깽이'나 경상도 '보리 문딩이' 식으로 지역을 낮추어 보는 말은 아니다. 북한의 표준어인 문화어—1966년 김일성 주석의 교시로 제정된 평양과 서도 중심의 말. 남한의 표준말—를 쓰는 다른 지방 사람들에게 '할라꼬이'는 인기가 높기 때문이다.

해석이 필요할 듯 아닐 듯 재미있는 말

"무스거 셰샹 모르는 숨탄 거르 도깨즘시라구 하압디(무슨 세상 물정을 모르고 그저 생명을 갖고 살아 움직이는 것을 '도깨짐승'이라고 하지요)."

"목난디 뎌서 춤우 넘구는데 바뿌디. 목 안에 고기 살아납데(편도선이 부어서 침을 넘기기 힘들지. 목 안의 살이 부어오르데)"—「옛말을 많이 간직한 함경도 방언」중에서(곽충구 서강대학교 국어국문학과)—같이 알아들을 듯 못 알아들을 듯한 신기한 문장을 경상도 어투보다 더 심한 억양을 섞어 읊어대면 지나가는 사람들도 괜히 걸음을 멈추고 들을 정도다.

"즉금 무스거 하암둥?"

"내 밥우 먹습꾸마."

"일으 거 하갯는데 버뜩 대 못 들구서 이래시문 둏올까 뎌래시문 둏올까 매삼질한단 말이오(일을 하려는데 버쩍 대들지 못하고 이러면 좋을까 저러면 좋을까 안절부절못한단 말이오)" 등의 말은 투박하고 억세게 살아온 함경도 주민들의 심성을 고스란히 표현하고 있다. 옛 여진족의 말과 척박한 조선말이 섞이고 척박한 땅을 일군 사람들의 생활이 어우러져 묘한 매력을 풍기는 '할라꼬이'는 함북 이남과 함경남도에서 쓰는 함경 방언과 두만강 유역의 육진 방언으로 나뉘는데 이런 말투는 남한에서도 우스갯소리로 자주 사용된다.

'아바이', '아바니', '아즈바이', '아즈마니' 등도 '할라꼬이'의 대표적인 호칭이라는 건 남한 사람들도 다 안다. 어린 시절 TV의 코미디 프로에서 자주 쓰던 사투리이고 대부분 다 웃겼다.

"쉐르 경슴 모시르 줬소(소에게 점심 여물을 주었소)?"

"아매 무실 하오? 내 즉금 아르 우티르 닙히오(할머니 무엇을 하오? 나 지금 아이에게 옷을 입히오)." (위의 논문 중에서 인용)

해석까진 필요 없지만 귀 좋긋 세워 들어야 하고, 또 듣는 맛이 찰지고 재미있는 이 사투리를 특히 평양에서 쓰면 백화점 봉사원들도 물건 팔다 말고 몰려든다고 할 정도로 대접 받는다.

할라꼬이의 어원語源은 슬픔이다

북한에서 이 할라꼬이를 쓰는 사람들하고는 웬만해선 말싸움을 하지 않는다. 그야말로 '양덕고개'를 넘어온 사람과 말싸움 붙어 덕 볼 일이 없다고 여긴다. 말투가 억센 만큼 살아온 환경도 세월도 녹록치 않음을 알기 때문이다.

삼수갑산 내 왜 왔노 삼수갑산이 어디뇨
오고 나니 기험奇險타 아하 물도 많고 산첩첩山疊疊이라 아하하
내 고향을 도로 가자 내 고향을 내 못 가네
삼수갑산 멀드라 아하 촉도지난蜀道之難이 예로구나 아하하
삼수갑산이 어디뇨 내가 오고 내 못 가네
불귀不歸로다 내 고향 아하 새가 되면 떠가리라 아하하

님 계신 곳 내 고향을 내 못 가네 내 못 가네

오다가다 야속타 아하 삼수갑산이 날 가두었네 아하하

내 고향을 가고지고 오호 삼수갑산 날 가두었네

불귀로다 내 몸이야 아하 삼수갑산 못 벗어난다 아하하

—김소월, 「차안서선생삼수갑산운次岸曙先生三水甲山韻」, 《신인문학》 3호 1934

1934년 12월 24일 새벽 가릉가릉 앓던 기침 소리를 멈추고 저세상 사람이 된 서른세 살 소월이 죽기 석 달 보름 전에 그의 스승 김억에게 보낸 편지다. 촉도지난蜀道之難—蜀道之難 難於上靑天(촉도지난 난어상청천) : 촉나라 가는 길은 어렵다, 푸른 하늘 오르기보다 어렵다. 이백의 「촉도난蜀道難」 중에서—에까지 비유하며 한 번 가면 언제 오나 곡을 읊는 북망산천北邙山川 불귀의 길로 표현한 이 편지는 후일 김소월의 「삼수갑산」이란 제목으로 발표되었다. 이렇게 험한 곳이 함경도다. 소월에게 삼수갑산은 그의 뼈마디를 곪아대며 욱신거리게 했던 염증이었을까, 아니면 그 고통을 잊고자 밤마다 들이마셨던 아편 연기였을까.

함흥은 할라꼬이의 고장 함경도에서 가장 큰 도시이다. 남한에서는 냉면 말고 딱히 알려진 것이 없는 동네지만 그래도 '함흥차사咸興差使'라는 말을 빼면 섭하다. 어릴 적 천성이 게을렀던 내가 어른들에게 혼날 때마다 들었던 말이다. 나는 심부름을 제 시간 맞추어 해본 적이 거의 없었다. 욕을 들을 때마다 한 대씩 쥐어박히곤 했는데 그때마다 귀에 콕 박힌 단어가 함흥이다. 조선 개국 초기 왕자의 난으로 권력을 잡은 태종 이방원이 아버지 이성계의 마음을 얻기 위해 심부름꾼(差使)을 수차례 보냈으나 영영 소식이 없더라는 얘기에서 이 말이 나왔다. 이성계의 고향이자 말년의 은거지가 함흥이었다. 이성계와 얽힌 이야기 중 유명한 함흥 이야기가 하나 더 있다. 이전투구泥田鬪狗. 진흙탕에서 개처럼 싸운다는 말이다. 경기도는 '거울에 비친 미인과 같다' 하여 경중미인鏡中美人, 충청도는 '맑은 바람, 밝은 달과 같은 품성'이라는 뜻의 청풍명월淸風明月, 전라도는 '바람에 하늘거리는 버드나무'와 같다 하여 풍전세류風前細柳, 경상도는 '소나무와 대나무 같은 곧은 절개'인 송죽대절松竹大節로 비유했고 하물며 감자바위라고 놀림 받는 강원도 사람들까지 '바위 아래 있는 늙은 부처'인 암하노불巖下老佛로 표현했던 이성계의 신하 정도전이 "그럼 내 고향 함경도는 어떤 곳인고?" 점잖이 묻는 이성계의 다그침에 그만 뱉어버린 말이다. 벌써 황해도는 '봄 물결에 던지는 돌'이라는 뜻의 춘파투석春波投石으로, 함경도의 곁이라 숙적인 평안도조차 '산속에 사는 사나운 호랑이 같다' 하여 산림맹호山林猛虎라고 평가했던 터라 왕의 고장을 개에 비유한 건 정도전의 목이 달아날 만한 실수다. 얼굴이 붉어지는 이성계에게 "아니 아니 진흙탕에서 싸우는 개처럼 용맹하고 강인하다는 뜻입니다" 변명을 해서 풀릴 일이 아니었다. 정도전은 순간 석전경우石田耕牛라는 말을 생각해낸다. 돌밭을 가는 소처럼 우직하다는 말풀이를 들은 후에야 태조의 노기가 풀렸다는 이야기가 이전투구의 배경이다. 이후 조선시대 때의 함경도는 유배지로서도 각광 받던 곳이다. 한양 도성을 중심으로 따지자면 그 멀다는 제주도보다 더 먼 곳이 함경도 경흥 땅이었다. 제주도는 2,050리길. 경흥 땅은 2,090리길. 제주도는 파도와 바람과 싸웠지만 함경도 회령이나 삼수갑산, 경흥 땅은 눈보라와 가난과 거기다가 여진족과도 싸워야 하는 곳이었다.

근자에 조선 역사연구자 전주대 오항녕 교수가 신익상(申翼相, 1634~1697)의 행적을 찾아내어 학계에 보고한 적이 있었다. 그가 번역한 신익상의 『함경도 변경 가는 기록(北關錄)』에는 하고많은 관직 중 하필이면 함경도 극변 경흥일까 하는 푸념이 절로 느껴지는 시 한 편이 수록되어 있다. 신익상은 현종 15년(1674) 8월 북평사北評事에 임명이 되었고 행장을 꾸려 식솔들을 데리고 경흥으로 떠난다.

필마로 표표히 변방으로 나섰는데 匹馬飄飄出塞庭
벽유는 오늘 저녁 비로소 행차 멈췄네 碧油今夕始駐停

떠나온 여정 거의 사천 리의 반이고 行程將半四千里

나그네 날짜 이미 삼십일 흘렀네 客日已更三十蓂

수염은 쓸쓸하게 숱한 한이 서렸고 鬢髮蕭蕭多少恨

산천은 줄지은 단정 장정 거쳤도다 山川歷歷短長亭

언제나 서쪽 돌아가는 길 다시 밟나 何時復踏西歸路

한 점 종남산 꿈속에서만 푸른데 一點終南夢裏靑

—신익상, 『함경도 변경 가는 기록(北關錄)』 중에서, 번역 오항녕

함경남북도와 양강도 일부를 포함해서 동북 방언권으로 묶이는 이 지역
은 세 가지가 없다고 일컫는 동네다. 부릴 양반이 없으니 노복奴僕이 없고
얻어먹을 게 없어 거지도 없고 술 먹고 놀 돈이 없어 기생도 없다 할 정
도였다. 그런 험한 곳에서 수백 년 갈고 닦인 언어가 그들만의 사투리 할
라꼬이다.

자존심의 고장, 자부심의 언어

애 어른 할 것 없이 존댓말과 반말이 뒤섞인 그들의 어법은 퉁명스럽
고 버릇없게도 들리지만 때론 어떤 배우도 흉내 내지 못할 자연스런 우
스갯소리로 들리기도 한다. 가매티(누룽지), 안깐이(아낙), 겡게(감자), 뺍
재이(질경이), 쉐투리(씀바귀), 짜구배(뛰기) 같은 단어 사투리나 비지깨
(spičhika, 성냥), 마선(mašina, 재봉틀), 거르마니(karman, 호주머니)처럼
러시아어와 섞인 말들은 알아듣기 어려운데 공손함과는 거리가 먼 여보
쇼? 누굼까? 잘 가쇼, 잘 있으쇼 같은 말은 함경도 지방 특유의 강한 성
조와 어울려 사람들의 기질을 파악하는 데 제격이고 ~음둥? ~했지비, ~
음메 등의 종결형 어미는 추억의 반공영화에 등장하는 인민군 어투여서
반갑기까지 하다. 사투리보다는 은어에 가까운 할라꼬도 있는데 장인
장모를 가스애비, 가스에미로 부르는 건 너무 버릇없이 들리고 친아버지

도 떼박이로, 어머니도 쭈마이로 부르는 걸 감안하면 충분히 웃어넘길 수도 있겠다.

척박한 환경을 이기며 살아온 사람들이라 지역적 자부심도 대단하다. 속칭 평양 말투는 나긋나긋 샌님 같다거나 깍쟁이 내숭 떠는 소리라고 놀려대기 일쑤고 황해도는 뗑해도로, 강원도를 물강원도로 부르며 살짝 깔보기도 한다. 대신 이 지역 사람들은 똑 부러지게 살림 잘하고 부지런하고 생활력 강하기로 정평이 나 있다. 평양과 견주어도 꿀릴 게 없다는 북한 제2, 제3의 도시 함흥과 청진에는 북한을 대표하는 중화학 공업단지가 조성되어 있다. 김책제철련합기업소나 룡성기계련합기업소, 인민자립경제의 뿌리라고 말하는 2.8 비날론련합기업소와 청진제강소, 부령합금철공장과 흥남비료련합기업소, 신포 수산사업소 등이 이곳에 있고 북한 국가 과학원 함흥 분원이 현장 중심의 통제를 한다.

함흥과 청진의 인구가 각각 67만 명이고 경제특구인 나진도 20만 명이 산다. 양강도 일부를 포함한다면 할라꼬이를 쓰는 사람들은 함경남도 306만, 함경북도 232만을 포함해 넓게 잡아 약 600만 명쯤 되는 것이다. [2008년 유엔인구기금(UNFPA)] 함흥의 중심을 가로지르는 성천강은 여전히 물이 맑아 시민들의 식수원으로 쓰일 정도지만 화학도시 흥남의 매연은 북한에서도 악명이 높다. 1990년대 중반 한때 성천강 하구에 쌓인 모래 50만 톤을 남한에서 수입한 적도 있다. 흥남은 함흥의 남쪽이라 해서 붙여진 이름이다. 한국전쟁 당시 1.4 후퇴의 현장 흥남부두는 현인선생의 노래 <굳세어라 금순아>에 고스란히 남아 있고 함경도 출신 실향민들의 한의 노래가 되었다. 역(逆)으로 북한의 입장에서 이 지역은 항일투쟁 당시 국내 진공 작전의 치열함이 살아 있고 한국전쟁 때는 미군의 침공을 막아낸 유일한 지역이기도 하다. 이 지역의 자부심은 자연을 극복해낸 인간의 힘과 그들의 역사를 개척해낸 집단의 힘이 결합된 산물이라고 봐도 무방하다.

함흥냉면과 평양냉면의 차이는 다 아시지요? 평양냉면이 옥류관이라면 함흥냉면은 신흥관입니다. 함흥의 명소입니다. 남한에서는 함흥냉면이라 부르지만 북쪽에서는 농마국수라고 부릅니다. 평양냉면은 메밀로 만들고 농마국수는 인근 대홍단 감자에서 추출한 100퍼센트 녹말가루(감자전분)로 만들지요.

"함흥냉면과 평양냉면 중에 어느 것이 더 맛이 있습니까?"라는 문장을 할라꼬이로 번역하면 어떤 재미있는 문장이 될까요?

함경북도 무산 출신으로 할라꼬이의 원어민인 홍강철 씨는 말투를 고쳐야 산다는 말을 남한에서 자주 듣는다고 했습니다. 북한에서는 자존감의 상징으로 한 번도 불이익 받아본 적이 없는 말투가 남한에서는 족쇄가 되기 때문이지요. 탈북민을 불가촉천민 취급하는 남한에서 그가 쓰는 할라꼬이는 탈북민 커밍아웃이 되고 남한 물정 모르는 사람이 되어 택시를 탈 때도, 핸드폰을 살 때도 엄연히 제 돈 내고도 바가지를 쓰거나 무시를 당하기도 한답니다. 속상한 일입니다.

7 한 방울의 물에 우주가 비낀다

학생을 찾아가는 학교,
북한의 분교와 교육 과정

라선시 중등학원의 홍학민 학생은 고아입니다. 거기다가 학민이는 청력을 잃고 있습니다. 이 학원 담당의사인 김춘녀 씨는 이 아이를 수술해주기 위해 평양의 옥류 아동병원에 보냈습니다. 입원 기간 동안 학원의 선생님들은 매일같이 전화로 상태를 확인했고 평양시 당위원회, 보건성의 해당 부서의 담당자(일군이라 부름)들도 이 아이를 위해 부지런히 들락거렸습니다. 한 명의 어린 환자를 위해 이렇게까지 할 필요가 있을까 싶은데도 어쨌든 그랬습니다. 북한의 홍보매체 《조선의 오늘》은 학민이의 부모가 평범한 공민이었고 구태여 다른 아이와의 차별점이 있다면 어릴 때 부모를 잃은 고아라는 것이라며 고아는 불행의 대명사인만큼 특혜를 주어야 한다고 보도했습니다. "한 방울의 물에 우주가 비낀다"는 멋진 말과 함께.

이러한 북한의 사례를 듣다 보면 깜짝깜짝 놀라게 됩니다. 소위 '효율'이라는 말과는 너무도 거리가 먼 이야기이기 때문이지요. 이 사람들이 이렇게 느릿느릿 살아가는 이유가 있구나 다시 생각하게도 됩니다.

정원이 250명인 소학교에 수업교원이 22명, 과외교원은 20명, 관리직원이 80명인 학교가 있다. 누가 봐도 고개를 갸우뚱할 것이다. 거의 어린 학생 2명당 어른 1명이 달라붙는 꼴이니 너무 비효율적이지 않은가. 소학교 1~5학년까지의 학생들은 전원 기숙사 생활을 하고 선생님들은 그들이 졸업할 때까지 한시도 떨어지지 않는다. 평양 초등학원 얘기다. 2017년 2월에 개관해서 모든 것이 새것인 이 학교 학생들은 전원 고아다. 우리가 흔히 알고 있는 '고아원'의 최근 북녘 모습이다. "부모 없는 원아들이 믿고 의지할 것은 당黨밖에 없는 만큼 평양 초등학원의 일군들과 교직원들이 원아들이 설움을 모르고 한 점 그늘도 없이 대바르고 씩씩하며 밝고 명랑하게 자라도록 자신의 마음까지 합쳐 잘 돌봐주기를 부탁"한 김정은 위원장의 관심도 이 학교의 자랑거리이다. 이 아이들의 고아 선배격 시설인 평양 중등학원은 2016년 7월에 개원했다.

정작 비효율의 극치는 따로 있다

단 한 명의 학생을 위해 담당교원이 학교를 운영하는 경우도 있다. 라선시 선봉소학교 알섬분교의 학생은 단 한 명뿐이다. 학생이 한 명이지만 수업 시작 전엔 출석도 부르고 정해진 교복을 입고 정해진 수업시간표에 따라 학습을 진행한다. 알섬 등대원의 아들인 호국이가 다니는 이 학교는 한반도의 최북단, 평양에서도 가장 먼 곳에 위치해 있다. 유일한 교원인 김순옥 선생님은 천하 별일이라도 뭍을 떠나 살 수 없다던 도시 처녀였다. 교원대학을 졸업하고 단발머리 때부터 교단에 섰던 그녀는 그야말로 '본때 있게' 교원 생활을 하고 싶었으나 등대장으로 부임하는 남편의 설득과 교육자의 양심에 따라 이곳에 부임했다. 재임 기간 17년 동안 그녀가 졸업시킨 학생은 고작 7명뿐이었지만 라진의 상급학교로 진학한 이 분교 졸업생들이 꾸민 창작동시집 『알섬 등대 빛나요』가 우리교실 문학상을 수상하면서 북측의 전역에 알려졌다.

평안남도 신양군은 사방을 둘러 산밖에는 보이지 않는 오지 중의 오지이다. 거기에서도 100리나 더 들어간 곳에 창계리가 있고 또 거기서 수십 리 떨어진 곳에 화암분교가 있다. 담당교원 리정철 선생님은 대학을 졸업하고 20년간 줄곧 이곳에서만 근무했다.

고난의 시기, 식량이 모자라던 때에는 맹물로 허기를 채우는 제자보다 등교하는 학생 수가 한두 명씩 줄어들 때가 더 가슴 아팠다. 배가 고파 등교하지 못하는 학생들의 집엔 직접 찾아가 손수 기른 염소의 젖을 짜서 먹였다. 그 소식을 들은 소년단의 여성 지도원이 찾아와 부부가 되었고 부부가 함께 아예 학생들을 집으로 들여 키우며 공부시켰다. 안타깝게도 아내는 10년 전 불의의 사고로 세상을 떠났다. 그가 화암분교에서 20년 동안 졸업시킨 제자는 100여 명이다.

청진의 오지 은정 고급중학교 다탄분교에는 부부 교원인 최광철, 홍화순 선생님이 근무한다. 각각 라남 구역의 중등교원과 교육일꾼 양성기관에서 일했던 부부는 이곳에 음악교원이 필요하다는 소식을 듣고는 이것저것 따지지 않고 지원했다. 교육자로서의 양심도 중요했지만 아버지가 공화국 영웅 칭호를 받은 집안으로서의 책임도 한몫했다. 이 부부는 학생들을 청진이나 평양에 데리고 가 더 넓은 세상을 보여줄 때가 가장 보람 있다.

남포에서 서해 뱃길로 두 시간 거리의 자매도에는 갓 20대에 자원해 와 30년을 분교 교원으로 산 전복순 선생님이 있다. 그녀가 졸업시킨 학생 수는 20명이다.

룡강군 후산 고급중학교에는 다리가 아파 등교를 못 하는 제자를 매일같이 자전거에 태워 졸업시킨 김은경 교원이 있고, 구월산 지구 최전방지대 산골 분교에는 모녀가 대를 이어 교원이 되어 학교를 지키고 있다.

2017년 9월 조선중앙통신은 섬 분교와 최전연(최전방) 지대 산골 오지에 자원 진출한 교사들이 김정은 위원장의 초청으로 평양에 모였다고 보도했다. 하나같이 애틋한 사연과 든든한 자부심을 가진 이들은 모처럼 평양에서 빛나는 교원의 긍지를 뽐냈다는 해설도 달았다.

학생을 위해 학교와 교원이 찾아가는 체계를 지향하는 것이 목표인 북한에는 통학이 어려운 외진 산간 마을이나 섬 지역에 학생 수가 많게는 30명, 적게는 단 한 명뿐인 분교가 1,900여 개가 있다. 2017년 11월 6일자 《노동신문》은 황해남도에 180개의 분교를, 같은 신문 2018년 1월 24일자에서는 평안남도에만 지난 3년 동안 230여 개의 분교를 건립했다고 보도했다.

북한은 12년 의무 교육제를 시행하고 있다. 유치원 1년, 소학교 5년은 남한의 초등학교 과정에 해당하고 초급중학교 3년은 중학교, 고급중학교 3년은 고등학교 과정이다. 의무 교육 제도를 시행한 역사는 꽤 깊다. 1956년에 초등 의무제를 실시한 데 이어 1966년엔 9년제 기수 의무 교육으로 확대했고, 1975년에 전 세계에서 가장 먼저 11년 의무 교육제로 발돋움한다. 현재의 12년제 의무 교육은 기존의 초, 중등 과정에 유치원 1년 과정을 포함시켰는데 2012년 9월에 최고인민회의 12기 제6차 회의에서 법령으로 발표했다. 중등과정을 이수한 후에는 각자의 사정과 능력 지향에 따라 공장기술전문학교, 공장대학, 농장대학, 어장대학, 대학의 통신 및 야간 학부 등을 통해 노동과 학업을 병행할 수도 있고 4년제 정규 대학으로 진학해서 연구원, 박사원 등의 진로를 밟기도 한다.

북한의 아이들은 무엇을 배울까

남한에서 배우는 과목은 대부분 북한에서도 배운다. 소학교와 초급중학교에서 배우는 국어와 사회주의 도덕은 고급중학교로 올라가면 국어 문학과 사회주의 도덕과 법으로 학습 범위가 넓어지고 초, 고급중학교 과정에서 배우는 수학, 물리, 생물, 지리, 한문, 화학 등 거의 모든 부분의 과목 이름도 남한과 같다. 소학교 과정의 음악, 무용, 자연 등도 남한과 동일한데 소학교 1~3학년 과정에는 도화공작이라는 과목이 있다. 그림책에 색칠해가면서 배우는 수업이다. 해방 후 조선어 신철자법 제정(1948년 1월 15일)을 통해 1933년에 제정된 한글 맞춤법 통일안을 비판적인 시각에서 정리한 북한은 두음법칙과 사이시옷을 사용하지 않는다. 이에 따라 역사 과목은 '조선력사'로, 여성은 '녀성'으로 표기된다. 사회주의 도덕에서 가르치는 학생 소년들이 도덕 생활에서 지켜야 할 열 가지 사항도 용어만 몇 개 바꾸면 남한의 도덕 혹은 바른생활의 내용과 크게 다르지 않다 "소년단원은 조직과 집단을 귀중히 여겨야 하며 동무를 아끼고 사랑하여야 한다"던가 "예절 바르게 행동하여야 한다", "고상하고 아름다운 우리말을 써야 한다"—위의 사항 제3, 4, 5항— 등이 그 예이다. "서로 위해주는 뜨거운 마음, 모두가 친형제 한 가정 같은 항목"이나 공공장소의 예절을 각자 다른 입장에서 토론하며(차량이 없을 때 신호등을 안 지켜도 되는가 등) 공중도덕을 강조하는 것도 유사하다. 고급중학교 과목에는 전자공학, 정보기술, 자연과학 등도 포함이 되어 있는데 기초기술 과목에는 전기를 다루는 법, 자전거 조립과 수리, 가정용 선풍기의 사용과 수리법 등도 자세히 적혀 있다. 다만 혁명 전통 교육을 중시하는 북한에서는 소학교 과정에서 '항일의 녀성 영웅 김정숙 어머님의 어린 시절'이, 초, 고급중학교 과정에서는 '위대한 수령 김일성 대원수, 김정일 대원수의 혁명 력사'가 정규 과목이다.

자녀 교육에 관심이 많은 학부모를 위한 참고서도 있다. 『소학생 심리와 교육교양』(2016)은 북한의 금성청년출판사에서 나온 책인데 가정교육의 중요성을 기초로 글쓰기 수학 학습 지도 등을 총괄하는 안내서이다. 받아쓰기를 요령 있게 시키는 방법부터 지나치게 소심한 아이를 대하는 방법, 낯가림이 심한 아이의 교육법 등도 있고 한석봉의 어머니, 김만중과 구운몽, 유대인의 지혜 교육 같은 일화나 부모 자식 관계, 아이의 응석과 부모의 사랑에 관한 속담들도 담고 있다.

역시 금성청년출판사에서 출간한 『나의 인식 활용 능력은』(2015)은 상급학교 진학을 위한 문제집인데 머리말에 쓰인 문구를 보면 학생들이나 학부모의 요구 정도를 짐작할 수 있다.

"나의 인식, 활용 능력은 현재 어느 정도인가? 소학교 졸업을 앞두었다면 이런 의문을 가지고 그 능력을 판정해보는 것이 자못 필요할 것입니다. 그래야 지식의 공고화 정도를 알 수 있으며 어느 과목의 어떤 측면에 대해 원리적 인식, 활용 능력이 부족한가를 알고 그 부분에 힘을 집중할 수 있을 것입니다." (위의 책, 「책을 내면서」 중에서)

나는 초등학교를 졸업하면서 이런 고민을 했었던가도 그렇지만 우리 아이를 초등학교 졸업시키면서 이런 생각을 했었던가 따져보면 은근히 뜨끔한 충고를 받는 것 같기도 하다.

이 책의 '문제' 편에는 친절하게도 각 연도 평양 제1중학교, 금성학원의 컴퓨터 수재반, 도 제1중학교와 도 외국어 학원의 국어, 수학과 백두산 3대 장군의 어린 시절에 관한 입학 시험문제가 실려 있다.

『조선 속담으로 배우는 중국어』(조선출판물수출입사, 2018)는 꽤 재미있는 외국어 학습서이다. 우리 고유의 속담을 한자 간체로 달고 중국어 발음을 적어서 따라하게 만든 구성인데 거기 실린 속담만 2천여 개다. 중국어가 안 되면 속담만 읽어도 학습이 된다.

'비단 옷 입고 밤길 걷기'는 '衣錦夜行'에 발음기호 'yi jin ye xing'로 적고, '남의 상사에 머리 푼다'는 '別人棺材 搬到自己家里哭'에 발음기호 'bieren guancai bandao zi ji jiali ku'로 적는 식이다. 당연히 속담의 뜻도 병기한다. 사실 남이나 북이나 속담을 듣고 굳이 해석하지 않아도 그 의미야 충분히 짐작할 수 있지만 굳이 토를 달자면 '쓸데없이 애만 썼다'거나 '오지랖 부려 남의 일에 끼어든다'는 정도의 뜻이겠다. '신 신고 발바닥 긁기', '겉가마도 안 끓는데 속가마부터 끓는다', '장님에게 눈 가리고 벙어리에게 속삭인다' 같은 속담은 기발함에 무릎을 치게 만든다.

이 책에서는 조선 속담을 "착취와 압박이 없이 잘 살아보려는 인민 대중의 지향과 요구, 불의를 타파하고 정의를 갈망하는 깨끗한 량심, 조국과 향토에 대한 열렬한 사랑, 침략자들과 착취자들에 대한 증오심, 끝없는 향학열 등이 반영되어 있으며 사회생활, 도덕생활, 가정생활, 로동생활로부터 출발하여 자연 기후 현상에 이르기까지 사람의 활동이 미치는 어느 분야나 다 포괄하는 귀중한 민족적 재보"로 설명하고 있다. 착취자나 침략자 같은 말만 빼면 남한하고 큰 차이가 없다.

일인일기─人─技 학습은 소학교 시절부터

그럼 북한의 어린아이들은 어떤 노래를 배울까. 먼저 내가 어렸을 때 가장 먼저 배웠던 노래를 떠올려본다. '송아지 송아지 얼룩송아지', '태극기가 바람에 펄럭입니다'가 언뜻 떠오르고 '금강산 찾아가자 일만 이천 봉'과 '어제의 용사들이 다시 뭉쳤다 집집마다 피가 끓어 드높은 사기'(<향토예비군가>) 같은 군가도 많이 불렀었다. 북한 소학교 과정의 음악 교과서를 보면 첫 장에는 <김일성 장군의 노래>와 <김정일 장군의 노래>, <김정은 장군 목숨으로 사수하자> 등 세 곡이 가장 먼저 등장하고 이후 학년의 수준에 따라 <꼬마 땅크 나간다>나 <백두산 고향집> 같은 동요 또는 <우리는 당신밖에 모른다>, <나의 어머니> 등의 혁명가요도 배운다. 남한에서도 익히 알려진 <내 나라 제일로 좋아>는 소학교 3학년 때 배운다.

> 꼬마 땅크 나간다 우리 땅크 나간다
> 산을 넘고 강을 건너 달려 나간다
> 미제 놈을 쳐부수어 만세 만-세
> 공화국기 휘날려라 만세 만-세
> ─<꼬마 땅크 나간다>, 마운룡 작사, 백태영 작곡

고향집 고향집 백두산 고향집
나도야 어서 커 찾아 갈래요
　　—<백두산 고향집>

이국의 들가에 피여난 꽃도
내 나라 꽃보다 곱지 못했소
돌아보면 세상은 넓고 넓어도
내 사는 내 나라 제일로 좋아
랄라랄랄 랄라랄 랄라랄랄라
내 사는 내 나라 제일로 좋아

벗들이 부어준 한 모금 물도
내 고향 샘처럼 달지 못했소
돌아보면 세상은 넓고 넓어도
내 사는 내 나라 제일로 좋아
랄라랄랄 랄라랄 랄라랄랄라
내 사는 내 나라 제일로 좋아
　　—<내 나라 제일로 좋아>, 최준경 작사, 리종오 작곡

그렇다고 죄다 혁명가요만 배우는 것은 아니다. 취학 전 아이들은 <봄나들이>(나리 나리 개나리 입에 따다 물고요)나 <우리나라 자랑 꽃>(언제 봐도 고와요 정말 고와요 우리나라 자랑 꽃 정말 고와요) 등으로 목청을 가다듬고 소학교 친구들은 <아리랑>도 배우고 <도라지 타령>이나 <노들강변> 같은 민요도 배우며 목청을 뽐내기도 하는데 남한과는 가사에서 차이가 있다.

　　아리랑 아리랑 아라리요 아리랑 고개를 넘어간다

저기 저 산이 백두산이라네 달 뜨고 별 뜨고 해도 뜨네
—<아리랑>

도라지 도라지 백도라지 심심산천에 백도라지
한두 뿌리만 캐어도 대바구니에 스리살살 다 넘누나

도라지 도라지 백도라지 몹쓸 놈의 백도라지
하도 날 데가 없어서 돌바위 틈에 가 왜 났느냐
—<도라지 타령>

한 개의 악기 정도는 다룰 줄 알아야

음악만 나오면 어깨가 들썩이고 손 춤사위가 절로 나오는 게 한민족의
흥이라지만 남한에 비해 북한 주민들은 그 흥을 숨기지 않는다. 삼삼오
오 모이는 곳이면 어김없이 기타나 손풍금(아코디언) 연주가 들리고 강변
이나 광장의 댄스파티도 심심치 않게 볼 수 있다. 물론 음주 후 취객의
가무가 아니고 햇살 멀쩡하게 내리쬐는 한낮의 규모 있는 모임들이다.
북한의 일인일기一人一技는 소학교 시절의 교육과정으로 편성되어 있어 대
부분의 북한 주민이 악기를 접하는 것은 생소하지 않다. 소학교 음악 과
정에서 음표를 보고 따라 부르는 시창은 각종 쉼표 연습을 포함, 1도에
서 8도(아래 도에서 위 도)까지를 폭넓게 연습하도록 설계했고 음악을 듣
고 알아맞히는 청음은 3도 화성(3화음)은 물론 6도 화성(6화음, 여섯 개의
음을 동시에 들려주는)까지 공부하도록 되어 있다. 학교에서는 가야금, 대
금, 해금, 바이올린, 첼로, 피아노, 아코디언도 개별과목으로 가르치는데
특히 김정일 위원장이 개발했다는 어은금도 빠지지 않는다.
　어은금은 북한이 개량한 최초의 악기인데 우쿨렐레Ukulele나 남미의 차
랑고Charango, 러시아의 발랄라이카Balalaika와 비슷한 음색을 내는 4현 기

타라고 보면 된다. 음악 정규과정에는 없지만 북한이 개량한 악기들은 꽤 실속 있게 쓰인다. 태평소를 개량한 장새납, 하프를 개량한 옥류금, 가야금을 개량한 25현 가야금 등이 대표적이다.

학교에서 음악을 배운 학생들은 방과 후 교실인 각 지역의 학생소년궁전 등에서 소조 활동을 통해 기량을 다듬고 여기서 특출 난 재능을 보이는 학생들은 추천이나 시험 등을 통해 음악학원으로 진학하게 된다.

아예 시험 문제도 미리 알려준다. 『예술부문 학원 입학을 위한 청음 및 전공기초 시험문제집』은 각 단위 예술학원 입학을 위한 지침서이다. 음악교육을 받은 학생들을 1부류로, 그렇지 못한 학생들을 2, 3부류로 나누고 각자의 수준에 맞는 문제를 담고 있다. 북한 최고의 음악대학인 김원균 명칭 음악종합대학의 입학시험 참고서도 있다. 출판사들의 예상 문제가 아니라 이 학교 림해영 부총장이 심사하고 각 분야의 교수들이 집필했으니 공개적인 문제지 유출에 다름없다. 첫 장의 입학 지망자들이 갖추어야 할 자질 편엔 높은 정치적 식견과 주체의 미학관, 음악과 연관된 부문들에 대한 기초 지식을 강조하고, 두 번째 항 공통 제시 항목으로는 필답시험과 구답 및 실기, 세 번째 전공에 따라서는 작곡, 성악, 민족기악, 양악기악과 악기 제작과 조율 편으로 구성이 되어 있다. 무상 의무교육의 체제에서 입학시험 문제집까지 미리 낸다는 것은 그만큼 경쟁이 치열하다는 것의 반증이다. 남이나 북이나 예술 하는 인생은 거저 나오는 게 아니다.

매매 염소가 줄지어 가요 맛있는 풀판을 찾아가지요
하하호호 우스워 애기염소가 하얀 수염 흔들며 앞장서 가요
반장 같아요
　—〈매매 염소야〉, 명준섭 작사, 리계숙 작곡

내가 고와 뽀뽀 우리 엄마 뽀뽀

우리 엄마 뽀뽀가 제일 좋아

우리 엄마 뽀뽀가 제일 좋아

내가 고와 뽀뽀 우리 아빠 뽀뽀

우리 아빠 뽀뽀가 제일 좋아

우리 아빠 뽀뽀가 제일 좋아

—<우리 아빠 제일 좋아>, 함기찬 작사·작곡

TV가 귀했던 시절이 있었지요. 홍수환 선수의 권투 시합이나 김일, 여건부 선생의 레슬링 경기를 보기 위해서는 옆집이 아니라 산 하나 넘어 다른 동네 TV가 있는 집까지 원정을 가기도 했습니다. 저는 어린 나이에도 노래가 그렇게 좋았나 봅니다. 흑백 TV에서 나오는 최신 가요프로는 거의 빼놓지 않고 보았고 바로 흥얼거리기까지 했습니다. 덕분에 원치 않는 어린 손님을 귀찮아하던 TV 주인집 아이의 욕도 많이 들었습니다. 학교에는 피아노가 꼭 한 대 있었습니다. 피아노는 음악 선생님의 전유물이어서 아무나 함부로 건드릴 수 없었지요. 학년마다 한 대씩 풍금이 있었습니다. 음악 시간이면 언제나 제가 풍금을 옮기는 일을 담당했습니다. 다른 반에서 풍금을 옮기는 사이사이 건반 몇 개씩을 두드리면서 무척 좋아했던 기억이 납니다. 그렇게 연습 아닌 연습을 하고 나니 초등학교 5학년 때쯤엔 동요 몇 곡을 연주할 수 있었습니다. 중학교 들어와서는 기타가 그렇게 멋져 보였습니다. 우리 집엔 기타가 없으니 산 너머 양계장 집 친구가 가지고 있던 기타를 얻어서 연습했습니다. 결국 중학교 시절부터 학교에서 기타를 제일 잘 치는 아이가 되었지요. 정작 나의 기타가 생긴 것은 고등학교 들어가서입니다. 설날 작은할아버지네 세배를 갔다가 5촌 당숙의 쓰지 않는 기타를 발견한 겁니다. 넥Neck도 휘고 기타 줄도 녹슬었지만 그 기타를 받아들고 그놈과 함께 저의 청소년 시기를 보냈습니다. 내가 가졌던 최초의 새 기타는 연애 시절 지금의 아내가 푼돈 모아 선물해준 일제 야마하Yamaha 기타였습니다. 제 목숨처럼 아끼면서 연주하고 다녔더랬습니다.

사람이 살아가는 데 가장 필요한 것이 무엇일까요? 밥, 돈, 집이 동물적 인간으로 살아가는 데에 필수적인 요소라면 자존감, 사고의 넓이, 표현의 역량, 거기에 덧붙여 흥興은 한 인간의 정신적 수준을 결정하는 가장 중요한 요소겠지요. 거창하게 말하자면 문학, 역사, 철학에 어느 정도 조예를 갖추고 자신을 표현할 수 있는 예술적 기량에 가족과 이웃의 먹거리를 해결할 수 있는 농사 기법까지 익힌다면 한 인간이 누릴 수 있는 행복의 최대치에 근접하는 것 아닐는지요. 아마도 그 어떤 상류층도 부럽지 않은 삶을 살 겁니다. 다른 건 잘 몰라도 북한의 비효율적이면서도 살아 있는 분교와 일인일기 교육은 그런 의미에서 무척 부럽습니다. 단 한 사람의 기회를 보장하기 위한 교육체계와 그곳에 청춘을 묻는 교원들의 희생도 배울 만하구요. 무엇보다 배워두면 다 쓸 데가 있는 것 중에 역시 제일은 악기니까요.

왼쪽으로는 낭림산맥 줄기를 지나 본격적으로 백두고원에 근접하고 있습니다. 오른쪽 창을 보십시오. 동해 바다 푸른 물결의 높낮이가 어떤 선율을 담고 있는 것 같지 않습니까. 군데군데 펼쳐진 소나무 숲은 음표를 적은 것 같구요. 기차 바퀴 굴러가는 소리를 들어보십시오. 정확하게 일정한 리듬으로 두만강을 향해 달리고 있습니다. 자 이제 제가 기타를 드리겠습니다. 연주 못한다 하지 마시고 이 순간 표현하고 싶은 모든 것들을 이 기타를 통해 표출해보세요. 서투른 선율도 좋고 기차의 리듬에 맞춰 두드리셔도 좋구요. 기타만 상하게 안 하신다면 물어뜯어도 상관은 없습니다.

8 백무선 철길 위에서 떠오른 말
"왜 대륙입니까?"

눈이 오는가 저 북쪽에,
두만강 철길 위에

북한의 나진과 러시아를 잇는 두만강 철교는 복합궤 철로가 깔려 있습니다. 러시아의 광궤(1,520mm)와 북한의 표준궤(1,435mm)가 상시적으로 왕래할 수 있는 철로입니다. 철로를 유심히 들여다보면 광궤 궤도는 반짝반짝하는데 표준궤는 다닌 듯 안 다닌 듯하지요. 그걸 보면 아하 러시아의 광궤 열차만 주로 다녔구나 단번에 알 수 있습니다. 지난번 어느 구역에서였던가요, 제가 블라디보스토크를 출발해서 안중근 의사가 무명지를 끊고 하얼빈으로 떠났던 곳 얀치혜와 크라스키노를 거쳐서 두만강 철교가 한눈에 내려다보이는 러시아령 하산의 언덕 위에 올라갔던 적이 있었다고 했지요. 봄바람 살랑이고 칡꽃이 몽우리 들던 그 언덕에서는 꼭 이 노래를 부르고 싶었습니다.

눈이 오는가 북쪽엔 함박눈이 쏟아져 내리는가
험한 벼랑을 굽이굽이 돌아간 백무선 철길 위에
느릿느릿 밤새워 달리는 화물차의 검은 지중 위로
연 달린 산과 산 사이 너를 남기고 온 작은 마을에도
복된 눈이 내리는가

눈이 오는가 북쪽엔 함박눈이 쏟아져 내리는가
잉크병 얼어드는 이런 고요한 밤에 어쩌자고 잠 깨어
그리운 곳 차마 그리운 곳 눈이 오는가 저 북쪽엔
함박눈이 내리는가
　—<그리움>, 이용악 시, 이지상 곡

해방 후 종로의 한 골방에서 추위에 떨며 고향을 그렸던 이용악의 애절한 사향가思鄕歌입니다. 제겐 출처를 밝힐 필요도 없이 더 큰 그리움이 되어 가슴을 짓무르게 했던 노래입니다. 개마고원 동쪽으로 첩첩산중 느릿느릿 밤새워 달려도 언제 도착할지 모르는 증기 기관차의 기적 소리가 마을을 지납니다. 이른 호롱불 밝히는 저녁 함박눈 사부작거리는 함경북도 경성의 소년 이용악이 차마 그리워했던 백무선 철길을 나도 국경의 언덕 위에서 그리워해보고 싶었던 것이었는데요. 그러나 첫 운을 떼지는 못했습니다. 그냥 입안에서만 웅얼거렸을 뿐입니다.

백무선은 협궤(762mm) 구간이다. 백무고원 아래 백암에서 북쪽으로 치달아 올라 두만강 상류 무산을 연결한다. 굽이굽이 산길 돌아 나타나는 한적한 마을 정도로 소박하게 표현될 구간이 아니다. 험한 준령 굽이 넘어 아찔한 벼랑을 수없이 넘어야 하는 백두대간에서도 가장 힘겨운 철로다. 남한에서는 사라진 스위치 백(Switch Back, 영동선 흥전과 나한정 사이. 2012년에 사라짐) 시스템이 운영될 만큼 급경사의 오르내림을 반복해야 하고, 백두고원의 지천 이름을 딴 북계수北溪水역은 해발 1,750미터로 한반도에서 가장 높은 곳에 있다. 남한에서는 태백선 추전역이 가장 높은데 해발 855미터이다.

동글동글 왕 감자 대홍단 감자 너무 커서 하나를 못다 먹겠죠
야하 감자 감자 왕 감자 참말 참말 좋아요 못다 먹겠죠

흰쌀처럼 맛있는 대홍단 감자 앞뜰에도 뒤뜰에도 많이 심었죠

호박만 한 왕 감자 대홍단 감자 장군님 사랑 속에 풍년 들었죠

야하 감자 감자 왕 감자 참말 참말 좋아요 풍년 들었죠 왕 감자

남한에서도 북한 어린이가 앙증맞게 부른 것으로 유명해진 노래 <대홍단 감자>의 대홍단이 백무선의 홍암역과 연결된다. "백암으로부터 백두산 밑으로 꺾기어 무산에 이르는 사이의 산양대까지 삼십칠키로 팔분까지 협궤 공사를 급급히 마치여 구월 일일부터 운전영업을 개시"한다는 1934년 8월 30일자 《동아일보》의 보도만 봐도 가장 늦게 해가 뜨고 가장 먼저 해가 지는 첩첩산중의 척박한 산등성이가 아른거린다. 1934년에 시작된 백무선 철도 공사는 꼬박 10년이 걸려 1944년 12월에야 무산까지 닿게 된다. 준공까지의 시간도 시간이거니와 당시 일상화되었던 표준궤를 쓰지 않고 협궤를 써야 할 만큼 험난한 공사였다.

공사의 목적은 단 하나 개마고원, 백무고원의 원목을 베어 나르기 위해서다. 일제 때 만들어진 다른 철도 부설 목적 '자원의 수탈과 이동'에 딱 들어맞는다. 백암에서 출발한 협궤열차는 북계수와 산양대 허황평을 지나 유곡역에 이른다. 이때부터 스위치 백 구간이다. 몇 번의 오르락내리락을 반복하면 라적역과 삼유역을 지난다. 그렇게 총 33개 역 191.7킬로미터를 지나 무산에 닿으면 이어 무산선, 함북선으로 이어져 두만강으로 간다. 이곳은 일제 때 나라와 농토를 빼앗기고 고향을 떠나온 사람들의 마지막 정착지였다. 한 됫박 소금을 얻기 위해 쭉정이, 귀리, 밀, 보리를 지고 수백 리 험한 고갯길을 넘었고 무명 삼베는 고사하고 입을 거라고는 짐승 가죽밖에 없었던 땅이었다. 여기서도 버티지 못했던 사람들은 또다시 괴나리봇짐을 걸머지고 이국땅으로 떠났다.

지금도 백무선 기차는 원목을 실어 나른다. 전기와 원유가 바닥나 열차가 못 다닐 때는 기차 바퀴 위에 널빤지를 댄 무동력 궤도 차량으로 사람들을 실어 나르기도 했다. 산양대와 상황평 사이에는 낙석 감시원

부부가 산다. 인근 마을이 없고 이웃조차 없는 외딴 곳에서 20여 년을 낙석 감시원으로 살았다. 자다 보면 곰이 문을 두드릴 것만 같은, 눈 내린 아침이면 그새 다녀간 무수한 짐승 발자국에 가슴 섬뜩해야 하는 곳이다. 아내는 철도원이다. 신호 조작이 원활치 않으면 기차가 서기도 하고 사고가 나기도 한다. 눈이 1미터도 넘게 내려 방문을 열 수 없었던 날에도 기를 쓰고 눈길을 내어 신호등을 지켜냈다. 기차가 지날 때마다 아내는 신호를 파란불로 바꿔놓았다. 산 위에서 떨어진 바위를 치우고 조각내어 나무침목 아래 자갈로 채우는 건 남편의 몫이었다. 고난의 행군 시절엔 산 염소를 키워 젖을 짜고 열매를 따고 갈아 음료를 만들어 백무선 철길을 지나는 기관사나 철도원들에게 나누어주었다. 사람이 귀한 산골 철도 건널목을 지날 때면 기관사들은 반가움의 표시로 경적을 울렸다. 첩첩이 산등성이를 헤매다 다시 돌아온 메아리를 그들 부부는 교향악처럼 들으며 살았다. 메아리처럼 먼 곳으로 갔다가 다시 돌아와 철도원 일가가 된 아들과 며느리, 외동딸은 부부의 고단한 삶을 보상해주는 가장 큰 위안거리이다. 시대를 비켜가지 않았고 힘겨웠던 삶의 전부를 서정으로 표현했던 시인 이용악이 그리워했던 백무선엔 여전히 낙석 감시원 리경순의 가족 같은 사람들이 산다.

지난겨울의 바이칼은 추웠습니다. 그냥 추운 것이 아니고 지독하게 추웠습니다. 코끝이 어는 건 물론이고 두툼한 장갑 속의 손끝도, 켜켜이 껴입은 낡은 외투 속의 심장까지도 모조리 얼었지요. 영하 57도, 아무리 이상기온이라지만 바이칼 알혼섬의 한기寒氣는 그나마 옷 밖으로 내놓은 눈알까지도 시리게 했고, 목도리로 칭칭 동여맨 얼굴로는 숨 쉴 때마다 입김이 올라와 금세 서리꽃이 되었습니다.

그래도 우리 일행은 자연이 만들어낸 서로의 몰골을 마주하며 시베리아를 만끽할 수 있었습니다. 혹한에 얼어붙은 맨이마는 맨손바닥의 온기로만 체온을 회복하면 됐고, 겨울 절경에 출렁거리는 가슴은 얼음 위를 질주하는 우아직(미니버스)의 덜컹거림으로만 진정시켰습니다. 흑야黑夜의 때 이른 저녁엔 둘러앉아 보드카를 외쳤고 때 이른 취기에 맞춰 스스로의 삶을 한 자락씩 읊어내기도 했는데 그 자리에서 누가 물었습니다.

"왜 대륙입니까?"

백무선은 혜산서 출발해 동해안으로 잇는 백두산 청년선을 백암에서 만나 바다가 보이는 길주역으로, 북으로는 무산부터 이어지는 함북선을 타고 청진으로 흘러 평라선과 만나 두만강으로 갑니다. 이 길은 시베리아 횡단열차와 맞닿아 고려인과 독립군의 땅 우수리스크와 하바롭스크, 치타를 지나며 바이칼의 도시 이르쿠츠크와 우랄산맥을 넘어 모스크바에서 베를린, 파리, 런던으로 이어집니다. 우리가 대륙을 꿈꾸는 것은 깊이를 헤아릴 수 없는 바이칼의 영혼을 소유하는 일이며 넓이를 측량할 수 없는 시베리아를 가슴에 담는 일입니다. 시베리아 횡단열차는 동에서 서로 9,288킬로미터를 가릅니다. 남북으로 길을 이어 동서로 대륙을 품는 일은 수만 년에 걸쳐 이어온 남방으로의 민족 대이동을 거슬러 탐방하며 분단에만 머물지 않았던 우리의 대륙성을 다시 회복하는 것입니다.

세계는 하나인데 사랑하는 조국은 둘로 나뉘어져 시름시름 앓았던 한 시인이 소리쳤습니다. "반도는 사랑하기엔 너무 좁다"고. 북쪽을 생각하면 머리가 지끈거리고 남쪽에서의 꿈은 꿈마다 숨이 막힌다고 고백하던 시인은 끝내 몸에 꿈 하나 숨기고 남쪽과 북쪽의 국경을 넘을 것이라고 선언합니다.

"국경을 넘는 것이 죄가 된다면 / 나를 구금하라, 대륙의 피에 / 반도의 피를 섞으려는 것이 유죄라면 / 나도 혁명가처럼 서서 죽을 것이다". (정일근, 「울란바토르 행 버스를 기다리며」 중에서)

이용악의 시에 물든 그리움은 아무런 욕망이 없습니다. 그저 엄동설한

잠 깨어난 새벽에 떠오른 '그립다'는 말 한 마디뿐이었습니다. 우리가 가난한 시인 이용악의 그리움만큼 두만강가에 왔듯이 우리가 대륙을 꿈꾸는 일 또한 꼭 이만큼의 그리움이면 좋겠습니다. 단 한 번의 신호를 지켜 내기 위해 눈길을 헤쳐 오는 백무선 철도원의 새벽 같은 마음이면 충분합니다. 그렇게 우리가 가진 반도의 피를 대륙의 심장에 섞어 내는 겁니다. 괜히 싼값에 사람의 노동력을 부리겠다느니 무한한 자원을 파헤치겠다느니 하는 욕심 많은 이들의 돈 놀음 따위는 동해 바다에 던져버리고 우리는 그저 지평선 너머 지평선 그 위를 물들이는 황홀한 일몰을 상상하다가 잠이 들어도 좋습니다. 자연에 의지하고 벗하며 대륙의 땅 풀 한 포기도 쉬이 베지 못하는 본래 소박한 대륙인의 심성을 다시 그리워하는 일도 좋습니다.

모두가 '죽임'이 아닌 '살림'의 길, 평화의 길일 겁니다.

어떠한 경우에도 죽임이라는 단어에 미학美學이란 말을 붙이지 않습니다. 반대로 살림이란 말은 언제나 평화여서 그 미학의 울타리 안에서는 언제든 아름다워져도 좋습니다. 지금은 살림의 꿈을 꾸어야 하는 시대입니다. 새의 날개는 누가 대신 달아주지 않는다는 사실을 기억해야 합니다. 어린 새의 몸뚱이를 비집고 나와 스스로 자란 날갯죽지이어야만 아름다운 비상을 꿈꿀 수 있습니다. 평화의 날개 또한 마찬가지입니다. 백두가 잉태하고 한라의 토양에서 자란 날개라야만 평화의 바람을 타고 유영遊泳하며 길 없는 길을 날아 새 길을 만들 수 있습니다.

우리가 대륙을 생각한다면 북한을 넘어서 가야 해요

북한 땅을 딛고 가지 않는 것. 비행기 타고 가고 배 타고 가는 것?

그건 대륙의 꿈을 절반도 못 꾸는 거예요

우리의 발자국을 그쪽이 받아들이고 그쪽의 땅이 우리 옷에 스며들고

남과 북이 서로 간에 변하면서 한 걸음씩 나아갈 때

비로소 우리는 '코리아'란 이름으로 대륙을 품는 겁니다

—정세현(전 통일부 장관 / (사)희망래※일 대륙학교 교장)

* 가나다 순이 아니라 본문에 언급된 순서에 따른다. (편집자 주)

박세욱, 「실크로드를 처음 명명한 사람은?」 (메토도스 인문과학 연구소).
「닫힌 영토, 폐쇄적 영토에서 열린 영토로―한반도 유라시아 통합 철도망」 (나희승 한국철도 연구원장).
이강국, 「춘원 이광수가 바이칼에 간 까닭은?」 (《노컷뉴스》 2016년 4월 4일).
「북한철도현황」 (코레일 2018년 12월).
「북한 통계자료」 (통계청 2017년).
「한반도 철도 운용 전략」 (지용태 코레일 남북대륙사업처장, 2018년 12월).
이용수, 「北은 고도의 철도 현대화 요구… 고속철 건설 땐 56兆」 (《조선일보》 2018년 10월 1일).
조성면, 『질주하는 역사 철도』, (한겨레출판, 2012).
시부사와 에이이치, 『일본의 설계자, 시부사와 에이이치』, 박훈 옮김 (21세기북스, 2018).
신경림, 「기차」, 『쓰러진 자의 꿈』 (창비, 1993).
신영복, 『처음처럼―신영복의 언약』 (돌베개, 2016).
「남북 철도용어 대사전」 (코레일 2018년).
김양희, 「수입품목 분석을 통해 본 북한경제 변화 동향」 (동국대 북한학연구소, 2017).
「전략물자 수출통제 가이드(이란, 북한, 수단, 파키스탄, 중국)」 (전략물자 연구원, 2009).
「2016년 상반기 북한의 대외무역 동향과 대북제재」 (이종규 한국개발연구원 연구위원, 2016).
양문수, 「미국의 경제제재 해제가 북한경제에 미치는 영향」 (북한대학원대학교, 2007년 12월 20일).
김슬기, 「국제사회의 대북 제재」 (《KDI 북한경제리뷰》 2016년 2월호).
「국제평화 및 안전유지 등 의무이행을 위한 특별조치 고시」 (간단히 '국제평화고시').
「북한에 대한 대량파괴무기 관련 통제 물품 등(품목, 물질, 장비, 물품 및 기술)」 (산업통상자원부).
「북한 맞춤형 감시대상 품목(watch-list)」 [국가법령정보센터(www.law.go.kr)].
「미국 북한인권법」 전문 (2004년 10월 18일).
임채성, 「전시기 조선에서의 석탄산업정책의 전개와 탄광경영」 (경제사학회 학술대회, 2009년 12월).
박천조, 「개성공단 생산 표어 사례 연구」 (한국고용 노사관계학회, 2016년 9월).
김진향, 「평화체제를 위한 대장정―분단시대의 종언과 평화시대의 개막」 [(사)희망래(來)일 대륙학교, 2018년 10월].

김진향·강승환 외 2명, 『개성공단 사람들』(내일을여는책, 2015).

「개성공단의 일상을 문화적으로 재조명하다-개성공단 전시회」(문화역 서울 2018년 7월).

「국립서울현충원 안장자 현황(애국지사)」(국가보훈처).

「국립대전현충원 의전체계 연구」(국가보훈처).

「수요자의 관점에서 본 국가보훈제도 발전방안 연구—국립묘지의 체계적 관리 방안을 중심으로」
(어문용) (연세대 행정대학원, 2018년 3월).

「국가유공자 사망시 대통령 명의 근조기 증정」(국가보훈처, 2018년 5월 31일).

「독립유공자 포상현황」(국가보훈처, 2017년 12월 31일).

「2018년 8월 기준 보훈 대상별 현황」(국가보훈처 2018년 8월).

정상화, 「북의 명절은 우리의 국경일과 명절 합친 개념」,《통일신문》, 2010년 4월 5일).

곽충구, 「옛말을 많이 간직한 함경도 방언」(《새국어생활》 제17권 제2호, 2007).

「한국기행 한반도 평화기행 1~3부」(EBS).

강제윤, 「연평 바다에 돈 실러 가세! 연평도 기행」(《완도신문》 2012년).

강경애, 「기억에 남은 몽금포」(《여성》 1937년 8월).

이서항, 「북방한계선(NLL)과 서해 '평화수역'—몇 가지 고려되어야 할 사항」(한국해양전략연구소,
2018년 5월).

유강문·김지은, 「달라진 북, 'NLL 논란' 넘어 '서해 평화수역' 설정할까」(《한겨레》 2018년 5월 6일).

변티희, 「국방부 "군사합의서상 북방한계선 표현, 北 NLL 인정한 것"」(《조선닷컴》 2018년 10월 22일).

이철재, 「"서해 북방한계선(NLL), 북한에 양보 말아야" … 목소리 높이는 예비역 단체들」(《중앙일
보》 2018년 10월 23일).

「NLL(북방한계선) 쟁점과 대안, 서해, 한반도 화약고에서 평화생태수역으로」(《참여연대 이슈리포
트》 2011년 12호).

「국제연합군 총사령관을 일방으로 하고 조선민주주의인민공화국 최고사령관 및 중공인민지원군 사
령원을 다른 일방으로 하는 한국 군사정전에 관한 협정」, 『한국전쟁 휴전사』(국방부 군사편찬연구소,
1989).

권순철, 「누가 서해5도를 화약고로 만들었나」(《주간경향》 2018년 7월).

「개성공업지구법」(2003. 4. 14).

「개성공업지구 통관에 관한 합의서」(2002. 12. 8).

권철현, 「이래서 대북 식량 퍼주기 절대 안 된다」(한나라당 논평, 2000년 9월 29일).

「북방 한계선(nll)」(국가기록원 홈페이지)

「키신저, 30여 년 전 NLL 분쟁 예언」(《블룸버그》,《연합뉴스》 2010년 12월 17일).

「NLL : 올해 북한 NLL침범 사례 0… '공동 어로 구역, 남북 양측에 경제적 이익'」(BBC Korea,
2018년 10월 4일).

「북한 수산업 관련 주요통계」(통계청, 2016).

「연평도 꽃게 어획량」(서해수산연구소).

김한용, 「북한, 요리대회 잇따라 개최… '식생활 개선 이미지 의도'」(미국의 소리, 2015년 2월 18일).

안도현, 「평양은 멀지 않다」(《서울신문》 2018년 9월 21일).

안도현, 『백석 평전』(다산책방, 2014).

백석, 『나와 나타샤와 흰 당나귀』(다산책방, 2014).

'이규연의 스포트라이트 두 도시 이야기 1·2, 특별 평양 취재' (JTBC).

'설 평양 이야기' (KBS 스페셜, 2019년 2월).

이철주, 「북한, 예술로 읽다(4)」 《현장언론 민플러스》 2016년 7월 12일).

최재영, 「북한의 교회를 찾아가다」 《통일뉴스》 2015년 12월 21일).

이찬영, 『해방 전 북한 교회 총람』 (대한 예수교 장로회, 1999).

『토착 질서를 뒤흔든 '혁명', 토지개혁』 (한국역사연구회, 2004).

「북한 당국, 지하교회 최초 언급」 (미국의 소리, 2009년 1월 21일).

정지웅, 『북한의 기독교 실태는 어떠한가』 《베리타스》 2016년 5월 9일).

권성아, 「해방 후 6.25 전 북한교회엔 무슨 일이?」 (U Korea News).

조연현, 「해방 후 월남 기독교인이 교회 장악」 《한겨레》 2007년 10월 22일).

박철수, 「수구 기득권 체제와 공고하게 연합한 한국 기독교의 역사」 《뉴스앤조이》 2016년 4월 8일).

윤정란, 『한국전쟁과 기독교』 (한울, 2015).

이지상, 『스파시바, 시베리아』 (삼인, 2014).

김련희, 『나는 대구에 사는 평양시민입니다』, 평양주민 김련희 송환준비모임 옮김 (도서출판 615, 2017).

『조선말대사전』 (사회과학원 언어학연구소, 2017).

박경순, 『새로 쓰는 고조선 역사』 (내일을여는책, 2017).

이덕일, 『리지린의 고조선 연구』 (도서출판 말, 2018).

조정훈, 「북, 단군을 왜 중요시하는가」 《통일뉴스》 2014년 10월 12일).

김주원, 「혁명열사릉. 애국열사릉. 북한의 종교」 (자유아시아방송 2018년 8월 7일).

최재영, 『최재영 목사 방북기』 《통일뉴스》 연재).

신은미, 『재미동포 아줌마, 북한에 가다』 《오마이뉴스》 연재).

Casting Crowns 홈페이지 www. casting crowns. com

홍강철 facebook 포스팅 (2019년 2월 3일).

『조선전사 제3권』 (북한 과학백과사전출판사, 1979).

유홍준, 『나의 북한 문화유산답사기』 (중앙M&B, 2000).

월간 민족21, 『래일을 위한 오늘에 살지요』 (선인, 2006).

김연호, 「탈북자 이순옥 씨, 미 하원 청문회 증언」 (자유아시아방송 2004년).

송하영, 「일부 탈북자들의 증언이 무너지는 이유」 (NK News, 2015년 10월 5일).

백일현, 「"북한 14호 수용소 탈출 불가능 … 신동혁 말 믿지 않았다"」 《중앙일보》 2015년 1월 31일).

「[탈북자 이순옥 씨 증언] "영하 35도에 발가벗겨 고문"」 《조선일보》 1999년 11월 30일).

홍알벗, 「탈북자 김혜숙 씨, 캐나다 의회 증언」 (자유아시아방송 2011년 2월 1일).

류효진, 「탈북자 김혜숙 씨, 북한 인권실태 증언」 《한국일보》 2011년 8월 12일).

「끔찍한 수용소 벗어난 내 앞엔 암담한 운명뿐…」 《데일리 NK》 2011년 4월 21일).

「그림으로 보는 북한 정치범 수용소」 [(사)북한 민주화 네트워크].

변지희, 「미 펜스 부통령 "北 자국민 가두고 고문하고 굶주리게 하는 정권"」 《조선일보》 2018년 2월 9일).

김태형, 「탈북자 김혜숙 씨와 면담하는 펜스 미 부통령」 《이데일리》 2018년 2월 9일).

태영호, 『태영호 증언 3층 서기실의 암호』 (기파랑, 2018).

「조선민주주의인민공화국 형법」 (북한법 연구회, 2000년 4월 29일).

고수석, 「[북한 경제를 이끈 총리傳(9)] '오뚝이' 박봉주 총리」 《중앙일보》 2017년 5월 30일).

홍제표, 「'반대하면 죽는다?' … 극에 달한 김정은의 '공포정치'」 (CBS노컷뉴스, 2015년 5월 13일).

강철환, 「형장에 오기 전 이미 '시체', 처형 후 5000명에게 돌 던지게」 (《프리미엄조선》 2013년 12월 15일).

북한 영화 <김동무 하늘을 날다> <불길 1-7> <우리 집 이야기> <우리 집 이야기 창작과정> <한녀학생의 일기> <자신에게 물어보라> <참된 심정> <우리는 묘향산에서 만났다> <먼 산의 노을> <축복합니다> <꽃 파는 처녀> <줄기는 뿌리에서 자란다> <저 하늘의 연> <인민이 너를 아는가> <그는 탄부였다> <안나, 평양에서 영화를 배우다―안나 브로이노스키> <먼 훗날 나의 모습> 등.

김홍기·서남준, 『오늘을 추억하리』 (문학예술출판사, 2011).

리신현, 『강계정신』 (문학예술출판사, 2002).

김정한·김성보 외 4명, 『한국현대 생활문화사(1980년대, 스포츠공화국과 양념통닭)』 (창비, 2016).

「북, 폭우로 철로 유실 등 큰 피해」 (자유아시아방송 2010년 7월 28일).

이일영, 「북한 보건의료지원 사업 국내외 협력 경험공유」 (우리민족서로돕기 운동본부).

박종철, 「인조석유 설비의 기원, 아오지 석유화학콤비나트」 (《통일한국》 2018년 4월호).

홍정자, 「아오지를 가다」 (월간 《말》 1995년 5월호).

「아오지탄광 강제노동? 거짓말이다」 (《NK 투데이 웹진》 34호 2015년 3월 11일).

「한국기행」 (EBS 2018년 8월 27일).

신은미, 「북 안내원에게 아오지 보내달라 했더니」 (《오마이뉴스》 2012년 10월 11일).

「탄광 노동자가 교수보다 더 받는다」 (《NK조선》).

「북한 노동자의 적응력 실태와 노동 활용 방안」 (한국 노동 연구원, 1996).

통일부 북한 자료센터―기념일

《조선일보》 NK데이터베이스―지리 행정구역

「[탈북자 수기] "아오지에서 왔어요"」 (《통일신문》 2014년 8월 8일).

'세상의 모든 방송' (MBC 2017년 12월 23일).

「탄부들을 향한 다심한 사랑」 (《노동신문》 2018년 7월 3일).

「금메달 못 따면 아오지행?」 (《NK 투데이 웹진》 2014년 10월 7일).

「한국전쟁 정전협정문」 전문 (위키백과).

「평화의 물결 타고…서해 5도 어장 '여의도 84배' 넓어진다」 (해양수산부 정책 브리핑 2019년 2월 21일).

「야간조업도 55년 만에 1시간씩 허용…어획량 10퍼센트 이상 증가」 (해양수산부 정책 브리핑 2019년 2월 21일).

「국제친선전람관」 편, 『한민족문화대백과』

윤호우, 「밀고 당긴 간도분쟁 300년」 (《뉴스메이커》 561호 2004년 2월 19일).

이성환, 「일본의 대륙정책에서 본 간도―러일전쟁 후부터 제1차 세계대전까지를 중심으로」 (동북아 역사논총).

「백두산정계비」, 『한민족문화대백과』

이이화, 「북중 국경조약 따른 '백두산 분할' 들여다보면」 (《한겨레》 2011년 1월 4일).

이종석, 「북한-중국 국경 획정(劃定)에 관한 연구 경위, 내용, 특징, 평가」 (세종연구소).

「한국인의 심상 지리 공간과 대한민국이라는 국호」 [전우용 (사)희망래(來)일 대륙학교 강연록].

하도겸, 「(북한이탈주민이 전하는) 북한의 일상생활문화」

이옥희, 『북·중 접경지역』 (푸른길, 2011).

박희진, 『북한과 중국』 (선인, 2009).

통일교육원, 『2014 북한이해』 (통일부, 2014).

전영선, 『다시 고쳐 쓴 북한의 사회와 문화』 (역락, 2006).

유영호, 『북한 영화, 그리고 거짓말』 (학민사, 2009).

전영선, 『북한 영화 속의 삶 이야기』 (글누림, 2006).

황석영, 『심청』 (문학동네, 2003).

황석영, 『장길산』 (창비, 2004).

임채욱, 『북한 문화의 이해』 (자료원, 2004).

강재홍·안병민 외 3명, 『대륙철도의 꿈』 (한국교통연구원, 2006).

박흥수, 『철도의 눈물』 (후마니타스, 2013).

정세현·황재옥 외 1명, 『정세현 정청래와 함께 평양 갑시다』 (푸른숲, 2018).

신은미, 『재미동포 아줌마, 북한에 가다』 (네잎클로바, 2012).

김이경, 『좌충우돌 아줌마의 북맹탈출 평양이야기』 (내일을여는책, 2019).

진천규, 『평양의 시간은 서울의 시간과 함께 흐른다』 (타커스, 2018).

서의동, 『다음 세대를 위한 북한 안내서』, 김소희 그림 (너머학교, 2018).

쥘리에트 모리요·도리앙 말로비크, 『100가지 질문으로 본 북한』, 조동신 옮김 (세종서적, 2018).

「명견만리」 (KBS '명견만리' 제작팀).

주성하, 『평양 자본주의 백과전서』 (북돋움, 2018).

강동완·박정란, 『사람과 사람』 (너나드리, 2015).

김재용, 『분단구조와 북한문학』 (소명출판, 2000).

홍정자, 『내가 만난 북녘 사람들』 (코리아미디어, 2005).

목원대학교 국어교육과, 『북한문학의 이해』 (국학자료원, 2002).

고유환 외, 『북한 언론 현황과 기능에 관한 연구』 (한국언론진흥재단, 2012).

이호규 외, 『북한 내 한국 미디어 콘텐츠 수용 실태 연구』 (한국언론진흥재단, 2015).

김명준 외, 『미디어에 나타난 탈북자 연구』 (한국언론진흥재단, 2014).

편집부, 『북한 주민의 일상생활과 대중문화』 (오름, 2003).

조성찬, 「북한 경제특구 공공토지임대제 모델 연구 : 법률적 적용가능성 분석을 중심으로」

이현우, 「만약 통일이 되면 북한 돈 '1원'은 얼마가 될까?」 (《아시아경제》 2018년 5월 28일).

김영찬, 「북한의 가격, 환율 이해하기」 (U Korea News 2018년 2월 20일).

최고운, 「이탈리아 기업가, 노동신문에 김정은 찬양글」 (SBS 뉴스 2015년 2월 20일).

강진구, 「베일 벗은 북한 경제특구…27개 지구 지정」 (《NK경제》 2018년 12월 6일).

리히트호펜, 『중국, 그 여행의 결과와 이를 기초로 한 연구』 (5권과 지도 1권, 1877~1912).

심재우, 「머나 먼 유배 길—조선의 유배 (1)」 (한국역사연구회, 2009년 5월 1일).

한국역사연구회 엮음, 「오항녕, 詩 버려두었던 일기」, 『한국사, 한 걸음 더』 (푸른역사, 2018).

김태준, 『한국의 여행 문학』 (이화여대출판부, 2006).

정철훈, 「소월을 죽음에 이르게 한 병(病)」 (《국민일보》 2012년 7월 5일).

주성하, 「비밀로 숨겨온 북한의 도시별 인구는」 (자유아시아방송 2016년 9월 23일).

「우리나라 역대 대통령의 정상외교 선물이 한자리에」 (대통령 기록관 보도자료 2016년 9월 2일).

『소학생 심리와 교육교양』 (금성청년출판사, 2016).

『나의 인식 활용 능력은』 (금성청년출판사, 2015).

『조선 속담으로 배우는 중국어』 (조선출판물수출입사, 2018).

국가안보전략연 "북한 특수부대도 건설현장에 투입중" 중앙일보 2018.11.29

"김정은, 철거 GP병력 600명 삼지연·원산 경제건설 투입" 중앙일보 2019.2.10.

북한 군사경제의 현황 /조남훈 - 한국 국방연구원 책임연구위원 KDI북한경제리뷰 2016.12